Aus Freude am Lesen

Ob der frisch geschiedene Immobilienmakler Vernon nicht akzeptieren kann, dass seine Freundin ein Geheimnis hat, das sie nicht preisgeben möchte, ob Phil und Joanna über Sex, Krebs, die Wirtschaft oder Orangenmarmelade diskutieren, ob die Schriftstellerinnen Jane und Alice vor allem Eifersucht füreinander empfinden oder ein Garten Auslöser für eine Ehekrise wird – Julian Barnes legt die menschlichen Stärken und Schwächen, den Rhythmus, den das Leben hat, mit feinem Humor und einem klaren Blick für die alltäglichen Niederlagen und Siege bloß.

JULIAN BARNES, 1946 in Leicester, England, geboren, war nach dem Studium in Oxford zunächst als Lexikograph, später als Journalist tätig. Von Barnes, der zahlreiche internationale Preise erhielt, liegt ein umfangreiches erzählerisches und essayistisches Werk vor. Für »Vom Ende einer Geschichte« wurde er mit dem Booker-Preis ausgezeichnet. Julian Barnes lebt in London.

JULIAN BARNES BEI BTB
Der Zitronentisch (73561)
Arthur & George (73562)
Eine Geschichte der Welt in 10 1/2 Kapiteln (73576)
Nichts, was man fürchten müsste (74213)
Vom Ende einer Geschichte (74547)

Julian Barnes

Unbefugtes Betreten

*Aus dem Englischen
von Gertraude Krueger
und Thomas Bodmer*

btb

Titel der Originalausgabe: »Pulse«

Gertraude Krueger dankt dem Deutschen Übersetzerfonds e.V.
für die Unterstützung ihrer Arbeit am vorliegenden Werk.

Verlagsgruppe Random House FSC® N001967
Das für dieses Buch verwendete FSC®-zertifizierte
Papier *Lux Cream* liefert Stora Enso, Finnland.

1. Auflage
Genehmigte Taschenbuchausgabe Juli 2014
btb Verlag in der Verlagsgruppe Random House GmbH, München
Copyright © 2011 by Julian Barnes
Copyright © der deutschsprachigen Ausgabe 2012
by Kiepenheuer & Witsch GmbH & Co.KG, Köln
Alle Rechte vorbehalten.
Aus dem Englischen von Gertraude Krueger und Thomas Bodmer
Umschlaggestaltung: semper smile, München, nach einem
Entwurf von Rudolf Linn, Köln
Umschlagmotiv: © Getty Images/Gen Nishino
Druck und Einband: CPI – Clausen & Bosse, Leck
MK · Herstellung: sc
Printed in Germany
ISBN 978-3-442-74722-1

www.btb-verlag.de
www.facebook.com/btbverlag
Besuchen Sie auch unseren LiteraturBlog www.transatlantik.de

Für Pat

Inhalt

Teil eins

Ostwind 11

Bei Phil & Joanna 1: 60/40 31

Mit John Updike schlafen 48

Bei Phil & Joanna 2: Orangenmarmelade 68

Die Welt des Gärtners 84

Bei Phil & Joanna 3: Hände weg! 107

Unbefugtes Betreten 125

Bei Phil & Joanna 4: Jeder Fünfte 141

Beziehungsmuster 159

Teil zwei

Der Portraitist 171

Komplizen 188

Harmonie 205

Carcassonne 238

Pulse 252

Teil eins

Ostwind

———

Im vorigen November war eine Reihe hölzerner Strandhütten, deren Farbe der steife Ostwind weggefetzt hatte,
bis auf den Grund abgebrannt. Die Feuerwehr war aus
zwölf Meilen Entfernung angerückt, und als sie eintraf,
hatte es nichts mehr für sie zu tun gegeben. »Wild gewor-
dene Rowdys«, schrieb das Lokalblatt; es wurde aber nie
ein Schuldiger gefunden. Ein Architekt von einem elegan-
teren Teil der Küste erklärte in den Fernseh-Regionalnach-
richten, die Hütten gehörten zum Kulturerbe der Stadt
und müssten wieder aufgebaut werden. Der Gemeinderat
verkündete, er werde sämtliche Möglichkeiten prüfen, hatte seitdem aber nichts getan.

Vernon war erst vor wenigen Monaten in die Stadt gezogen, und die Strandhütten lösten in ihm keine Gefühle
aus. Eigentlich war durch ihr Verschwinden die Aussicht
vom Right Plaice, wo er manchmal zu Mittag aß, eher besser geworden. Nun konnte er von einem Fenstertisch aus
einen Betonstreifen sehen und dann feuchten Kies, einen
öden Himmel und ein lebloses Meer. So war das eben an
der Ostküste: monatelang ein bisschen schlechtes Wetter
und meistens gar kein Wetter. Ihm sollte das recht sein: Er
war hierher gezogen, weil er in seinem Leben kein Wetter
haben wollte.

»Sie sind fertig?«

Er sah nicht zu der Kellnerin auf. »Direkt vom Ural«, sagte er und schaute weiter auf das lange, flache Meer.

»Entschuldigung?«

»Es liegt nichts zwischen uns und dem Ural. Da kommt der Wind her. Nichts hält ihn auf. Geradewegs über alle Länder hinweg.« Kann einem glatt den Schwanz abfrieren, hätte er unter anderen Umständen womöglich hinzugefügt.

»*Uraaal*«, wiederholte sie. Als er den Akzent hörte, schaute er hoch. Ein breites Gesicht, Strähnchen im Haar, ein stämmiger Körper und keinerlei Kellnerinnengetue, um ein höheres Trinkgeld zu ergattern. Wahrscheinlich aus Osteuropa, die Leute überschwemmten ja heutzutage das ganze Land. Baugewerbe, Kneipen und Restaurants, Obsternte. Kamen in Kleinbussen und Reisebussen hier an, hausten in besseren Karnickelställen, verdienten sich ein bisschen Geld. Manche blieben, andere gingen zurück. Vernon kümmerte das nicht. So war das jetzt meistens: Es kümmerte ihn nicht.

»Kommen Sie auch daher?«

»Woher?«

»Aus so einem Land. Zwischen hier und dem Ural.«

»*Uraaal*. Ja, vielleicht.«

Komische Antwort, dachte er. Aber vielleicht kannte sich die Kellnerin in Geografie nicht so aus.

»Haben Sie Lust, eine Runde zu schwimmen?«

»Schwimmen?«

»Ja, Sie wissen schon. Schwimmen. Platsch, platsch, Kraulen, Brustschwimmen.«

»Kein Schwimmen.«

»Na gut«, sagte er. Er hatte es sowieso nicht ernst gemeint. »Die Rechnung, bitte.«

Während er darauf wartete, schaute er wieder über den Beton auf den feuchten Kies hinaus. Eine Strandhütte war vor Kurzem für zwanzig Riesen weggegangen. Oder waren es dreißig? Irgendwo unten an der Südküste. Immobilienpreise im Aufwind, der Markt spielt verrückt: So stand es in den Zeitungen. Nicht, dass das für diese Gegend zutraf oder für die Objekte, mit denen er es zu tun hatte. Hier war der Markt schon lange im Keller, die Verkaufszahlen ein langer Strich wie das Meer. Alte Leute starben, man verkaufte ihre Wohnungen und Häuser an Jüngere, die dann auch irgendwann darin alt werden und schließlich sterben würden. Das war ein Großteil seines Geschäfts. Diese Stadt war nicht besonders gefragt, nie gewesen: Die Londoner fuhren auf der A12 weiter in teurere Gegenden. Sollte ihm recht sein. Er hatte sein Leben lang in London gewohnt, bis zur Scheidung. Jetzt hatte er einen ruhigen Job, eine Mietwohnung und verbrachte jedes zweite Wochenende mit den Kindern. Wenn sie älter wurden, würden sie sich hier womöglich langweilen und sich wie kleine Snobs aufführen. Aber jetzt waren sie noch gern am Meer, wo sie Kieselsteine ins Wasser werfen und Fritten essen konnten.

Als die Kellnerin die Rechnung brachte, sagte er: »Wir könnten zusammen abhauen und in einer Strandhütte leben.«

»Ich nicht denke«, antwortete sie und schüttelte den Kopf, als hätte sie das ernst genommen. Ach ja, der gute alte englische Humor, an den gewöhnten sich die Leute erst mit der Zeit.

Er musste sich um ein paar Mietsachen kümmern – Mieterwechsel, Renovierungen, feuchte Wände – und dann um einen Verkauf weiter oben an der Küste, darum kam er erst nach einigen Wochen wieder ins Right Plaice. Er aß seinen Schellfisch mit Erbsenbrei und las die Zeitung. Eine Stadt in Lincolnshire war plötzlich halb polnisch, so viele Immigranten gab es da. Sonntags gingen schon mehr Katholiken als Anglikaner in die Kirche, schrieb die Zeitung, wegen der ganzen Osteuropäer. Ihn kümmerte das nicht. Die Polen, die er kennengelernt hatte, fand er eigentlich ganz nett – Maurer, Stuckateure, Elektriker. Gute Arbeiter, solide Ausbildung, standen zu ihrem Wort, zuverlässig. Wurde auch Zeit, dass das gute alte britische Baugewerbe mal einen Tritt in den Arsch kriegt, dachte Vernon.

An dem Tag war die Sonne herausgekommen, warf schräge, niedrige Strahlen auf das Meer und stach ihm in die Augen. Ende März wurde es sogar an diesem Teil der Küste ein bisschen Frühling.

»Wie wär's jetzt mit einer Runde Schwimmen?«, fragte er, als sie die Rechnung brachte.

»Oh nein. Kein Schwimmen.«

»Ich vermute mal, Sie kommen aus Polen.«

»Ich heiße Andrea«, antwortete sie.

»Nicht, dass ich was dagegen habe, wenn Sie aus Polen kommen.«

»Ich habe auch nicht.«

Das Problem war, dass er noch nie gut flirten konnte, nie ganz das Richtige sagte. Und seit der Scheidung konnte er es womöglich noch schlechter, weil er nicht mit dem Herzen dabei war. Wo war denn sein Herz? Eine Frage für später. Thema heute: Flirten. Er kannte ihn nur allzu gut, diesen Blick der Frauen, wenn man es nicht richtig hinkriegte. Wo kommt *der* denn her, sagte dieser Blick. Na ja, zum Flirten gehörten immer zwei. Und vielleicht wurde er langsam zu alt dafür. Siebenunddreißig, Vater zweier Kinder, Gary (8) und Melanie (5). So würde es in den Zei-

tungen stehen, wenn er eines Morgens an der Küste ange-
schwemmt würde.

»Ich bin Immobilienmakler«, sagte er. Das war noch so
ein Spruch, der einem Flirt oft im Wege stand.

»Was ist das?«

»Ich verkaufe Häuser. Und Wohnungen. Wir vermieten
auch. Zimmer, Wohnungen, Häuser.«

»Ist das interessant?«

»Man kann davon leben.«

»Wir alle müssen leben.«

Plötzlich dachte er: Nein, du kannst auch nicht flirten.
Vielleicht kannst du es in deiner eigenen Sprache, aber auf
Englisch kannst du es nicht, also sind wir quitt. Außerdem
dachte er: Sie macht einen robusten Eindruck. Vielleicht
brauche ich jemanden, der robust ist. Soweit ich das beurteilen kann, könnte sie in meinem Alter sein. Nicht,
dass ihn das groß kümmerte. Er wollte ja nicht mit ihr aus-
gehen.

Er ging mit ihr aus. In dieser Stadt gab es da nicht viel Auswahl. Ein Kino, einige Kneipen und die wenigen anderen
Restaurants, in denen sie nicht arbeitete. Dann gab es
noch Bingo für die alten Leute, deren Wohnungen er verkaufen würde, wenn sie mal tot wären, und einen Club, in
dem ein paar halbherzige Gruftis herumhingen. Die Jugend fuhr freitagabends nach Colchester und deckte sich
mit genügend Drogen für das Wochenende ein. Kein Wunder, dass einer die Strandhütten angezündet hatte.

Anfangs mochte er sie für das, was sie nicht war. Sie war
nicht kokett, sie war nicht schwatzhaft, sie war nicht auf-
dringlich. Es störte sie nicht, dass er Immobilienmakler
war und dass er geschieden war und zwei Kinder hatte.
Andere Frauen hatten nach einem kurzen Blick gesagt:

Nein. Wahrscheinlich gaben sich Frauen lieber mit einem noch verheirateten Mann ab, egal wie kaputt dessen Ehe war, als mit einem, der bereits die Scherben aufsammelte. Eigentlich nicht weiter verwunderlich. Aber Andrea kümmerte das alles nicht. Sie stellte nicht viele Fragen. Beantwortete übrigens auch keine. Als sie sich zum ersten Mal küssten, wollte er schon fragen, ob sie wirklich aus Polen kam, aber dann vergaß er es.

Er schlug seine Wohnung vor, aber sie wollte nicht. Sie sagte, sie werde nächstes Mal mitkommen. Ein paar Tage überlegte er nervös, wie es wohl wäre, nach so langer Zeit mit einem anderen Menschen ins Bett zu gehen. Er fuhr fünfzehn Meilen die Küste hoch, um Kondome zu kaufen, wo ihn niemand kannte. Nicht, dass er sich schämte oder dass es ihm peinlich gewesen wäre; es sollte nur niemand wissen oder erraten, was er vorhatte.

»Dies ist eine schöne Wohnung.«

»Tja, wenn ein Immobilienmakler keine anständige Wohnung für sich findet, wo kämen wir denn da hin?«

Sie hatte eine kleine Reisetasche mitgebracht; sie zog sich im Bad aus und kam im Nachthemd zurück. Sie gingen ins Bett, und er knipste das Licht aus. Er fand sie sehr verkrampft. Er fand sich auch sehr verkrampft.

»Wir können einfach nur kuscheln«, schlug er vor.

»Was ist kuscheln?«

Er zeigte es ihr.

»Dann kuscheln ist nicht ficken?«

»Nein, kuscheln ist nicht ficken.«

»Okay, kuscheln.«

Danach entspannten sie sich, und sie schlief bald ein.

Beim nächsten Mal nahm er, nachdem sie sich ein bisschen geküsst hatten, den glitschigen Kampf mit dem Kondom wieder auf. Er wusste, dass er es abrollen musste, aber dann versuchte er doch, es wie eine Socke überzustreifen, und zupfte planlos am Rand herum. Dass er das im Dunkeln versuchte, machte die Sache nicht besser. Aber sie sagte nichts und hüstelte auch nicht entmutigend, und schließlich drehte er sich zu ihr um. Sie schob das Nachthemd hoch, und er stieg auf sie drauf. Innerlich war er halb von Begierde und Ficken beherrscht und halb leer, als wüsste er nicht, wo das hinführen sollte. Bei diesem ersten Mal dachte er nicht sehr viel an sie. Es ging darum, für sich selbst zu sorgen. Um andere konnte man sich später kümmern.

»War das okay?«, fragte er nach einer Weile.

»Ja, war okay.«

Vernon lachte im Dunkeln.

»Du lachst mich aus? War nicht okay für dich?«

»Andrea«, sagte er, »alles ist okay. Niemand lacht dich aus. Ich lass es nicht zu, dass dich jemand auslacht.« Als sie schlief, dachte er: Wir fangen neu an, alle beide. Ich weiß nicht, was sie früher erlebt hat, aber vielleicht fangen wir beide von einem ähnlichen Tiefpunkt neu an, und das ist okay. Alles ist okay.

Das nächste Mal war sie entspannter und umklammerte ihn heftig mit den Beinen. Er war sich nicht sicher, ob sie gekommen war.

»Meine Güte, bist du stark«, sagte er hinterher.

»Ist stark schlecht?«

»Nein, nein. Überhaupt nicht. Stark ist gut.«

Aber beim Mal darauf fiel ihm auf, dass sie ihn nicht so heftig umklammerte. Sie mochte es auch nicht besonders, wenn er mit ihren Brüsten spielte. Nein, das war so nicht ganz fair. Es schien ihr egal zu sein, ob er das tat oder nicht. Besser gesagt, wenn er das wollte, war es ihr recht, aber es war zu seinem Vergnügen, nicht zu ihrem. Wenigs-

tens verstand er es so. Und wer sagte denn, dass man gleich
in der ersten Woche über alles reden musste?

Er war froh, dass sie beide nicht gut flirten konnten: Flirten war eine Art Betrug. Andrea dagegen war immer ehrlich zu ihm. Sie redete nicht viel, aber sie stand zu ihrem
Wort. Sie traf sich mit ihm, wann und wo er wollte, und
dann stand sie da, wartete auf ihn, wischte sich eine Haar-
strähne aus den Augen, hielt ihre Tasche fester im Griff, als
es in dieser Stadt nötig war.

»Du bist so zuverlässig wie ein polnischer Bauarbeiter«,
sagte er einmal zu ihr.

»Ist das gut?«

»Das ist sehr gut.«

»Ist eine englische Redensart?«

»Jetzt ja.«

Sie bat ihn, ihr Englisch zu korrigieren, wenn sie einen
Fehler machte. Er brachte sie dazu, »Ich glaube nicht« zu
sagen, statt »Ich nicht denke«; aber eigentlich mochte er
ihre Art zu reden lieber. Er verstand sie immer, und die
Ausdrücke, die nicht ganz richtig waren, schienen zu ihr
zu gehören. Vielleicht wollte er nicht, dass sie wie eine
Engländerin redete, damit sie sich ja nicht wie eine Engländerin benahm – genauer gesagt, wie eine bestimmte
Engländerin. Und überhaupt, er wollte nicht den Lehrer
spielen.

Im Bett war es das Gleiche. Es ist, wie es ist, sagte er
sich. Wenn sie immer ein Nachthemd trug, dann war das
vielleicht eine katholische Sitte – auch wenn sie nie davon gesprochen hatte, dass sie in die Kirche ging. Wenn er
wollte, dass sie etwas Bestimmtes mit ihm machte, dann
tat sie das und hatte offenbar auch Spaß daran; aber sie
wollte nie, dass er etwas Bestimmtes mit ihr machte –

anscheinend hatte sie nicht mal seine Hand gerne da unten. Aber das störte ihn nicht; sie durfte so sein, wie sie war.

Sie bat ihn nie herein. Wenn er sie nach Hause brachte, war sie schon auf dem betonierten Weg, bevor er die Handbremse angezogen hatte; wenn er sie abholte, stand sie bereits draußen und wartete. Zuerst war das in Ordnung, dann kam es ihm etwas seltsam vor, darum fragte er, ob er mal sehen könne, wo sie wohne, nur für einen kurzen Moment, damit er sich vorstellen könne, wo sie sei, wenn sie nicht mit ihm zusammen sei. Sie gingen ins Haus zurück – ein Doppelhaus aus den 1930er-Jahren, Rauputz, mehrere Mietparteien, stark verrostete Fensterrahmen aus Metall –, und sie machte die Tür auf. Sein professioneller Blick erfasste die Abmessungen, das Mobiliar und die mutmaßliche Miete; sein verliebter Blick erfasste einen kleinen Frisiertisch mit Fotos in Plastikrahmen und einem Bild der Jungfrau Maria. Es gab ein Einzelbett, ein winziges Waschbecken, eine schrottreife Mikrowelle, einen kleinen Fernseher und Kleider auf Bügeln, die unsicher an der Bilderleiste festgemacht waren. Vernon war ein bisschen gerührt, als er in der kurzen Minute, bevor sie wieder hinausgingen, ihr Leben so vor sich ausgebreitet sah. Um diese plötzliche Gefühlsanwandlung zu überspielen, sagte er:

»Dafür solltest du höchstens fünfundfünfzig zahlen. Ohne Nebenkosten. Ich könnte dir für denselben Preis was Größeres besorgen.«

»Ist okay.«

Da es jetzt Frühling war, machten sie mit dem Auto Ausflüge nach Suffolk und schauten sich typisch Englisches an: Fachwerkhäuser ohne Feuchtigkeitsisolierung, reetgedeckte Dächer, durch die man in eine höhere Versiche-

rungsklasse kam. Sie hielten an einem Dorfanger, und er
setzte sich auf eine Bank mit Blick auf einen Teich, aber
das mochte sie nicht, darum schauten sie stattdessen zur
Kirche. Er hoffte, sie würde ihn nicht nach dem Unterschied zwischen Anglikanern und Katholiken fragen oder
nach geschichtlichen Hintergründen. Irgendwas mit Hein-
rich dem Achten, der wieder heiraten wollte. Dem könig-
lichen Schwanz. Bei genauer Betrachtung lief alles Mögli-
che auf Sex hinaus. Aber zum Glück fragte sie nicht.

Sie hakte sich nun schon bei ihm unter und lächelte
leichter. Er gab ihr einen Schlüssel zu seiner Wohnung;
zögerlich ließ sie Übernachtungszeug da. Einmal griff er
an einem Sonntag in die Nachttischschublade und stellte
fest, dass er keine Kondome mehr hatte. Er fluchte und
musste sich erklären.

»Ist okay.«

»Nein, Andrea, ist nicht okay, verdammt. Das hätte mir
gerade noch gefehlt, dass du schwanger wirst.«

»Ich glaube nicht. Nicht schwanger werden. Ist okay.«

Er vertraute ihr. Später, als sie schon schlief, überlegte er,
was genau sie wohl gemeint hatte. Dass sie keine Kinder
bekommen konnte? Oder dass sie selbst etwas nahm, als
doppelte Absicherung? Wenn ja, was würde die Jungfrau
Maria wohl dazu sagen? Hoffentlich verlässt sie sich nicht
auf Knaus-Ogino, dachte er plötzlich. Diese Methode ver-
sagt garantiert, und der Papst kann glücklich und zufrieden sein.

Die Zeit verging; Andrea lernte Gary und Melanie kennen; die Kinder mochten sie. Sie sagte ihnen nicht, was sie
tun sollten; die Kinder sagten ihr, was sie tun sollte, und
sie ließ es sich gefallen. Sie stellten ihr auch Fragen, für die
er immer zu feige oder zu faul gewesen war.

»Andrea, bist du verheiratet?«

»Dürfen wir so lange Fernsehen gucken, wie wir wollen?«

»Warst du mal verheiratet?«

»Wenn ich drei davon esse, wird mir dann schlecht?«

»Warum bist du nicht verheiratet?«

»Wie alt bist du?«

»Für welche Mannschaft bist du?«

»Hast du Kinder?«

»Willst du Dad heiraten?«

Er erfuhr die Antworten auf einige dieser Fragen – wie jede vernünftige Frau verriet sie ihr Alter nicht. Eines Abends, nachdem er die Kinder zurückgebracht hatte und dann wie immer zu aufgewühlt war für Sex, fragte er im Dunkeln: »Glaubst du, du könntest mich lieben?«

»Ja, ich glaube, ich würde dich lieben.«

»Heißt das würde oder könnte?«

»Was ist der Unterschied?«

Er überlegte kurz. »Es gibt keinen Unterschied. Ich nehm das eine oder das andere. Ich nehm beides. Ich nehme, was du zu geben hast.«

Er wusste nicht, warum das dann anfing. Weil er sich allmählich in sie verliebte, oder weil er es eigentlich nicht wollte? Oder weil er es wollte, aber Angst davor hatte? Oder lag es daran, dass er im tiefsten Innern den Drang hatte, alles zu vermasseln? Das hatte seine Frau – Exfrau – eines Morgens beim Frühstück zu ihm gesagt. »Sieh mal, Vernon, ich hasse dich nicht, wirklich nicht. Ich kann nur nicht mit dir zusammenleben, weil du immer alles vermasseln musst.« Diese Erklärung kam anscheinend aus heiterem Himmel. Sicher, er schnarchte ein bisschen und ließ seine Kleider überall herumliegen und schaute die übliche Dosis Sport im Fernsehen. Aber er kam pünktlich nach

Hause, liebte seine Kinder, stellte keinen anderen Frauen nach. Für manche Leute hieß das, alles zu vermasseln.

»Darf ich dich was fragen?«

»Klar doch.«

»Nein, ›klar doch‹ ist amerikanisch. Auf Englisch sagt man ›ja‹.«

Sie sah ihn an, als wollte sie sagen: Warum korrigierst du jetzt mein Englisch?

»Ja«, wiederholte sie.

»Als ich kein Kondom hatte und du gesagt hast, das ist okay – hast du da gemeint, es war damals okay oder es ist immer okay?«

»Immer okay.«

»Verdammt, weißt du, was so eine Zwölferpackung kostet?«

Jetzt hatte er das Falsche gesagt, das sah er selbst. Mein Gott, vielleicht hatte sie eine furchtbare Abtreibung gehabt oder war vergewaltigt worden oder sonst was.

»Du kannst also keine Kinder kriegen?«

»Nein. Du hasst mich?«

»Herrgott, Andrea.« Er nahm ihre Hand. »Ich hab schon zwei Kinder. Die Frage ist nur – ist das für dich okay?«

Sie schlug die Augen nieder. »Nein. Ist für mich nicht okay. Es macht mich sehr unglücklich.«

»Tja, wir könnten ... ich weiß auch nicht, zu einem Arzt gehen. Zu einem Spezialisten.« Er nahm an, dass die Spezialisten hier mehr Ahnung hätten.

»Nein, kein Spezialist. KEIN SPEZIALIST.«

»Na schön, kein Spezialist.« Er dachte: Adoptieren? Aber kann ich mir noch eins leisten, bei meinen Ausgaben?

Er kaufte keine Kondome mehr. Dafür stellte er Fragen, so taktvoll er konnte. Aber mit dem Takt war es wie mit dem Flirten: Entweder man hatte eine Begabung dafür oder eben nicht. Nein, das stimmte so nicht. Es war einfach leichter, taktvoll zu sein, wenn es einem egal war, ob man Bescheid wusste oder nicht; wenn es einem nicht egal war, wurde es schwieriger.

»Warum stellst du jetzt diese Fragen?«

»Tu ich das?«

»Ja, ich glaube.«

»Tut mir leid.«

Aber vor allem tat ihm leid, dass sie es gemerkt hatte. Und dass er nicht aufhören wollte. Nicht aufhören konnte. Als sie sich kennengelernt hatten, hatte es ihm gefallen, dass er nichts von ihr wusste; dadurch war alles anders, frischer. Dann hatte sie nach und nach etwas von ihm erfahren, während er von ihr nichts erfahren hatte. Warum konnte das nicht so bleiben? Weil du immer alles vermasseln musst, flüsterte seine Frau, Exfrau. Nein, das ließ er nicht auf sich sitzen. Wenn man sich verliebt, will man alles wissen. Ob gut, schlecht oder neutral. Nicht, dass man nach etwas Schlechtem sucht. Das ist doch der Sinn des Ganzen, wenn man sich verliebt, sagte sich Vernon. Oder daran denkt, sich zu verlieben. Auf jeden Fall war Andrea ein netter Mensch, dessen war er sich sicher. Warum sollte er also über einen netten Menschen nicht etwas hinter dessen Rücken herausfinden?

Im Right Plaice kannten ihn alle: die Geschäftsführerin Mrs Ridgewell, Jill, die andere Kellnerin, und der alte Herbert, dem das Restaurant gehörte, der aber nur hereinschaute, wenn er Lust auf einen Gratishappen hatte. Vernon wählte einen Moment, wo der Mittagsbetrieb einsetzte, und ging an der Theke vorbei zu den Toiletten. Der Raum – eigentlich nicht mehr als ein Wandschrank –, in dem die Angestellten ihre Mäntel und Taschen ließen, lag direkt gegenüber der Herrentoilette. Vernon ging hinein, suchte Andreas Tasche, nahm ihre Schlüssel heraus und wedelte beim Herauskommen mit den Händen, als wollte er sagen: Dieser ratternde alte Händetrockner bringt's eben nicht mehr.

Er zwinkerte Andrea zu, ging in den Laden für Haushaltswaren, beklagte sich über Kunden, die nur einen einzigen Satz Schlüssel besaßen, machte einen kleinen Spaziergang, holte die neuen Schlüssel ab, ging ins Right Plaice zurück, legte sich einen Spruch über das kühle Wetter zurecht, das seiner Blase zu schaffen machte, brauchte ihn gar nicht anzubringen, legte ihre Schlüssel zurück und bestellte sich einen Cappuccino.

Das erste Mal ging er an einem nieseligen Nachmittag hin, an dem sich niemand die anderen Leute auf der Straße anschaute. Da geht also ein Mann im Regenmantel auf einem betonierten Weg zu einer Haustür mit mattierten Glasscheiben. Drinnen öffnet er eine weitere Tür, setzt sich auf ein Bett, steht plötzlich auf, streicht die Delle im Bett glatt, dreht sich um, sieht, dass die Mikrowelle in Wirklichkeit gar nicht schrottreif ist, schiebt die Hand unter das Kopfkissen, ertastet eins ihrer Nachthemden, sieht sich die an der Bilderleiste hängenden Kleider an, berührt ein Kleid, das sie noch nicht getragen hat, schaut absichtlich nicht zu den Bildern auf dem kleinen Frisiertisch, geht raus, schließt hinter sich ab. Ist doch nichts dabei, oder?

Beim zweiten Mal betrachtete er die Jungfrau Maria und das halbe Dutzend Bilder. Er fasste nichts an, hockte sich nur hin und schaute sich die Fotos in den Plastikrahmen an. Das ist bestimmt ihre Mama, dachte er beim Anblick der straffen Dauerwelle und der großen Brille. Und hier ist die kleine Andrea, ganz blond und ein bisschen pummelig. Und das da, ist das ein Bruder oder ihr Freund? Und da hat jemand Geburtstag, so viele Gesichter, dass man nicht weiß, wer wichtig ist und wer nicht. Er sah sich noch einmal die sechs- oder siebenjährige Andrea an – nur wenig älter als Melanie – und nahm das Bild im Kopf mit nach Hause.

Beim dritten Mal zog er vorsichtig die oberste Schublade auf; sie klemmte, und Andreas Mama kippte um. Da lag vor allem Unterwäsche, das meiste davon vertraut. Dann nahm er sich die unterste Schublade vor, weil da gewöhnlich die Geheimnisse aufbewahrt werden, und fand nur Pullover und ein paar Halstücher. Doch in der mittleren Schublade waren unter ein paar Hemden drei Gegenstände, die er in derselben Reihenfolge und sogar in demselben Abstand voneinander auf dem Bett ausbreitete, wie er sie vorgefunden hatte. Rechts eine Medaille, in der Mitte ein Foto in einem Metallrahmen, links ein Reisepass. Auf dem Foto waren vier Mädchen in einem Schwimmbecken, sie hatten die Arme umeinander gelegt, zwischen dem einen und dem anderen Paar lag eine Trennleine mit Korkschwimmern. Alle lächelten in die Kamera, und ihre weißen Gummikappen warfen Falten. Er erkannte Andrea sofort, die Zweite von links. Auf der Medaille war ein Schwimmer abgebildet, der in ein Becken sprang, und auf der Rückseite stand etwas auf Deutsch und ein Datum, 1986. Wie alt mochte sie damals gewesen sein – achtzehn, zwanzig? Der Pass brachte die Bestätigung: Geburtsjahr 1967, also war sie jetzt vierzig. Geboren war sie in Halle, demnach war sie Deutsche.

Und das war's dann auch schon. Kein Tagebuch, keine Briefe, kein Vibrator. Keine Geheimnisse. Er war verliebt – nein, er dachte daran, sich zu verlieben – in eine Frau, die einmal eine Medaille im Schwimmen gewonnen hatte. Was war schon dabei, wenn er das wusste? Nicht, dass sie jetzt noch schwamm. Und nun fiel es ihm wieder ein, sie war ganz unruhig geworden, als Gary und Melanie sie am Strand ans Wasser gelockt und dann herumgespritzt hatten. Vielleicht wollte sie nicht daran erinnert werden. Oder es war etwas ganz anderes, ob man in einem Wettkampfbecken schwamm oder ein kurzes Bad im Meer nahm. Balletttänzer wollen ja auch nicht so tanzen wie alle anderen.

Als sie sich an dem Abend trafen, war er absichtlich aufgekratzt, sogar ein bisschen albern, aber sie merkte offenbar etwas, darum ließ er es bleiben. Nach einer Weile fühlte er sich wieder normal. Fast normal jedenfalls. Als er angefangen hatte, mit Mädchen auszugehen, hatte er festgestellt, dass er manchmal plötzlich dachte: Jetzt begreife ich überhaupt nichts mehr. Bei Karen, zum Beispiel: Alles lief gut, völlig zwanglos, sie hatten ihren Spaß, und auf einmal fragte sie: »Und wo soll das jetzt hinführen?« Als gäbe es nur zwei Möglichkeiten: vor den Altar oder zu einem Reinfall. Ein andermal, bei einer anderen Frau, sagte man etwas, irgendwas ganz Normales, und – schwupps – stand einem das Wasser bis zum Hals.

Sie lagen im Bett, Andreas Nachthemd war um die Taille zu einer dicken Wurst hochgeschoben, er hatte sich inzwischen an das Gefühl an seinem Bauch gewöhnt und machte so ein bisschen rum, da bewegte sie die Beine und zerdrückte ihn fast damit, wie ein Nussknacker, dachte er.

»Mhm, große starke Schwimmerbeine«, murmelte er.

Sie sagte nichts dazu, aber er wusste, dass sie es gehört hatte. Er machte weiter, doch er merkte ihrem Körper an, dass sie nicht bei der Sache war. Hinterher lagen sie auf dem Rücken, und er sagte noch dies und das, aber sie ging auf nichts ein. Na schön, ich muss morgen zur Arbeit, dachte Vernon. Er schlief ein.

Als er am nächsten Abend ins Right Plaice kam und Andrea abholen wollte, sagte Mrs Ridgewell, sie habe sich krankgemeldet. Er wählte ihre Handynummer, aber sie ging nicht ran, darum schickte er ihr eine SMS. Dann ging er zu ihr nach Hause und klingelte. Er wartete ein paar Stunden, rief noch mal an, klingelte an ihrer Tür, dann schloss er auf.

Ihr Zimmer war ziemlich aufgeräumt und ziemlich leer. Keine Kleider an der Bilderleiste, keine Fotos auf dem kleinen Frisiertisch. Aus irgendeinem Grund machte er die Mikrowelle auf und schaute hinein; er sah nichts als die runde Platte. Auf dem Bett lagen zwei Umschläge, einer für den Vermieter mit Schlüsseln und Geld darin, soweit er das ertasten konnte, der andere für Mrs Ridgewell. Für ihn nichts.

Mrs Ridgewell fragte, ob sie Streit gehabt hätten. Nein, sagte er, sie hätten nie Streit gehabt.

»Sie war ein nettes Mädchen«, sagte die Geschäftsführerin. »Sehr zuverlässig.«

»Wie ein polnischer Bauarbeiter.«

»Hoffentlich haben Sie ihr das nicht gesagt. Es ist nicht nett, so etwas zu sagen. Und ich glaube, sie kam gar nicht aus Polen.«

»Nein, kam sie nicht.« Er schaute aufs Meer hinaus. »*Uraaal*«, sagte er unwillkürlich.

»Wie bitte?«

Man geht zum Bahnhof und zeigt dem Fahrkartenverkäufer ein Foto der vermissten Frau, und der erinnert sich an das Gesicht und sagt einem, wohin sie gefahren ist. So machten sie das im Film. Aber der nächste Bahnhof war

zwölf Meilen weit weg, und da gab es keinen Fahrkarten-
schalter, nur einen Automaten, in den man Geld oder eine
Plastikkarte steckte. Und er hatte nicht mal ein Bild von
ihr. Sie hatten nie das gemacht, was andere Pärchen machen, sich zusammen in eine Kabine gezwängt, das Mädchen auf dem Schoß des Mannes, beide etwas bescheuert
und unscharf. Wahrscheinlich waren sie dafür einfach
schon zu alt.

Zu Hause googelte er Andrea Morgen und bekam 497.000
Ergebnisse. Dann verfeinerte er die Suche und verringerte
die Ergebnisse auf 393. Ob er nach »Andrea Morgan« suchen wollte? Nein, er wollte nicht nach jemand anderem
suchen. Die meisten Einträge waren auf Deutsch, und er
scrollte sich hilflos hindurch. In der Schule hatte er keine
Fremdsprachen gelernt und seither auch keine gebraucht.
Dann hatte er eine Idee. Er schaute in einem Onlinewör-
terbuch nach und fand das deutsche Wort für Schwimmer. Es war nicht dasselbe Wort für einen Mann wie für
eine Frau. Er tippte »Andrea Morgen« ein, »1967«, »Halle«
und »Schwimmerin«.

Acht Einträge, alle auf Deutsch. Zwei stammten anscheinend aus Zeitungen, einer aus einem amtlichen Bericht.
Es gab auch ein Bild von ihr. Das gleiche, das er in der
Schublade gefunden hatte: Da war sie, die Zweite von
links, die Arme um ihre Staffelkameradinnen geschlun-
gen, große Falten in der weißen Badekappe. Er überlegte,
dann klickte er auf »Diese Seite übersetzen«. Später fand
er auch Links zu anderen Seiten, diesmal auf Englisch.

Wie hätte er das wissen sollen, fragte er sich. Das Wissenschaftliche verstand er kaum, und das Politische interes-
sierte ihn nicht. Aber er verstand einiges, was ihn inte-
ressierte und von dem er später wünschte, er hätte es nie
gelesen; und das veränderte schon jetzt, da er von seinem

Fenstertisch im Right Plaice aufs Meer hinausschaute, seine Erinnerung an sie.

Halle lag im früheren Ostdeutschland. Es gab ein staatliches Rekrutierungssystem. Mädchen wurden schon mit elf Jahren ausgewählt. Vernon versuchte, sich das vermutliche Leben dieses pummeligen kleinen blonden Mädchens auszumalen. Ihre Eltern unterschrieben eine Einverständnis- und eine Geheimhaltungserklärung. Andrea wurde in die Kinder- und Jugendsportschule aufgenommen, dann in den Sportverein Dynamo in Ostberlin. Sie hatte Schulunterricht, aber vor allem Training – schwimmen, schwimmen und noch mal schwimmen. Es war eine große Ehre, beim Sportverein Dynamo zu sein: Deshalb musste sie ihr Zuhause verlassen. Man nahm ihr Blut aus dem Ohrläppchen ab, um ihre Fitness zu testen. Es gab rosa Pillen und blaue Pillen – Vitamine, sagte man ihr. Später gab es auch Spritzen – einfach noch mehr Vitamine. Dabei waren es anabole Steroide und Testosterone. Sich weigern war verboten. Das Trainingsmotto hieß »Pillen nehmen oder sterben«. Die Trainer sorgten dafür, dass sie die Pillen schluckte.

Sie starb nicht. Dafür passierten andere Dinge. Die Muskeln wuchsen, aber die Sehnen nicht, darum rissen die Sehnen. Es kam zu plötzlichen Akneausbrüchen, die Stimme wurde tiefer, die Gesichts- und Körperbehaarung nahm zu; manchmal wuchs das Schamhaar bis zum Bauch, sogar über den Nabel hinaus. Das Wachstum verzögerte sich, es gab Probleme mit der Fruchtbarkeit. Vernon musste Begriffe wie »Virilisierung« und »Klitorishypertrophie« nachschlagen und wünschte dann, er hätte es nicht getan. Herzkrankheiten, Leberschäden, missgebildete Kinder, blinde Kinder brauchte er nicht nachzuschlagen.

Die Mädchen wurden gedopt, weil es funktionierte. Ostdeutsche Schwimmer gewannen überall Medaillen, vor allem die Frauen. Nicht, dass Andrea es so weit gebracht hätte. Als die Berliner Mauer fiel und der Skandal ans Licht kam, als die Giftmischer – Trainer, Ärzte, Staatsbeamte – vor Gericht gestellt wurden, war von Andrea gar nicht die Rede. Trotz der Pillen war sie nicht in die Nationalmannschaft gekommen. Die anderen, die mit dem, was man ihrem Körper und ihrer Seele angetan hatte, an die Öffentlichkeit gingen, hatten wenigstens Goldmedaillen und ein paar Jahre des Ruhms vorzuweisen. Andrea hatte am Ende nichts als eine Staffelmedaille von irgendeinem längst vergessenen Wettkampf in einem Land, das es nicht mehr gab.

Vernon schaute hinaus auf den Betonstreifen und den Kiesstrand, auf das graue Meer und den grauen Himmel dahinter. Die Aussicht erweckte den Anschein, als wäre sie schon immer so gewesen, seit Leute an diesem Restaurantfenster saßen. Dabei hatte da einmal eine Reihe von Strandhütten gestanden und die Aussicht versperrt. Dann hatte sie jemand niedergebrannt.

Bei Phil & Joanna 1: 60/40

——

Es war in der Woche, als Hillary Clinton doch noch ihre Niederlage eingestand. Auf dem Tisch war ein Durcheinander von Flaschen und Gläsern; und obschon der Hunger gestillt war, bewirkte eine sanfte soziale Sucht, dass sich immer wieder Hände ausstreckten, um noch eine Traube zu schnappen, einen Brocken aus dem bröseligen Käsekliff herauszubrechen oder eine Praline aus der Schachtel zu klauben. Wir hatten über Obamas Chancen gegen McCain gesprochen und darüber, ob Hillary in den vergangenen Wochen Mut bewiesen oder sich nur etwas vorgemacht habe. Wir erörterten auch, inwiefern sich Labour noch von den Konservativen unterscheide, die Straßen von London sich für die Gelenkbusse eigneten, wie groß die Wahrscheinlichkeit eines Al-Qaida-Anschlags während der Olympiade von 2012 sei und wie der Treibhauseffekt sich auf den englischen Weinbau auswirken könnte. Joanna, die zu den letzten beiden Themen geschwiegen hatte, sagte jetzt mit einem Seufzer:

»Wisst ihr was, jetzt hätte ich wirklich Lust auf eine Zigarette.«

Alle schienen leise auszuatmen.

»Genau in Situationen wie dieser, nicht wahr?«

»Das Essen. Dieses Lamm, übrigens ...«

»Danke. Sechs Stunden. So wird es am besten. Und Stern-
anis.«

»Dann der Wein …«

»Nicht zu vergessen die Gesprächspartner.«

»Als ich aufhören wollte, ging mir vor allem die Missbilligung auf den Zeiger. Du fragst, ob es jemandem was aus-
macht, alle sagen ›Nein‹, aber du spürst, wie sie sich ab-
wenden und möglichst nicht einatmen. Und dich entweder
bemitleiden, was herablassend wirkt, oder dich geradezu
hassen.«

»Und dann gab es nie einen Aschenbecher, sondern man
hat das Haus auf den Kopf gestellt, bis man nach übertrieben langer Suche eine einsame Untertasse gefunden hatte.«

»Die nächste Stufe war dann: hinausgehen und sich zu
Tode frieren.«

»Und wenn du sie dann in einem Blumentopf ausgedrückt hast, haben sie dich angeschaut, als hättest du einer
Geranie Krebs angehängt.«

»Ich habe meine Kippen in der Handtasche nach Hause
mitgenommen. In einer Plastiktüte.«

»Wie Hundescheiße. Wann hat das eigentlich angefangen? Etwa zur selben Zeit? Dass die Leute mit über die
Hand gestülpten Plastiktüten rumspazieren und darauf
warten, dass ihr Hund scheißt.«

»Ich stelle mir immer vor, die muss doch warm sein.
Dann fühlst du durch eine Plastiktüte warme Hundescheiße.«

»Muss das sein, Dick?«

»Ich habe jedenfalls noch nie gesehen, dass einer gewartet hätte, bis sie abkühlt. Du vielleicht?«

»Diese Pralinen, um das Thema zu wechseln. Warum
entspricht das Bild auf der Verpackung nie dem, was innen
drin ist?«

»Oder verhält es sich vielleicht umgekehrt?«

»Umgekehrt wird ein Schuh draus.«

»Die Bilder außen drauf sind nur eine Approximation. Wie auf einer kommunistischen Speisekarte. Eine Art Idealbild. Man muss sie als Metaphern betrachten.«

»Die Pralinen?«

»Nein, die Bilder.«

»Ich habe früher sehr gern Zigarren geraucht. Es musste keine ganze sein. Eine halbe reichte.«

»Die haben unterschiedliche Arten von Krebs verursacht, nicht wahr?«

»Wer? Was?«

»Zigaretten, Pfeifen, Zigarren. Bekam man von Pfeifen nicht Lippenkrebs?«

»Und von Zigarren?«

»Was besonders Vornehmes!«

»Was soll denn das sein, eine vornehme Form von Krebs? Ist das nicht ein Widerspruch in sich?«

»Arschkrebs muss wohl das Hinterletzte sein.«

»Dick, also wirklich.«

»Hab ich was gesagt?«

»Herzkrebs – gibt es so was?«

»Nur metaphorisch, würde ich sagen.«

»George VI. – war das die Lunge?«

»Oder der Kehlkopf?«

»Wie auch immer, es war ein weiterer Beweis für seine Volksnähe, nicht wahr? Er ist ja auch während der Bombardierungen im Buckingham Palace geblieben und dann durchs zerstörte East End gegangen und hat den Leuten die Hand geschüttelt.«

»Und dass er eine gewöhnliche Form von Krebs bekommen hat, habe dazu gepasst, willst du das sagen?«

»Ich weiß auch nicht so recht, was ich sagen will.«

33

»Ich kann mir nicht vorstellen, dass der Hände schütteln gegangen ist – als König.«

»So, mal was Ernsthaftes: Obama, McCain, Clinton – wer von den dreien hat zuletzt geraucht?«

»Bill oder Hillary?«

»Hillary natürlich.«

»Was Bill mit Zigarren veranstaltet hat, wissen wir ja.«

»Schon, aber hat er sie danach geraucht?«

»Oder in einem speziellen Humidor aufbewahrt, wie sie ja ihr Kleid aufbewahrt hat?«

»Er könnte sie versteigern lassen und so Hillarys Kampagnenschulden bezahlen.«

»McCain hat bestimmt geraucht, als er Kriegsgefangener war.«

»Obama hat sich bestimmt ein, zwei Joints reingezogen.«

»Ich möchte wetten, Hillary hat nie inhaliert.«

»An ihrem Rauchen sollt ihr sie erkennen.«

»Als Amerikaner vom Dienst hier möchte ich sagen: Obama war ein starker Raucher. Als er zu kandidieren beschloss, hat er sich auf Nicoretten verlegt. Er soll aber rückfällig geworden sein.«

»Sympathisch, der Mann.«

»Wenn jetzt einer von denen in dieser Beziehung sündigen und dabei fotografiert würde – würde das jemanden kümmern?«

»Kommt drauf an, welchen Grad und welche Spielart der Zerknirschung er an den Tag legt.«

»Wie Hugh Grant nach dem Blowjob in seinem Auto.«

»Die Dame hat auf jeden Fall inhaliert.«

»Dick, hör auf. Nehmt ihm die Flasche weg.«

»Grad und Spielart der Zerknirschung – schön gesagt.«

»Wobei Bush sich nie dafür entschuldigt hat, dass er mal eine Koksnase war.«

»Er hat damit auch niemand anderen gefährdet.«

»Hat er sehr wohl.«

»Was? Wie beim Passivrauchen? Also vom Passivkoksen habe ich noch nie gehört.«

»Es sei denn, der Kokser muss niesen.«

»Das hat auf andere also keine schädlichen Auswirkungen?«

»Na ja: Wenn du stundenlang jemandem zuhören musst, der von sich selbst besoffen vor sich hin labert …«

»Übrigens …«

»Ja?«

»Wenn Bush in seinem früheren Leben also ein Alki war, wie es heißt, und eine Koksnase, dann erklärt das einiges an seiner Präsidentschaft.«

»Du meinst von wegen Hirnschaden.«

»Nein, von wegen Absolutismus des geheilten Süchtigen.«

»Du hast heute vielleicht Formulierungen drauf.«

»Na ja, das ist schließlich mein Beruf.«

»Der Absolutismus des geheilten Süchtigen. Tja, Pech für die Leutchen in Bagdad.«

»Wenn ich euch recht verstehe, wollt ihr sagen: Es kommt drauf an, was jemand raucht.«

»Von Zigarren wurde ich jedenfalls ganz locker.«

»Von Zigaretten war ich manchmal so aufgeputscht, dass ich ein Kribbeln in den Beinen bekam.«

»Genau, daran kann ich mich auch erinnern.«

»Ich kannte einen, der hat den Wecker gestellt, damit er mitten in der Nacht noch eine rauchen konnte.«

»Wer war das, Schatz?«

»Vor deiner Zeit.«

»Das will ich verdammt noch mal hoffen.«

»Hat jemand gesehen, was über Macmillan in der Zeitung stand?«

»Den von der Krebshilfe?«

»Nein, den ehemaligen Premierminister. Als er Finanzminister war, 55, 56 um den Dreh rum. Da gab es eine Untersuchung über den Zusammenhang zwischen Rauchen und Krebs. ›Verfickt‹, dachte er, ›wo soll das Geld herkommen, wenn wir Fluppen verbieten müssen? Dann müssten wir die Einkommensteuer um 15 Prozent erhöhen.‹ Dann sah er sich die Zahlen an, ich meine die Sterblichkeitsraten. Lebenserwartung eines Rauchers: 73. Lebenserwartung eines Nichtrauchers: 74.«

»Stimmt das?«

»So stand's in der Zeitung. Worauf Macmillan auf den Bericht schrieb: ›Finanzministerium hält Staatseinkünfte für wichtiger.‹«

»Ganz schön verlogen.«

»War Macmillan Raucher?«

»Pfeife und Zigaretten.«

»Ein Jahr. Ein Jahr Unterschied. Erstaunlich, wenn man es bedenkt.«

»Vielleicht sollten wir alle wieder anfangen. Bloß hier an diesem Tisch. Klammheimlicher Widerstand gegen eine Welt der politischen Korrektheit.«

»Warum soll man sich nicht zu Tode rauchen? Wenn man nur ein Jahr verliert.«

»Vergiss nicht, dass du entsetzliche Schmerzen und andere Beschwerden bekommst, bevor du dann mit 73 stirbst.«

»Reagan hat für Chesterfield geworben, nicht? Oder war es Lucky Strike?«

»Wo ist da der Zusammenhang?«

»Es muss doch einen geben.«

»Ganz schön verlogen.«

»Das hast du schon mal gesagt.«

»Stimmt aber. Deshalb sag ich es. Die Regierung sagt den Leuten, es sei schädlich für sie, und lebt derweil von den Steuern. Die Zigarettenhersteller wissen, dass es schädlich ist, und verkaufen das Zeug in der Dritten Welt, weil sie hier verklagt werden.«

»In den Entwicklungsländern, nicht der Dritten Welt. Das sagt man nicht mehr.«

»Den Krebsentwicklungsländern.«

»Und dann die Geschichte mit Humphrey Bogart. Könnt ihr euch erinnern? Die wollten eine Briefmarke mit ihm drauf machen, aber auf dem Foto hat er geraucht, und da haben sie das wegretuschiert. Sonst hätten die Leute ja die Marke aufkleben, Bogey rauchen sehen und plötzlich denken können: Was für eine gute Idee!«

»Die schaffen es bestimmt noch, die Raucherei aus den Filmen rauszuschneiden. So wie sie Schwarz-Weiß-Filme kolorisieren.«

»In meiner Jugend in Südafrika hat die Zensurbehörde jeden Film geschnitten, in dem Weiße und Schwarze normalen Kontakt miteinander hatten. Von *Heiße Erde* sind gerade mal vierundzwanzig Minuten übrig geblieben.«

»Ach, die meisten Filme sind eh zu lang.«

»Wusste gar nicht, dass du in Südafrika aufgewachsen bist.«

»Außerdem haben in den Kinos immer alle geraucht. Könnt ihr euch erinnern? Vor der Leinwand war eine Wand von Tabakdunst.«

»Aschenbecher in den Armlehnen.«

»Genau.«

»Aber was Bogey und die Raucherei betrifft … Manchmal, wenn ich mir einen alten Film anschaue, und da gibt es eine Szene in einem Nightclub mit einem Paar, das trinkt und raucht und coole Sprüche klopft, dann denke ich: ›Verdammt, das hat einfach Stil‹, und dann denke ich: ›Könnte ich jetzt gleich eine Zigarette und einen Drink haben?‹«

»Es hatte sehr wohl Stil.«

»Bis auf den Krebs.«

»Bis auf den Krebs.«

»Und die Verlogenheit?«

»Na ja, du darfst einfach nicht inhalieren.«

»Passivverlogenheit?«

»Das gibt es. Und wie.«

»Ist ›kolorisieren‹ eigentlich das richtige Wort?«

»Will noch jemand Kaffee?«

»Nur, wenn du eine Zigarette hast.«

»Das gehörte immer dazu, nicht wahr? Die Zigarette zum Kaffee.«

»Ich glaube nicht, dass wir welche im Haus haben. Jim hat das letzte Mal, als er hier war, Gauloises dagelassen, aber die waren so stark, dass wir sie weggeschmissen haben.«

»Und diese Freundin von dir hat Silk Cuts dagelassen, aber die sind zu schwach.«

»Letztes Jahr waren wir in Brasilien, und dort sind die Warnungen auf den Päckchen geradezu apokalyptisch. Farbige Bilder von Scheußlichkeiten: Babys mit Missbildungen, eingelegte Lungen und solches Zeug. Und dann die Warnungen ... Nicht so höfliche Formulierungen wie ›Die Regierung Ihrer Majestät‹ oder ›Warnung des Gesundheitsministers‹. Die schildern drastisch, was draufgeht. Da ging einmal einer in ein Geschäft und kaufte ein

Päckchen … weiß nicht mehr, was. Er kommt raus, liest die Warnung, geht wieder rein, gibt das Päckchen zurück und sagt: ›Die machen impotent. Haben Sie welche, die Krebs verursachen?‹«

»Aha.«

»Also ich fand's lustig.«

»Vielleicht hast du ihnen die Geschichte schon mal erzählt, Schatz.«

»Lachen könnten die Arschgeigen trotzdem. Immerhin trinken sie meinen Wein.«

»Es liegt eher daran, wie du die Geschichte erzählt hast, Phil. Bisschen langatmig.«

»Arschloch.«

»Ich glaube, wir haben noch etwas Gras, das jemand dagelassen hat.«

»Ach ja?«

»Ja, in der Kühlschranktür.«

»Wo in der Kühlschranktür?«

»In der Ablage mit dem Parmesan und dem Tomatenmark.«

»Und wer hat es dagelassen?«

»Weiß nicht mehr. Es muss ziemlich alt sein. Hat wohl keinen Saft mehr.«

»Keinen Saft mehr? Gras?«

»Alles verliert mit der Zeit den Saft.«

»Präsidentschaftskandidaten?«

»Die ganz besonders.«

»Ich hatte es Doreena angeboten.«

»Wer ist Doreena?«

»Unsere Putzfrau.«

»Eine Putzfrau namens Doreena, die …«

»Bloß keinen Limerick!«

»Du hast es Doreena angeboten?«

»Allerdings. Verstößt das gegen das Arbeitsgesetz oder was? Sie hat es aber nicht gewollt. Sie hat gesagt, darüber ist sie hinaus.«

»Du lieber Gott, so weit kommt's noch, dass Putzfrauen geschenkte Drogen ablehnen!«

»Natürlich, wir wissen ja, dass Zigaretten schneller süchtig machen als alles andere: Alkohol, weiche Drogen, harte Drogen. Sogar schneller süchtig als Heroin.«

»Das wissen wir?«

»Ich hab's in der Zeitung gelesen. Zigaretten: Platz eins.«

»Dann wissen wir's?«

»Schneller süchtig als Macht?«

»Sehr gute Frage!«

»Wir wissen auch – und das hab ich nicht aus der Zeitung –, dass alle Raucher Lügner sind.«

»Willst du damit sagen, wir seien alles ehemalige Lügner?«

»Genau. Ich eingeschlossen.«

»Geht's vielleicht ein bisschen spezifischer?«

»Du belügst deine Eltern, wenn du damit anfängst. Du lügst, wenn's darum geht, wie viele du rauchst – du unter- oder übertreibst. ›Also ich rauche vier Päckchen täglich‹, was so viel heißt wie: ›Also ich hab einen Riesenschwanz.‹ Oder dann: ›Also wir rauchen nur gelegentlich mal eine‹, was so viel heißt wie: mindestens drei täglich. Und dann lügst du, wenn du es aufgeben willst. Und dann lügst du dem Arzt gegenüber, wenn du Krebs hast: ›Wieso, ich hab doch nie viel geraucht?‹«

»Bisschen verbiestert, würd ich sagen.«

»Stimmt aber. Sue und ich haben einander betrogen.«

»Da-vid!«

»Ich spreche von Zigaretten, Liebling. Die ›Ich-hatte-nur-eine-nach-dem-Mittagessen-Nummer.‹ Und: ›Nein, die anderen haben geraucht. Drum riecht das so.‹ Das haben wir beide praktiziert.«

»Dann müssen wir der Nichtraucherin die Stimme geben. Wählt Hillary.«

»Zu spät. Außerdem lügen Raucher nur in Sachen Rauchen, glaube ich. Wie Trinker in Sachen Trinken.«

»Stimmt nicht. Ich habe Trinker gekannt. Schwere Trinker lügen in jeder Hinsicht. Damit sie trinken können. Auch ich habe in anderer Hinsicht gelogen – damit ich rauchen konnte. So zum Beispiel: ›Ich geh mal kurz an die frische Luft‹ oder ›Nein, ich muss los, die Kinder brauchen mich.‹«

»Will heißen: Raucher und Trinker sind ganz allgemein verlogen.«

»Wählt Hillary.«

»Will heißen: Alle Lügner lügen kategorisch.«

»Das ist mir zu philosophisch zu dieser fortgeschrittenen Stunde.«

»Außerdem lügen sie sich selbst in die Tasche, das kommt noch dazu. Jerry, ein Freund von uns, war ein großer Raucher, das war noch diese Generation. Als er in den Sechzigern war, ließ er einen Check-up machen, und da hieß es, er hat Prostatakrebs. Er entschied sich für einen radikalen Eingriff. Die haben ihm die Eier gekappt.«

»Die Eier gekappt?«

»Genau.«

»Dann – hatte er nur noch seinen Schwanz?«

»Nein, sie haben ihm künstliche Eier reingemacht.«

»Und woraus sind die?«

»Weiß nicht, Plastik, glaube ich. Sie sind gleich schwer, du merkst es also nicht.«

»Du merkst es nicht?«

»Sind die dann auch so frei beweglich wie die richtigen?«

»Sind wir nicht etwas vom Thema abgekommen?«

»Wisst ihr, wie Eier in der französischen Umgangssprache heißen? *Valseuses*. Walzertänzerinnen. Eben weil sie beweglich sind.«

»Ist das nicht weiblich? *Valseuses*, meine ich.«

»Doch.«

»Warum sind Klöten auf Französisch weiblich?«

»Wir sind eindeutig vom Thema abgekommen.«

»*Testicules* ist nicht weiblich. Aber *valseuses*.«

»Weibliche Klöten. Das bringen nur Franzosen.«

»Kein Wunder, dass die gegen den Irak-Krieg waren.«

»Na und. Alle an diesem Tisch ebenso.«

»Ich war irgendwie so 60/40.«

»Wie kannst du bei so etwas wie Irak 60/40 sein? Und bei der Theorie, die Erde sei eine Scheibe, bist du da auch 60/40?«

»Genau. Da bin ich auch 60/40.«

»Wie auch immer, ich habe von Jerry gesprochen, weil er gesagt hat, er sei erleichtert, dass es die Prostata sei. Er hat gesagt: ›Wäre es Lungenkrebs gewesen, hätte ich aufhören müssen zu rauchen.‹«

»Der hat also weitergeraucht?«

»Ja.«

»Und?«

»Ein paar Jahre war er okay. Mehrere Jahre. Dann kam der Krebs wieder.«

»Hat er dann aufgehört?«

»Nein. Er hat gesagt, in diesem Stadium habe das keinen Sinn mehr. Er möchte es lieber noch genießen. Ich weiß noch, wie wir ihn das letzte Mal im Krankenhaus besucht haben. Da saß er im Bett, sah sich das Cricket-Match an, und vor ihm ein Riesenaschenbecher voller Kippen.«

»Die haben ihn im Krankenhaus rauchen lassen?«

»Er hatte ein Einzelzimmer. Es war eine Privatklinik. Und es ist ein paar Jahre her. Er hatte bezahlt, das war sein Zimmer. So sah er das.«

»Und warum erzählst du uns von diesem Mann?«

»Weiß ich auch nicht mehr, wegen euch hab ich den Faden verloren.«

»Sich in die Tasche lügen.«

»Stimmt. Sich in die Tasche lügen.«

»Also für mich hört sich das nach dem genauen Gegenteil an: Der hat doch ganz genau gewusst, was er gemacht hat. Vielleicht fand er einfach, das sei ihm die Sache wert.«

»Genau das meine ich mit ›sich in die Tasche lügen‹.«

»Dann musst du Raucher gewesen sein, damit du mal Präsident werden kannst.«

»Ich glaube, Obama schafft das. Ich als Amerikaner vom Dienst.«

»Ich auch. Na ja, sagen wir 60/40.«

»Du bist ein Liberaler, deshalb bist du bei allem 60/40.«

»Ich bin mir da nicht so sicher.«

»Siehste, er ist 60/40 sogar in der Frage, ob er 60/40 ist.«

»Übrigens, bei Reagan liegst du falsch.«

»Hat er nicht für Chesterfield geworben?«

»Nein, was ich sagen will: Der ist nicht an Lungenkrebs gestorben.«

»Hab ich auch nie behauptet.«

»Nicht?«

»Nein. Der hatte Alzheimer.«

»Statistisch gesehen bekommen Raucher viel seltener Alzheimer als Nichtraucher.«

»Weil sie in dem Alter, wo man das normalerweise kriegt, schon tot sind.«

»Neue brasilianische Zigarettenpäckchenwarnung: ›Diese Zigaretten helfen gegen Alzheimer.‹«

»Neulich haben wir mal wieder die ›New York Times‹ gelesen. Im Flugzeug. Da war etwas drin über eine Studie zur Lebenserwartung und den jeweiligen Kosten für den Staat oder vielmehr das Land je nach Todesart. Und so eine Statistik hat man Macmillan – wann gegeben?«

»55, 56, glaub ich.«

»Die kannste vergessen. Wahrscheinlich war die schon damals falsch. Als Raucher stirbst du in der Regel Mitte siebzig. Wenn du dick bist, stirbst du in der Regel mit achtzig. Und wenn du ein gesunder, nicht dicker Nichtraucher bist, stirbst du in der Regel mit 84.«

»Und dafür braucht man eine Studie?«

»Nein, eine Studie braucht man, um Folgendes festzuhalten: Was die Gesundheitsversorgung den Staat kostet. Und jetzt kommt's: Die Raucher sind die Billigsten. Dann kommen die Dicken. Und all die gesunden, nicht dicken Nichtraucher, die kosten das Land am allermeisten.«

»Unglaublich. Das ist das Wichtigste, was heute Abend gesagt worden ist.«

»Abgesehen davon, wie gut das Lamm war.«

»Da brandmarkt man die Raucher, besteuert sie, bis sie Blut pissen, und zwingt sie, an Straßenecken im Regen zu stehen, statt ihnen zu danken, dass sie es dem Land so leicht machen.«

»Ganz schön verlogen.«

»Außerdem sind Raucher netter als Nichtraucher.«

»Abgesehen davon, dass sie Nichtrauchern Krebs anhängen.«

»Meines Wissens entbehrt die Theorie des Passivrauchens jeglicher medizinischen Grundlage.«

»Meines Wissens auch. Wobei ich kein Arzt bin. So wenig wie du.«

»Ich glaube, man muss das eher metaphorisch sehen. Im Sinne von: Komm mir nicht ins Gehege.«

»Metaphorisch für die amerikanische Außenpolitik. Sind wir jetzt wieder beim Irak?«

»Was ich sagen wollte, war, äh: Als alle rauchten, hatte ich das Gefühl, die Nichtraucher seien netter. Jetzt ist es umgekehrt.«

»Die verfolgte Minderheit ist immer netter. Ist das der tiefere Sinn von dem, was Joanna uns sagen will?«

»Was ich sagen will: Es hat so was von einer Schicksalsgemeinschaft. Wenn du zu jemandem gehst, der vor einem Pub oder Restaurant auf dem Gehsteig steht, und von dem eine Zigarette abkaufen willst, gibt er dir immer eine.«

»Ich dachte, du rauchst nicht?«

»Tu ich auch nicht, aber wenn ich es täte, würde man mir eine geben.«

»Ich stelle einen interessanten Wechsel zum Konjunktiv fest.«

»Ich hab's ja gesagt: Alle Raucher sind Lügner.«

»Hört sich an nach etwas, was ausdiskutiert werden sollte, wenn wir alle gegangen sind.«

»Worüber lacht Dick jetzt gerade?«

»Ach, künstliche Eier. Allein schon die Idee. Oder der Ausdruck. Lässt sich bestimmt auch auf anderes anwenden, zum Beispiel die französische Außenpolitik, Hillary Clinton.«

»*Dick.*«

»Tschuldigung, ich bin da etwas altmodisch.«

»Ein altmodischer Kindskopf.«

»Aua. Aber Mami, wenn ich mal groß bin, darf ich dann rauchen?«

»Das ganze Gerede davon, dass Politiker Saft in den Eiern brauchen. Das ist doch Quatsch mit Soße.«

»*Touché.*«

»Also mich wundert ja, dass dieser Freund von euch nicht zum Arzt oder Chirurgen gegangen ist und gesagt hat: ›Kann ich bitte einen anderen Krebs haben als den, der macht, dass Sie mir die Eier abschneiden?‹«

»So war es ja nicht. Er konnte auswählen zwischen verschiedenen Möglichkeiten. Er selbst hat sich für die Radikallösung entschieden.«

»Kann man wohl sagen. Nix 60/40.«

»Wie willst du 60/40 machen, wenn du nur zwei Eier hast?«

»60/40 ist eine Metapher.«

»Ach ja?«

»Um diese Zeit ist alles eine Metapher.«

»Könntest du uns dafür ein buchstäbliches Taxi bestellen?«

»Erinnert ihr euch an den Morgen nach einer durchrauchten Nacht? Den Zigarettenkater?«

»Fast jeden Morgen. Der Hals. Die trockene Nase. Die Brust.«

»Und wie er deutlich anders war als der Kater vom Trinken, den man oft gleichzeitig hatte.«

»Alkohol lockert, Tabak macht dicht.«

»Hä?«

»Rauchen zieht die Blutgefäße zusammen. Drum hat man am Morgen nie scheißen können.«

»Ach deshalb?«

»Als Nicht-Arzt würde ich sagen: Das war dein Problem.«

»Dann sind wir also wieder da, wo wir angefangen haben?«

»Nämlich?«

»Bei den umgestülpten Plastiktüten und …«

46

»Dick, jetzt müssen wir aber wirklich ...«

Doch wir gingen nicht. Wir blieben, und wir redeten weiter und kamen zum Schluss, dass Obama McCain besiegen werde, dass die Konservativen sich nur vorübergehend nicht von Labour unterscheiden ließen, dass al-Qaida während der Olympiade 2012 ganz bestimmt ein Attentat verüben werde, dass die Londoner in ein paar Jahren Heimweh nach den Gelenkbussen haben werden, dass man in ein paar Jahrzehnten wie zur Zeit der alten Römer am Hadrianswall wieder Weinberge anlegen werde und dass es, solange dieser Planet existiere, aller Wahrscheinlichkeit nach immer irgendwo irgendwelche Leute geben werde, die rauchen, diese gottverdammten Glückspilze.

Mit John Updike schlafen

——

»Ist doch sehr gut gelaufen, finde ich«, sagte Jane und tätschelte ihre Handtasche, während sich die Zugtüren mit pneumatischem Fauchen schlossen. Der Wagen war fast leer, die Luft warm und abgestanden.

Alice wusste, dass das eine Frage war und nach Bestätigung verlangte. »*Du* warst auf jeden Fall gut drauf.«

»Na ja, ich hatte ausnahmsweise ein schönes Zimmer. Das macht immer viel aus.«

»Deine Geschichte mit Graham Greene ist gut angekommen.«

»Die kommt meistens gut an«, antwortete Jane mit einer Spur Selbstgefälligkeit.

»Ich wollte dich schon immer mal fragen – ist die wahr?«

»Ach weißt du, darüber mache ich mir jetzt keine Gedanken mehr. Die Leute wollen das hören.«

Wann waren sie sich zum ersten Mal begegnet? Sie hätten es beide nicht mehr genau sagen können. Es musste fast vierzig Jahre her sein, als es diese immer gleichen Partys gab: derselbe Weißwein, derselbe hysterische Geräuschpegel, dieselben Verlegeransprachen. Vielleicht auf einer P.E.N.-Party, oder als sie beide für denselben Literaturpreis nominiert waren. Oder in dem langen, alkoholgeschwängerten Sommer, als Alice mit Janes Agenten geschlafen hatte, wofür sie jetzt keinen Grund mehr nennen konnte und was sie schon damals nicht hatte rechtfertigen können.

»Irgendwie ist es ganz gut, dass wir nicht berühmt sind.«

»Ach ja?« Jane wirkte verwundert und auch ein wenig bestürzt, als hätte sie gedacht, sie wären berühmt.

»Nun ja, dann hätten wir vermutlich Leser, die immer wieder kommen. Die würden ein paar neue Anekdoten erwarten. Ich glaube, wir haben beide schon seit Jahren keine neue Geschichte mehr erzählt.«

»Manche Leute kommen durchaus immer wieder. Nur nicht so viele wie ... wie wenn wir berühmt wären. Und überhaupt, ich glaube, sie hören ganz gern immer dieselben Geschichten. Wenn wir auf der Bühne sind, ist das keine Literatur, sondern ein Unterhaltungsprogramm. Da braucht man eine Zugnummer.«

»Wie deine Geschichte mit Graham Greene.«

»Für mich ist die etwas mehr als eine ... Zugnummer, Alice.«

»Reg dich nicht auf, meine Liebe. Es steht dir nicht.« Alice kam nicht umhin, den leichten Schweißglanz auf dem Gesicht ihrer Freundin zu bemerken. Und das nur von der Anstrengung, vom Taxi zum Bahnsteig und dann vom Bahnsteig in den Zug zu kommen. Und warum mussten Frauen, die mehr Pfunde mit sich herumschleppten, als gut für sie war, ihr Heil in Blumenmustern suchen? In Alices Augen zahlte sich Wagemut in Kleidungsfragen selten aus – jedenfalls dann, wenn man ein gewisses Alter überschritten hatte.

Als sie sich anfreundeten, waren sie beide frisch verheiratet gewesen und hatten gerade ihr erstes Buch veröffentlicht. Sie hatten wechselseitig auf ihre Kinder aufgepasst, einander über die Scheidungen hinweggetröstet und die

Bücher der jeweils anderen als Weihnachtslektüre empfohlen. Insgeheim fand jede die Werke der anderen nicht
ganz so gut, wie sie vorgab, aber schließlich fanden beide
auch die Werke aller anderen nicht ganz so gut, wie sie
vorgaben, also hatte das nichts mit Heuchelei zu tun. Jane
war unangenehm berührt, als Alice sich nicht als Schriftstellerin, sondern als Künstlerin bezeichnete, und dachte,
Alices Bücher seien weniger literarisch, als diese gern gehabt hätte; Alice fand Janes Werke formal unzulänglich
und stellenweise weinerlich autobiografisch. Beide hatten
etwas mehr Erfolg gehabt, als sie gedacht hätten, aber im
Rückblick nicht so viel, wie sie meinten verdient zu haben.
Mike Nichols hatte sich eine Option auf Alices *Triple Sec*
gesichert, am Ende aber einen Rückzieher gemacht; dann
hatte ein Mann vom Fernsehen es routiniert zu einer Sex-
schmonzette verarbeitet. So drückte Alice das natürlich
nicht aus; sie sagte immer mit einem matten Lächeln, die
Bearbeitung habe »die Dezenz des Buches äußerst spar-
sam dosiert«, eine Formulierung, die manch einem kryp-
tisch erschien. Jane wiederum hatte mit *The Primrose Path*
als zweite Favoritin für den Booker Prize gegolten, ein Vermögen für ein Kleid ausgegeben, mit Alice ihre Rede geübt
und dann gegen einen Typen von den Antipoden verloren,
der gerade groß in Mode war.

»Von wem hast du das gehört, nur so interessehalber?«

»Was?«

»Die Geschichte mit Graham Greene.«

»Ach, von diesem ... du weißt schon, der früher mal unser Verleger war.«

»Jim?«

»Ja, genau.«

»Jane, wie kannst du nur Jims Namen vergessen?«

»Tja, hab ich nun mal.« Der Zug donnerte so schnell

durch einen Dorfbahnhof, dass man das Schild nicht lesen konnte. Warum musste Alice so streng sein? Sie hatte doch auch ihre kleinen Fehler. »Hast du übrigens je mit ihm geschlafen?«

Alice runzelte kaum merklich die Stirn. »Also, um ganz ehrlich zu sein, ich weiß es nicht mehr. Und du?«

»Ich weiß es auch nicht mehr. Aber wenn du mit ihm geschlafen hast, dann ich wahrscheinlich auch.«

»Klingt das nicht fast, als wäre ich ein Flittchen?«

»Keine Ahnung. Ich dachte, es klingt eher, als wäre ich ein Flittchen.« Jane lachte, um ihre Unsicherheit zu überspielen.

»Findest du das gut oder schlecht – dass wir das nicht mehr wissen?«

Jane fühlte sich auf die Bühne zurückversetzt und mit einer Frage konfrontiert, auf die sie nicht vorbereitet war. Darum tat sie, was sie gewöhnlich auf der Bühne tat, und gab die Frage an Alice zurück: an die Teamführerin, die Vorturnerin, die moralische Instanz.

»Was meinst du denn?«

»Gut, eindeutig gut.«

»Warum?«

»Ach, ich glaube, solche Sachen sieht man am besten Zen-mäßig.«

Diese Gelassenheit hatte manchmal zur Folge, dass Alice auf gewöhnliche Sterbliche etwas undurchsichtig wirkte. »Willst du damit sagen, es ist buddhistisch, wenn man vergisst, mit wem man geschlafen hat?«

»Möglich wär's.«

»Ich dachte, im Buddhismus geht es darum, dass alles in einem anderen Leben wiederkommt?«

»Tja, das würde erklären, warum wir mit so vielen Schweinen geschlafen haben.«

51

Sie sahen sich verständnisinnig an. Sie waren ein gutes Team. Als sie die ersten Einladungen zu Literaturfestivals bekamen, hatten sie bald festgestellt, dass es lustiger war, zu zweit aufzutreten. So hatten sie gemeinsam in Hay-on-Wye und Edinburgh gelesen, in Charleston und King's Lynn, in Dartington und Dublin, sogar in Adelaide und Toronto. Sie reisten zusammen und ersparten ihren Verlagen damit die Ausgaben für einen Betreuer. Auf der Bühne führte eine die Sätze der anderen zu Ende, vertuschte die Schnitzer der anderen; sie kanzelten männliche Interviewer, die sie von oben herab behandeln wollten, spöttisch ab und rieten den Leuten, die zum Signieren anstanden, das Buch der anderen zu kaufen. Der British Council hatte sie auf einige Lesereisen ins Ausland geschickt, bis Jane einmal in München, als sie nicht ganz nüchtern war, ein paar undiplomatische Bemerkungen machte.

»Was ist das Schlimmste, das man dir je angetan hat?«

»Sind wir immer noch bei Bettgeschichten?«

»Mhm.«

»Jane, was für eine Frage.«

»Nun ja, früher oder später wird man sie uns stellen. So, wie die Dinge jetzt laufen.«

»Ich bin nie vergewaltigt worden, falls du das meinst. Zumindest«, fügte Alice nachdenklich hinzu, »hätte es vor Gericht nicht als Vergewaltigung gegolten.«

»Also?«

Als Alice nicht antwortete, sagte Jane: »Ich seh mir die Landschaft an, während du nachdenkst.« Sie schaute mit verschwommen gutmütigem Blick auf Bäume, Felder, Hecken und Vieh hinaus. Sie war immer ein Stadtmensch gewesen und zeigte an ländlichen Gegenden ein weitgehend pragmatisches Interesse, das in einer Schafherde vor allem den Lammbraten sah.

»Es ist nichts ... Offensichtliches. Aber ich würde sagen, es war Simon.«

»Simon – meinst du den Schriftsteller oder den Verleger oder einen Simon, den ich nicht kenne?«

»Simon den Schriftsteller. Das war kurz nach meiner Scheidung. Er rief mich an und wollte vorbeikommen. Er würde eine Flasche Wein mitbringen. Was er auch tat. Als sich abzeichnete, dass er nicht bekommen würde, worauf er es abgesehen hatte, steckte er den Korken wieder rein und nahm die Flasche mit nach Hause.«

»Was war es denn?«

»Wie meinst du das?«

»Na ja, war es Champagner?«

Alice überlegte einen Moment. »Champagner kann es nicht gewesen sein, weil da der Korken nicht wieder in die Flasche reingeht. Meinst du, ob es französischer oder italienischer oder weißer oder roter war?«

Jane hörte an ihrem Ton, dass Alice gereizt war. »Ich weiß nicht mehr, was ich gemeint habe. Das ist allerdings schlimm.«

»Was ist schlimm? Dass du nicht mehr weißt, was du gemeint hast?«

»Nein, dass jemand den Korken wieder in die Flasche steckt. Wirklich schlimm.« Als ehemalige Schauspielerin legte sie eine Kunstpause ein. »Vielleicht war es ein symbolischer Akt.«

Alice kicherte, und Jane wusste, dass alles wieder im Lot war. Ermutigt sprach sie mit ihrer Fernsehkomödienstimme weiter. »Später kann man darüber lachen, nicht wahr?«

»Ja, wahrscheinlich«, antwortete Alice. »Entweder man kann lachen, oder man muss religiös werden.«

Jane hätte die Gelegenheit verstreichen lassen können. Aber Alices Verweis auf den Buddhismus hatte ihr Mut gemacht; außerdem, wozu sind Freunde da? Trotzdem guckte sie bei ihrem Geständnis zum Fenster raus. »So wie ich, ehrlich gesagt. Ein bisschen jedenfalls.«

»Tatsächlich? Seit wann? Oder vielmehr, warum?«

»Seit ein, zwei Jahren. Irgendwie bekommt damit alles einen Sinn. Es erscheint nicht mehr so ... hoffnungslos.« Jane streichelte ihre Handtasche, als brauche die gleichfalls Trost.

Alice war überrascht. In ihren Augen war tatsächlich alles hoffnungslos, aber man musste sich einfach damit abfinden. Und wozu jetzt noch etwas an seinem Glauben ändern, wenn das Spiel schon so weit gediehen war. Sie überlegte, ob sie ernsthaft oder leichthin antworten sollte, und entschied sich für Letzteres.

»Hauptsache, dein Gott lässt Trinken und Rauchen und Unzucht zu.«

»Oh, auf all das legt er großen Wert.«

»Was ist mit Blasphemie? Ich finde immer, das ist der Härtetest für einen Gott.«

»Dazu hat er keine Meinung. Er steht irgendwie darüber.«

»Dann bin ich dafür.«

»Er auch. Er ist dafür.«

»Mal was anderes. Für einen Gott, meine ich. Meistens sind sie dagegen.«

»Einen Gott, der dagegen ist, würde ich wahrscheinlich nicht wollen. Davon hat man schon genug im Leben. Gnade, Vergebung und Verständnis, das brauchen wir. Und die Vorstellung von einem übergeordneten Plan.«

»Hat er dich gefunden oder du ihn, falls das eine sinnvolle Frage ist?«

»Absolut sinnvoll«, antwortete Jane. »Man könnte wohl sagen, es beruhte auf Gegenseitigkeit.«

»Das hört sich ... komfortabel an.«

»Ja, die meisten Leute finden nicht, dass ein Gott komfortabel sein sollte.«

»Wie geht dieser Spruch noch mal? Irgendwas wie: ›Gott wird mir vergeben, schließlich ist das sein Job‹?«

»Stimmt ja auch. Ich finde, wir haben Gott im Laufe der Jahrhunderte unnötig kompliziert.«

Der Snackwagen kam vorbei, und Jane bestellte Tee. Aus ihrer Handtasche zog sie eine Plastikdose mit einer Zitronenscheibe und ein Kognakfläschchen aus der Hotelminibar hervor. Sie spielte gern ein heimliches kleines Spiel mit ihrem Verlag: Je besser ihr Zimmer, desto weniger klaute sie. Letzte Nacht hatte sie gut geschlafen, darum hatte sie sich mit Kognak und Whisky begnügt. Aber einmal, in Cheltenham, war sie nach einer schlecht besuchten Lesung und einer klumpigen Matratze so wütend gewesen, dass sie alles mitgenommen hatte: Alkohol, Erdnüsse, Schokolade, den Flaschenöffner und sogar die Eisschale.

Der Wagen mit den Snacks ratterte weiter. Alice stellte fest, dass sie den Zeiten nachtrauerte, in denen es noch richtige Speisewagen mit Silberbesteck gab und Kellner in weißen Jacken mit geübtem Griff das zwischen Gabel und Löffel geklemmte Gemüse vorlegten, während draußen die Landschaft vorbeischlingerte. Das Leben, dachte sie, bedeutet vor allem einen allmählichen Verlust des Vergnügens. Sex hatten sie und Jane etwa zur selben Zeit aufgegeben. Sie machte sich nichts mehr aus Alkohol, Jane achtete nicht mehr darauf, was sie aß – zumindest, was die Qualität betraf. Alice hatte ihren Garten, Jane ihre Kreuzworträtsel, wo sie zwecks Zeitersparnis manchmal Lösungen eintrug, die unmöglich richtig sein konnten.

Jane war froh, dass Alice ihr nie Vorhaltungen machte,

wenn sie sich einen Drink genehmigte, obwohl es noch früh am Tag war. Sie hatte eine jähe Anwandlung von Zuneigung zu dieser gelassenen, stets wohlorganisierten Freundin, die immer dafür sorgte, dass sie pünktlich zu ihrem Zug kamen.

»Der junge Mann, der uns interviewt hat, war nett«, sagte Alice. »Respektvoll, wie es sich gehört.«

»Dir gegenüber, ja. Aber bei mir hat er sich einiges herausgenommen.«

»Was denn?«

»Hast du das nicht gemerkt?« Jane seufzte voller Selbstmitleid. »Als er all diese Bücher erwähnte, an die ihn mein letztes erinnert hat. Man kann ja nicht gut sagen, dass man manche davon gar nicht gelesen hat, sonst steht man da wie ein Dummkopf. Also spielt man mit, und dann denken alle, da hätte man seine Ideen her.«

Alice hielt das für übertrieben paranoid. »Niemand hat das gedacht, Jane. Wahrscheinlich haben sie sich eher darüber mokiert, dass er mit seiner Belesenheit prahlen wollte. Und sie fanden es herrlich, als er von *Moby Dick* sprach, und du hast den Kopf schief gelegt und gefragt: ›Ist das nicht dieses Buch mit dem Wal?‹«

»Aha.«

»Jane, willst du mir etwa erzählen, du hättest *Moby Dick* nicht gelesen?«

»Sah das so aus?«

»Nein, überhaupt nicht.«

»Gut. Na ja, ich hab nicht direkt gelogen. Ich hab den Film gesehen. Gregory Peck. Was hältst du denn davon?«

»Von dem Film?«

»Nein, sei nicht albern – von dem Buch.«

»Ehrlich gesagt, ich hab's auch nicht gelesen.«

»Alice, du bist eine wahre Freundin.«

»Liest du diese jungen Männer, über die alle Welt redet?«

»Welche?«

»Die, über die alle Welt redet.«

»Nein. Ich finde, die haben sowieso schon genug Leser, meinst du nicht auch?«

Ihre eigenen Verkaufszahlen blieben konstant, gerade so eben. Ein paar Tausend im Hardcover, um die zwanzig im Taschenbuch. Ihre Namen hatten noch einen gewissen Bekanntheitsgrad. Alice schrieb eine wöchentliche Kolumne über die Ungewissheiten und Misslichkeiten des Lebens, auch wenn Jane fand, es würde den Artikeln guttun, wenn darin mehr von Alices eigenem Leben die Rede wäre und weniger von Epiktet. Jane war noch immer gefragt, wenn beim Rundfunk jemand für den Sendeplatz Soziales/Frau/Freizeit/Humor gebraucht wurde, auch wenn ein Produzent ein klares »BM« neben ihre Kontaktdaten geschrieben hatte, was »Besser Morgens« bedeutete.

Jane wollte die Stimmung halten. »Und die jungen Frauen, über die alle Welt redet?«

»Bei denen geb ich mir wohl etwas mehr den Anschein, ich hätte sie gelesen, als bei den Jungs.«

»Ich auch. Ist das schlimm?«

»Nein, ich finde, das ist Frauensolidarität.«

Jane zuckte zusammen, als ihr Wagen plötzlich von dem heftigen Windstoß eines entgegenkommenden Zugs geschüttelt wurde. Warum mussten die Gleise nur so dicht zusammenliegen? Und schon hatte sie alle möglichen Hubschrauberaufnahmen aus den Nachrichten vor Augen: ineinander verkeilte Waggons – dieser Ausdruck ließ alles noch dramatischer erscheinen –, am Bahnhang verstreute Züge, blinkende Lichter, Bergungsmannschaften, und im

Hintergrund hatte sich ein Waggon auf einen anderen geschoben, als würde sich Metall mit Metall begatten. Ihre Gedanken sprangen schnell weiter zu Flugzeugabstürzen, Massenmord, Krebs, erdrosselten alten, alleinstehenden Damen und der Wahrscheinlichkeit, dass es keine Unsterblichkeit gab. Gegen solche Visionen konnte ihr Gott, der immer dafür war, nichts ausrichten. Sie kippte den letzten Rest Kognak in ihren Tee. Alice sollte sie auf andere Gedanken bringen.

»Woran denkst du?«, fragte sie schüchtern, als stünde sie zum ersten Mal in der Schlange und wollte sich ein Buch signieren lassen.

»Ehrlich gesagt habe ich mich gerade gefragt, ob du je auf mich eifersüchtig warst.«

»Wieso fragst du dich das?«

»Ich weiß nicht. Nur so ein komischer Gedanke, wie sie einem manchmal durch den Kopf gehen.«

»Gut. Das ist nämlich nicht gerade nett.«

»Nein?«

»Nun ja, wenn ich zugebe, dass ich mal auf dich eifersüchtig war, bin ich eine schäbige Freundin. Und wenn ich sage, nein, war ich nie, dann hört sich das an, als wäre ich so von mir eingenommen, dass es in deinem Leben und deinen Büchern nichts gäbe, auf das ich eifersüchtig sein müsste.«

»Jane, das tut mir leid. Wenn man es so sieht, bin ich ein gemeines Biest. Entschuldige bitte.«

»Entschuldigung angenommen. Aber da du schon fragst ...«

»Bist du sicher, dass ich das jetzt hören will?« Seltsam, dass sie Jane immer noch unterschätzen konnte.

»... ich weiß nicht, ob ›eifersüchtig‹ der richtige Ausdruck ist. Aber ich war verdammt neidisch auf das Projekt

58

mit Mike Nichols – bis es sich dann zerschlagen hat. Und ich war ziemlich sauer, als du mit meinem Mann geschlafen hast, aber ich glaube, das war keine Eifersucht, sondern Wut.«

»Wahrscheinlich war das taktlos von mir. Aber zu der Zeit war er dein Exmann. Und damals hat doch jeder mit jedem geschlafen, oder nicht?« Hinter dieser prosaischen Antwort verbarg Alice ihren aufsteigenden Ärger. Musste das jetzt wieder kommen? Schließlich hatten sie das seinerzeit bis zum Überdruss diskutiert. Und später auch. Und Jane hatte diesen verfluchten Roman darüber geschrieben und es so dargestellt, als wollte »David« sich gerade wieder mit »Jill« versöhnen, als »Angela« dazwischentrat. Der Roman verschwieg allerdings, dass inzwischen zwei Jahre und nicht zwei Monate vergangen waren, und dass »David« zu dem Zeitpunkt nicht nur »Angela« bumste, sondern halb West London.

»Es war taktlos von dir, es mir zu *erzählen*.«

»Ja. Wahrscheinlich hatte ich gehofft, du würdest mich zwingen, damit Schluss zu machen. Ich brauchte einen Menschen, der mich dazu zwang. Ich war doch damals total am Ende.« Auch das hatten sie erörtert. Warum vergaßen manche Leute das, woran sie sich erinnern sollten, und erinnerten sich an das, was vergessen sein sollte?

»Bist du sicher, dass das der Grund war?«

Alice holte tief Luft. Sie dachte gar nicht daran, sich bis an ihr Lebensende zu entschuldigen. »Nein, ich weiß eigentlich nicht mehr, was damals der Grund war. Ich kann nur raten. Post festum«, fügte sie hinzu, als gäbe das ihrer Aussage mehr Gewicht, und als wäre die Sache damit abgeschlossen. Doch Jane ließ nicht so leicht locker.

»Ich frage mich, ob Derek *mich* eifersüchtig machen wollte.«

Jetzt war Alice richtig sauer. »Na, schönen Dank auch. Ich dachte immer, er hätte den vielfältigen Reizen nicht widerstehen können, die ich damals zu bieten hatte.«

Jane erinnerte sich, wie viel Dekolleté Alice früher zur Schau gestellt hatte. Heute trug sie nur gut geschnittene Hosenanzüge mit Kaschmirpullovern und schlang sich ein Seidentuch um den Schildkrötenhals. Damals war es eher gewesen, als hielte einem jemand eine Obstschale unter die Nase. Ja, Männer waren schlicht gestrickt und Derek ganz besonders schlicht, also war vielleicht wirklich nur ein trickreicher BH an allem schuld.

Im Grunde war es kein Themenwechsel, als sie dann fragte: »Übrigens, willst du deine Memoiren schreiben?«

Alice schüttelte den Kopf. »Zu deprimierend.«

»Sich an alles zu erinnern?«

»Nein, nicht das Erinnern – oder Erfinden. Sondern dass man das öffentlich macht, alles nach außen trägt. Ich kann gerade noch damit leben, dass eine deutlich begrenzte Anzahl von Menschen meine Romane lesen will. Aber stell dir vor, du schreibst deine Autobiografie und willst darin alles unterbringen, was du erlebt und gesehen und gefühlt und gelernt und erlitten hast in deinen fünfzig Lebensjahren …«

»*Fünfzig!*«

»Ich fang erst mit sechzehn zu zählen an, wusstest du das nicht? Vorher war ich noch kein empfindungsfähiges Wesen, geschweige denn verantwortlich für meine Person.«

Vielleicht lag darin das Geheimnis von Alices bewundernswerter, unerschütterlicher Gelassenheit. Alle paar Jahre zog sie einen Schlussstrich unter das bisher Gewesene und wies jede Verantwortung von sich. Wie bei Derek. »Sprich weiter.«

»... und musst dann erkennen, dass es auch nicht mehr Leute gibt, die das wissen wollen. Vielleicht sogar noch weniger.«

»Du könntest jede Menge Sex reinpacken. Es kommt immer gut an, wenn alte ...«

»Schachteln?« Alice zog eine Augenbraue hoch. »Scharteken?«

»... Scharteken wie wir aus dem sexuellen Nähkästchen plaudern. Bei alten Männern sieht es nach Prahlerei aus, wenn sie sich an ihre Eroberungen erinnern. Bei alten Frauen wirkt es mutig.«

»Wie dem auch sei – man muss auf jeden Fall mit jemandem geschlafen haben, der berühmt ist.« Berühmtheit konnte man Derek nun wirklich nicht vorwerfen. Und Simon dem Schriftsteller auch nicht, vom eigenen Verleger ganz zu schweigen. »Oder man muss etwas besonders Widerwärtiges gemacht haben.«

Jane fand ihre Freundin nicht ganz aufrichtig. »Ist John Updike denn nicht berühmt?«

»Er hat mir nur zugezwinkert.«

»*Alice*! Ich hab mit eigenen Augen gesehen, wie du auf seinem Knie gesessen hast.«

Alice lächelte verkniffen. Sie erinnerte sich deutlich: irgendeine Wohnung in Little Venice, die üblichen Gesichter, Musik von einer Byrds-LP, hintergründiger Marihuana-Geruch, der berühmte Schriftsteller zu Gast, ihre eigene plötzliche Dreistigkeit. »Ich habe, wie du es nennst, auf seinem Knie gesessen. Und er hat mir zugezwinkert. Ende der Geschichte.«

»Aber du hast mir doch erzählt ...«

»Nein, hab ich nicht.«

»Aber du hast mir doch zu verstehen gegeben ...«

»Nun ja, jeder hat seinen Stolz.«

»Soll heißen?«

»Soll heißen, er hat gesagt, er müsse am nächsten Morgen früh los. Paris, Kopenhagen, was weiß ich. Lesereise. Du weißt schon.«

»Wie andere Kopfschmerzen vorschützen.«

»Genau.«

»Tja«, sagte Jane und versuchte, eine jähe Anwandlung von Fröhlichkeit zu unterdrücken, »für Schriftsteller ist es ergiebiger, wenn etwas schiefgeht, als wenn alles glatt läuft, das hab ich schon immer gedacht. Es ist der einzige Beruf, in dem man aus einem Misserfolg etwas machen kann.«

»Ich glaube kaum, dass ›Misserfolg‹ das treffende Wort für meine Begegnung mit John Updike ist.«

»Natürlich nicht, meine Liebe.«

»Und das hört sich, mit Verlaub, ein bisschen an wie aus einem Ratgeberbuch.« Oder wie du in der *Stunde für die Frau*, wo du anderen munter erzählst, wie sie leben sollen.

»Ach ja?«

»Tatsache ist, selbst wenn man aus einem persönlichen Fehlschlag Kunst machen *kann*, ändert das nichts an den Tatsachen.«

»Und die wären?«

»Die wären, dass man nicht mit John Updike geschlafen hat.«

»Also, falls dir das ein Trost ist, ich bin eifersüchtig darauf, dass er dir zugezwinkert hat.«

»Du bist eine echte Freundin«, antwortete Alice, aber ihr Tonfall verriet ihre wahren Gefühle.

Sie schwiegen. Ein großer Bahnhof rauschte vorbei.

»War das Swindon?«, fragte Jane, damit es so aussah, als würden sie nicht streiten.

»Wahrscheinlich.«

»Meinst du, wir haben viele Leser in Swindon?« Ach, Alice, reg dich wieder ab. Besser gesagt, regen wir uns beide ab.

»Was meinst du?«

Jane wusste nicht, was sie meinen sollte. Sie war fast von Panik ergriffen. Sie suchte nach einer unerwarteten Information. »Swindon ist die größte Stadt in England ohne Universität.«

»Woher weißt du das?«, fragte Alice und versuchte, neidisch zu erscheinen.

»Ach, so etwas weiß ich eben. Vermutlich habe ich es aus *Moby Dick*.«

Sie lachten zufrieden und einvernehmlich. Dann trat Schweigen ein. Nach einiger Zeit fuhren sie durch Reading, und jede rechnete es der anderen hoch an, dass sie nicht auf das Gefängnis hinwies oder sich über Oscar Wilde verbreitete. Jane ging auf die Toilette, oder vielleicht wollte sie die Minibar in ihrer Handtasche konsultieren. Alice ertappte sich bei der Überlegung, ob man das Leben lieber ernst oder leicht nehmen sollte. Oder war das ein falscher Gegensatz, nur eine andere Art von Hochmut? Wie ihr schien, nahm Jane das Leben leicht, bis es dann schiefging und sie nach ernsten Lösungen wie Gott suchte. Da nahm man das Leben lieber ernst und suchte nach leichten Lösungen. Spott, zum Beispiel; oder Selbstmord. Warum klammerten sich die Leute so an das Leben, dieses Geschenk, um das sie nicht gebeten hatten? In Alices Weltverständnis war jedes Leben ein Fehlschlag und Janes Gemeinplatz, man könne aus Fehlschlägen Kunst machen, nichts als ein wolkiges Hirngespinst. Jeder, der ein bisschen Ahnung von Kunst hatte, wusste, dass Kunst nie das bewirkte, was ihr Urheber sich erträumt hatte. Die Kunst musste immer versagen, und somit war der Künstler, statt etwas vor der Katastrophe des Lebens zu retten, zu zweifachem Scheitern verdammt.

Als Jane zurückkam, faltete Alice eifrig die Teile der Zeitung zusammen, die sie aufheben und bei ihrem sonntagabendlichen gekochten Ei lesen wollte. Seltsam, dass Eitelkeit mit zunehmendem Lebensalter kein Laster mehr wurde, sondern fast das Gegenteil: eine moralische Verpflichtung. Ihre Mütter hätten jetzt einen Hüftgürtel oder ein Korsett getragen, doch ihre Mütter waren längst gestorben und ihre Hüftgürtel und Korsetts mit ihnen. Jane hatte immer Übergewicht gehabt – das war eine der ständigen Klagen von Derek gewesen; und seine Angewohnheit, seine Exfrau zu kritisieren, bevor oder kurz nachdem er mit Alice ins Bett gegangen war, war ein Grund mehr gewesen, mit ihm Schluss zu machen. Das war keine Frauensolidarität, sondern eher eine Abneigung gegen Männer, denen es an Klasse fehlte. Jane hatte dann noch mehr zugenommen, was bei ihrem Alkoholkonsum und ihrer Vorliebe für Zuckerschnecken und dergleichen zum Nachmittagstee kein Wunder war. Zuckerschnecken! Manche Angewohnheiten sollte eine Frau mit den Jahren wirklich ablegen. Selbst wenn kleine Laster, verschämt vor dem Mikrofon gestanden, beim Publikum immer gut ankamen. Und was *Moby Dick* betraf, war für jedermann sonnenklar gewesen, dass Jane nicht ein Wort davon gelesen hatte. Gleichwohl war das der konstante Vorteil der gemeinsamen Auftritte mit Jane. Dadurch sah sie, Alice, besser aus: klar, nüchtern, belesen, schlank. Wie lange würde es dauern, bis Jane einen Roman über eine übergewichtige Schriftstellerin mit einem Alkoholproblem herausbrachte, die einen Gott findet, der sie wohlwollend betrachtet? Du bist gemein, dachte Alice bei sich. Du hättest wahrhaftig die Geißel so einer alten strafenden Religion verdient. Für dich ist stoischer Atheismus moralisch zu neutral.

Aus schlechtem Gewissen umarmte sie Jane ein wenig länger, als sie sich in Paddington dem Anfang der Taxischlange näherten.

»Gehst du zu der Party für die Autoren des Jahres bei Hatchards?«

»Ich war letztes Jahr eine Autorin des Jahres. Dieses Jahr bin ich eine vergessene Autorin.«

»Nun werd mal nicht wehleidig, Jane. Aber wenn du nicht gehst, geh ich auch nicht.« Alice sagte das mit Bestimmtheit und wusste zugleich, dass sie es sich später noch anders überlegen könnte.

»Wohin geht es als Nächstes?«

»War das nicht Edinburgh?«

»Kann sein. Das ist dein Taxi.«

»Mach's gut, Partner. Du bist doch die Beste.«

»Du auch.«

Sie küssten sich noch einmal.

Später, bei ihrem gekochten Ei, stellte Alice fest, dass ihre Gedanken von den Seiten des Feuilletons zu Derek hin wanderten. Ja, er war ein Stoffel gewesen, aber ein Stoffel mit einer solchen Lust auf sie, dass sie sich keine Fragen stellen wollte. Und damals machte es Jane anscheinend nichts aus; sie fing erst später an, es ihr übel zu nehmen. Alice überlegte, ob das an Jane lag oder am Wesen der Zeit; aber sie kam zu keinem Schluss und wandte sich wieder ihrer Zeitung zu.

Unterdessen saß Jane in einem anderen Teil von London vor dem Fernseher, aß einen Käsetoast und kümmerte sich nicht darum, wo die Krümel hinfielen. Manchmal glitschte ihre Hand am Weinglas ab. Eine Europapolitikerin in den Nachrichten erinnerte sie an Alice, und sie dachte über ihre lange Freundschaft nach und darüber, wie Alice, wenn sie gemeinsam auf der Bühne waren, sich immer als die Überlegene aufspielte und sie selbst das immer stillschweigend hinnahm. Lag das daran, dass sie einen unterwürfigen Charakter hatte, oder dass sie dachte, damit würde sie, Jane, mehr Sympathien gewinnen? Im Gegensatz zu Alice fand sie nie etwas dabei, ihre Schwächen einzugestehen. Dann war es vielleicht an der Zeit, sich zu den Lücken in ihrer Lektüre zu bekennen. Sie könnte in Edinburgh damit anfangen. Auf diese Tour freute sie sich. Sie stellte sich vor, dass diese gemeinsamen Lesereisen in Zukunft immer weitergehen würden, bis … bis was? Statt des Fernsehschirms sah sie ein Bild ihrer selbst vor sich, wie sie in einem fast leeren Zug von irgendwoher zurückkam und tot umfiel. Was sie wohl machten, wenn so etwas passierte? Ob man den Zug anhielt – zum Beispiel in Swindon – und die Leiche herausholte, oder setzte man sie einfach wieder auf ihren Platz, als würde sie schlafen oder wäre betrunken, und fuhr weiter nach London? Irgendwo musste doch ein Protokoll aufgenommen werden. Aber wie konnte man einen Sterbeort angeben, wenn sie zu dem Zeitpunkt in einem fahrenden Zug war? Und was würde Alice tun, wenn ihre Leiche herausgeholt wurde? Würde sie ihre tote Freundin getreulich begleiten oder irgendeinen hochmoralischen Vorwand finden, um im Zug zu bleiben? Plötzlich schien es ihr sehr wichtig, sich zu vergewissern, dass Alice sie nicht im Stich lassen würde. Sie schaute das Telefon an und überlegte, was Alice wohl gerade tat. Doch dann stellte sie sich das kurze, missbilligende Schweigen vor, ehe Alice ihre Frage beantwortete, ein Schweigen, das irgendwie zu verstehen gab, dass ihre

Freundin bedürftig, theatralisch und übergewichtig war. Jane seufzte, griff zur Fernbedienung und schaltete auf einen anderen Sender um.

Bei Phil & Joanna 2: Orangenmarmelade

———

Es war einer dieser Februare, die die Briten daran erinnerten, weshalb so viele ihrer Landsleute auswanderten. Seit Oktober war immer mal wieder Schnee gefallen, der Himmel war wie mattes Aluminium, und das Fernsehen berichtete von plötzlichen Überschwemmungen, Kleinkindern, die von den Fluten fortgerissen wurden, und Senioren, die man mit Paddelbooten in Sicherheit brachte. Wir hatten über Winterdepressionen gesprochen, die Kreditkrise, die steigenden Arbeitslosenzahlen und die Wahrscheinlichkeit zunehmender sozialer Spannungen.

»Ich sag ja nur, es überrascht mich nicht, dass hier ansässige ausländische Firmen ausländische Arbeitskräfte einfliegen, wo bei ihnen zu Hause haufenweise Leute Arbeit suchen.«

»Und ich sage nur, es arbeiten mehr Briten in Europa als Europäer hier.«

»Hast du den italienischen Arbeiter gesehen, der den Fotografen den Stinkefinger gezeigt hat?«

»Allerdings, und ich bin sehr dafür, ausländische Arbeitskräfte herzubringen, wenn die aussehen wie der.«

»Schenk ihr nicht mehr nach, Phil.«

»Auf die Gefahr hin, wie der Premierminister zu klingen oder eine dieser Zeitungen, die wir nicht lesen, ich finde, britische Arbeiter haben Anspruch auf britische Jobs.«

»Und britische Frauen auf europäischen Wein.«

»Das ist keine logische Folgerung.«

»Nein, das ist eine geselligkeitsbedingte Folgerung, was auf das Gleiche hinausläuft.«

»Als der Ausländer an diesem Tisch …«

»Ruhe bitte für den Sprecher unserer ehemaligen Kolonie.«

»… erinnere ich mich, wie ihr über die Einheitswährung gestritten habt. Ich hab damals gedacht: Was haben die denn? Eben bin ich nach Italien gefahren und zurück und hab die ganze Zeit nur eine Währung gebraucht, und die heißt Mastercard.«

»Wenn wir beim Euro mitmachen würden, dann wäre das Pfund weniger wert.«

»Moment mal, wenn wir beim Euro –«

»War nur ein Witz.«

»Eure Pässe haben dieselbe Farbe. Warum macht ihr nicht Nägel mit Köpfen und sagt, ihr seid alle Europäer?«

»Weil wir dann keine Witze mehr über Ausländer machen könnten.«

»Was eine ehrwürdige britische Tradition ist.«

»Hör mal: Egal in welche europäische Stadt du gehst, die Läden sind überall praktisch die gleichen. Manchmal fragst du dich, wo du überhaupt bist. Binneneuropäische Grenzen gibt es kaum noch. Plastik ersetzt Bargeld, das Internet ersetzt alles andere. Und mehr und mehr Leute sprechen Englisch, was alles noch einfacher macht. Warum also nicht zugeben, was Sache ist?«

»Weil auch das etwas Britisches ist, an dem wir hängen: Nicht zugeben können, was Sache ist.«

»Verlogenheit, beispielsweise.«

»Fang bloß nicht wieder damit an. Dieses Steckenpferd hast du letztes Mal echt zu Tode geritten.«

»Echt?«

»Ein Steckenpferd zu Tode zu reiten, bedeutet, einer toten Metapher die Sporen zu geben.«

»Was ist eigentlich der Unterschied zwischen einer Metapher und einem Vergleich?«

»Orangenmarmelade.«

»Wer von euch beiden fährt?«

»Hast du deine schon gemacht?«

»Ach, weißt du, ich sehe die Bitterorangen immer, wenn sie frisch auf dem Markt sind, und dann schaff ich es nie, rechtzeitig welche zu kaufen.«

»Eine der letzten Früchte, die immer noch saisonabhängig sind. Ich wünschte mir, die Welt würde wieder nach dem Saisonprinzip funktionieren.«

»Bloß nicht. Dann hättest du den ganzen Winter über nichts als Steck- und Kohlrüben.«

»Als ich ein kleiner Junge war, hatten wir in der Küche so einen großen Geschirrschrank mit tiefen Schubladen unten drin, und einmal im Jahr waren die plötzlich voll Orangenmarmelade. Das war wie ein Wunder. Nie habe ich meine Mutter sie kochen sehen. Ich kam aus der Schule, und da war dieser Geruch, und dann ging ich zum Geschirrschrank, und dann war der voller Töpfe. Alle sauber etikettiert. Immer noch warm. Und die mussten dann ein Jahr lang reichen.«

»Mein lieber Phil, gleich rauschen die Geigen auf und muss ich eine Träne zerdrücken. Das war wohl in jenen Zeiten, als du dir Zeitungspapier in die löchrigen Schuhe stopfen musstest, bevor du den beschwerlichen Weg zur Fabrik unter die Füße nahmst.«

»Verpiss dich, Dick.«

»Claude sagt, Bitterorangen gibt es nur noch diese Woche.«

»Ich hab's gewusst. Ich habe sie wieder verpasst.«

»Bitterorangen werden auch Pomeranzen genannt und kommen als solche bei Mörike vor. Wo genau, weiß ich allerdings nicht mehr.«

»Man kann sie auch einfrieren, weißt du.«

»Du solltest unsere Tiefkühltruhe sehen. Ich will nicht, dass die zu einem noch übleren Hort der Schuldgefühle wird.«

»›Hort der Schuldgefühle‹. Klingt wie der Titel einer Schmähschrift gegen die Ehe. Von Strindberg oder Wedekind.«

»Was für ein Kind?«

»Wer ist Claude?«

»Unser Gemüsehändler. Ein Franzose. Genauer gesagt, ein Franzose tunesischer Herkunft.«

»Das ist auch so was. Wie viele unserer traditionellen Läden werden noch von Engländern geführt? Hier in der Gegend, meine ich. Ein Viertel, ein Drittel?«

»Apropos, hab ich euch schon von dem Bastelsatz zur Do-it-yourself-Erforschung der Gedärme erzählt, den mir die Regierung freundlicherweise geschickt hat, weil ich jetzt offiziell ein alter Sack bin?«

»Dick, muss das sein?«

»Ich verspreche, anständig zu bleiben, auch wenn die Verlockung gewaltig ist.«

»Wenn du getrunken hast, wirst du immer so unappetitlich.«

»Ich gelobe, zurückhaltend, ja prüde zu sein. Alles der Fantasie zu überlassen. Also: Die schicken einem so ein Set samt einem beschichteten Umschlag, in dem man das – wie soll ich das sagen – notwendige Beweismaterial einschicken soll. Je zwei Proben, die man an drei Tagen entnehmen soll. Und jede Probe muss datiert werden.«

»Wie kommst du zu der Probe? Musst du die … herausfischen?«

»Auf keinen Fall. Sie darf nicht durch Wasser verfälscht werden.«

»Also …«

»Ich habe versprochen, mich der Sprache von Miss Austen zu befleißigen. Bestimmt gab es auch damals schon Papierhandtücher und kleine Pappkartonstäbchen und wahrscheinlich auch schon ein lustiges Kinderspiel namens Fang-den-Kot.«

»*Dick.*«

»Da fällt mir ein, ich musste mal zu einem Proktologen, und der sagte mir, eine Testmethode – auf was, hab ich so rasch wie möglich vergessen –, also eine Testmethode sei, mich über einen auf dem Boden liegenden Spiegel zu kauern. Irgendwie wollte ich es dann doch lieber drauf ankommen lassen, zu erwischen, was immer es sein mochte.«

»Ihr fragt euch bestimmt, warum ich dieses Thema aufgebracht habe.«

»Weil du immer so unappetitlich wirst, wenn du getrunken hast.«

»Eine hinreichende, aber nicht notwendige Bedingung. Nein, es ist so: Letzten Donnerstag habe ich meinen ersten Test gemacht und wollte am folgenden Tag den nächsten machen, da fiel mir ein: Freitag der Dreizehnte. Kein gutes Omen. Deshalb habe ich den Samstag abgewartet.«

»Aber das war doch –«

»Genau. Valentinstag. Liebesgrüße aus Darmstadt.«

»Wie oft kommt das wohl vor, dass der Valentinstag gleich nach Freitag, dem Dreizehnten kommt?«

»Da muss ich passen.«

»Da muss ich passen.«

»Als Junge – als Jüngling – als junger Mann habe ich nie eine einzige Karte zum Valentinstag verschickt und auch nie eine erhalten. In meinen … Kreisen tat man das einfach nicht. Ich bekomme erst welche, seit ich verheiratet bin.«

»Joanna, findest du das nicht bedrohlich?«

»Nein. Er meint damit, dass ich sie ihm schicke.«

»Wie süß. Um nicht zu sagen: sühüß.«

»Ich hatte von der berühmten Zurückhaltung der Engländer in emotionalen Dingen ja schon gehört. Aber da wird die Latte wirklich sehr hoch gelegt: keine Karten zum Valentinstag bis zur Hochzeit.«

»Ich habe gelesen, es gibt vielleicht einen Zusammenhang zwischen Bitterorangen und Darmkrebs.«

»Wirklich?«

»Nein, aber solche Dinge sagt man doch gern zu fortgeschrittener Stunde.«

»Du bist lustiger, wenn du nicht so angestrengt bist.«

»Ich erinnere mich an eines der ersten Male, als ich auf ein öffentliches Klo ging und dort die Graffiti las, da war eines, das hieß: ›Auch bei angestrengtem Scheißen niemals in den Riegel beißen.‹ Ich habe ungefähr fünf Jahre gebraucht, um rauszufinden, was das heißt.«

»›Riegel‹ im Sinne von ›Penis‹ oder ›was zu essen‹?«

»Nein, ›Riegel‹ im Sinne von ›Türriegel‹.«

»Um radikal das Thema zu wechseln: Ich saß mal gemütlich auf einem Klo, da bemerkte ich, dass unten an der Seitenwand etwas schräg hingeschrieben war. Ich hab mich also gebückt, um es zu lesen, und da stand: ›Jetzt scheißen Sie in einem 45-Grad-Winkel.‹«

»Was ich noch sagen wollte: Die Orangenmarmelade hab ich ins Spiel gebracht, weil …«

»… abgesehen von ihrem Zusammenhang mit Darm-krebs …«

»… sie so ein britisches Phänomen ist. Denn Larry hatte gesagt, wir seien mittlerweile alle gleich, und da habe ich, statt das Königshaus oder so zu erwähnen, eben ›Orangen-marmelade‹ gesagt.«

»Die gibt's aber auch bei uns in den Staaten.«

»Die *gibt's* in kleinen Töpfchen in Hotels zum Frühstück. Aber ihr *kocht* sie nicht selbst zu Hause ein, ihr begreift sie nicht.«

»Es gibt sie auch bei den Franzosen. *Confiture d'orange.*«

»Aber wie der Name schon sagt, handelt es sich um Kon-fitüre. Orangenkonfitüre.«

»Nein, die stammt ursprünglich aus Frankreich, das Wort kommt von ›*Marie malade*‹. Gemeint ist diese schot-tische Königin mit der guten *French Connection.*«

»French Connection UK, gab's diese Klamotten damals schon?«

»Und Maria Stuart, Königin der Schotten, Bloody Mary oder wie sie auch immer hieß, war krank. Da haben die welche für sie gekocht: *Marie malade* – Marmelade. Ka-piert?«

»Daher der Name Bratkartoffel.«

»Wie auch immer, ich sag euch jetzt, warum wir immer Briten bleiben werden.«

»Könnt ihr das auch nicht ab, wie heute alle sagen ›the UK‹ oder gar nur ›UK‹? Nicht zu reden von ›UK plc‹, als wären wir eine Aktiengesellschaft.«

»Ich glaube, Tony Blair hat damit angefangen.«

»Ist für dich also nicht mehr die Thatcher an allem schuld?«

»Nein, ich hab mich umentschieden. Jetzt ist Blair an allem schuld.«

»›UK plc‹ ist doch einfach nur ehrlich. Wir sind eine Handelsnation, immer schon gewesen. Maggie hat einfach nur das ursprüngliche England wieder ausgegraben, das immer England sein wird: geldversessen, eigennützig, fremdenfeindlich und kulturfeindlich. Das ist unsere Grundeinstellung.«

»Um zum Thema zurückzukehren: Wisst ihr, was wir ebenfalls am 14. Februar feiern, außer dem Valentinstag?«

»Den nationalen Darminspektionstag?«

»Halt's Maul, Dick!«

»Nein. Den nationalen Impotenztag.«

»Dieses britisches Humor. Einfach kostlich, ist es nicht?«

»Ja, es ist, ebenso kostlich wie deinen Akzent.«

»Stimmt aber. Und wenn es um nationale Eigenheiten geht oder um Ironie, dann bringe ich dieses Beispiel, den 14. Februar.«

»Blutorangen.«

»Lass mich raten: Benannt nach der Bloody Mary.«

»Ist euch auch schon aufgefallen, dass sie in den Supermärkten seit ein paar Jahren Blutorangen Rubinorangen nennen? Weil sonst ja jemand meinen könnte, da sei Blut drin.«

»Im Gegensatz zu Rubinen.«

»Genau.«

»Die kommen ungefähr jetzt in die Läden, überlappen sich also mit den Bitterorangen, und ich habe mich gefragt, ob das ebenso oft vorkommt wie Freitag der Dreizehnte vor dem Valentinstag.«

»Joanna, auch das ist ein Grund, warum ich dich liebe: Weil du es fertig bringst, uns zu dieser späten Stunde narrative Kohärenz unterzujubeln. Ich meine, kann eine Gastgeberin etwas Schmeichelhafteres tun als ihren Gästen das Gefühl zu vermitteln, sie blieben beim Thema?«

»Schreib das nächstes Jahr auf die Karte zum Valentinstag, Phil.«

»Und sind wir uns einig, dass dieser Blutorangen- oder Rubinorangensalat einer Königin würdig wäre?«

»Und der Schmortopf vom Lammnacken eines Königs würdig.«

»Der letzte Wunsch von Charles dem Ersten.«

»Zwei Hemden zu tragen.«

»Charles der Erste?«

»Am Tag, als er geköpft wurde. Es war extrem kalt, und er wollte nicht zittern vor Kälte, damit das liebe Volk nicht glaubte, er habe Angst.«

»Sehr britisch, würde ich sagen.«

»Und all diese Leute, die historische Kostüme anziehen und die ganzen Bürgerkriegsschlachten noch einmal ausfechten, das kommt mir ebenfalls sehr britisch vor.«

»Bei uns in den Staaten tut man das auch. Und wahrscheinlich in vielen anderen Ländern.«

»Von mir aus. Aber wir haben es zuerst getan. Wir haben es erfunden.«

»Wie euer Cricket und euren Fußball und eure Devonshire Cream Teas.«

»Könnten wir vielleicht bei der Orangenmarmelade bleiben?«

»Sehr gut zum Glacieren einer Ente.«

»Ich wette, jeder von euch, der welche macht, macht sie auf andere Art, und sie hat jedes Mal eine andere Konsistenz.«

»Flüssig.«

»Klebrig.«

»Sue kocht sie dermaßen stark ein, dass sie vom Toast fällt, wenn du nicht aufpasst. Die klebt kein bisschen.«

»Wenn sie zu flüssig ist, rinnt sie dir einfach runter.«

»Du musst die Kerne in einem Musselinsäckchen mit kochen, damit sie mehr … Dings bekommt.«

»Pektin.«

»Genau.«

»Fein geschnitten.«

»Grob geschnitten.«

»Ich schmeiße meine in die Küchenmaschine.«

»Das ist gemogelt.«

»Meine Freundin Hazel macht sie im Dampfkochtopf.«

»Meine Rede: Das ist genau wie mit den harten Eiern. Oder ging's um Spiegeleier? Es gab eine Umfrage, und dabei hat man festgestellt, dass jeder es ein bisschen anders macht und dabei glaubt, seine Art sei die einzig richtige.«

»Und womit soll das etwas zu tun haben, o Hüterin der kommunalen narrativen Kohärenz?«

»Mit dem, was Larry gesagt hat: Dass wir alle gleich seien. Das sind wir eben nicht. Nicht einmal in so simplen Dingen.«

»Theorie und Praxis des Britentums exemplifiziert anhand der Orangenmarmelade.«

»Und deswegen braucht ihr alle auch keine Angst davor zu haben, Europäer zu werden.«

»Ich weiß nicht, ob Larry im Lande war, als unser geschätzter Finanzminister und baldiger Expremierminister eine ganze Latte von Bedingungen nannte, bevor wir bereit wären, das gute alte britische Pfund zum fiesen fremden Euro konvertieren zu lassen.«

»Konvergieren, nicht konvertieren. Es ging um Konvergenzkriterien.«

»Stimmt. Und kann sich jemand noch an die erinnern? Auch nur an ein einziges dieser Kriterien?«

»Natürlich nicht. Das war auch nicht der Zweck der

Übung. Der Zweck war, möglichst unverständlich zu sein, weshalb man sie sich auch nicht merken konnte.«

»Und wieso das?«

»Weil die Entscheidung, beim Euro mitzumachen, immer eine politische, nie eine ökonomische war.«

»Das hört sich sehr einleuchtend an und stimmt vielleicht sogar.«

»Aber hat denn irgendjemand das Gefühl, die Franzosen seien weniger französisch und die Italiener weniger italienisch geworden, weil sie beim Euro mitgemacht haben?«

»Die Franzosen werden immer französisch bleiben.«

»Genau das sagt man auch über euch.«

»Dass wir immer französisch bleiben?«

»Außerdem müssen es nicht unbedingt Bitterorangen sein, um Marmelade zu machen.«

»Schön, dass wir wieder zum Thema zurückgefunden haben.«

»Dick hat schon aus allen möglichen Zitrusfrüchten Marmelade gemacht.«

»Womit mein Ruf endgültig im Eimer ist …«

»Einmal hat er eine Mischung genommen von – was war das noch mal? – Bitterorangen, süßen Orangen, rosa Grapefruit, weißen Grapefruit, Zitronen, Limetten. ›Sechsfrucht-Marmelade‹ habe ich auf die Etiketten geschrieben.«

»Damit kämst du bei den EU-Vorschriften nicht durch.«

»Wie war das noch mal: Pfefferminztee, Pfefferminztee, nichts, koffeinfrei, Pfefferminztee?«

»Ich möchte lieber gar nichts mehr.«

»Oha, dabei wollte ich noch …«

»David, Schätzchen …«

»Ja, Sue, Schätzchen?«

»Also gut, weil du das Thema angeschnitten hast, möchte ich eine unbritische Frage in die Runde werfen. Ist in jüngerer Zeit nach einem Abend bei Phil und Joanna irgendjemand von uns nach Hause gekommen und hat dann noch ...«

»... ›eine klassische Nummer geschoben‹, möchte sie sagen.«

»Was meinst du mit ›klassisch‹?«

»Dass es zur Penetration kommt.«

»Was für ein widerliches Wort!«

»Es gibt da eine Geschichte über Lady Diana Cooper. Oder war es Nancy Mitford? Eine von beiden jedenfalls, eine feine Dame. Die waren respektive die war auf einem Ozeandampfer, und egal welche es jetzt war, die hat jedenfalls eines Abends mit einem Steward gevögelt. Am nächsten Morgen begegnet er ihr auf dem Vorderdeck oder wo immer und begrüßt sie freundlich –«

»Wie sich das gehört.«

»Wie sich das gehört. Worauf sie sagt: ›Penetration ist nicht gleich Präsentation.‹«

»Ach, ist sie nicht zum Schießen, unsere Oberschicht? England, mein England, nie wirst du untergehen.«

»Bei Geschichten wie dieser möchte ich mich auf den Tisch stellen und ›Die rote Fahne‹ singen.«

»›Die rubinrote Fahne‹.«

»Meiner Frage seid ihr alle elegant ausgewichen.«

»Wie das denn? Wir haben sie doch längst vergessen.«

»Dann schämt euch.«

»Es liegt nicht am Alkohol oder dem Mangel an Koffein, ja nicht einmal an der Müdigkeit. Es ist vielmehr so: Wenn wir nach Hause kommen, sind wir ZVZV, wie wir das nennen.«

»Was die Abkürzung ist für …«

»Zu voll zum Vögeln.«

»So viel zum Thema ›Geheimnisse des Schlafgemachs‹.«

»Erinnert ihr euch an Jerry?«

»Den mit den Plastikhoden?«

»Dacht' ich mir schon, dass euch das in Erinnerung bleibt. Also, Jerry war ein paar Monate im Ausland, und da machte Kate, seine Frau, sich Sorgen, ihr Bauch sei ein bisschen zu dick. Sie wollte in Topform sein, wenn Jerry zurückkam, also ging sie zu einem Schönheitschirurgen und erkundigte sich, wie das mit dem Fettabsaugen wäre. Worauf der meinte, er könne ihr gern einen Flachi machen …«

»Einen Flachi?«

»Ich verschone euch mit dem Fachchinesischen. Eines müsse er ihr allerdings sagen: Ihr Bauch dürfe danach mehrere Wochen lang nicht belastet werden, wie er es taktvoll formulierte.«

»Oha, nur noch Penetration *a tergo*.«

»Das ist doch eine Geschichte über wahre Liebe, findet ihr nicht auch?«

»Wie man's nimmt, oder eine über weibliche Unsicherheit.«

»Hand hoch, wer die Herleitung des Wortes ›Marmelade‹ wissen möchte.«

»Dacht' ich's doch, dass du verdammt lang gebraucht hast, um zu pinkeln.«

»Es hat nichts mit *Marie malade* zu tun. Es kommt von einem griechischen Wort, das irgendwie bedeutet, dass man einen Apfel mit einer Quitte kreuzt.«

»Alle schönen Etymologien stimmen nicht.«

»Mit anderen Worten, du weißt noch ein anderes Beispiel?«

»Ja, das englische *posh* im Sinne von ›fein, vornehm, schick‹ und somit auf die eben erwähnte Lady Diana Cooper oder Nancy Mitford zutreffend.«

»*Posh* ist die Abkürzung von ›port out starboard home‹, also ›Backbord hin, Steuerbord zurück‹. Gemeint war die beste Lage für Kabinen auf der Schiffsreise nach Indien und zurück, nämlich auf der Seite, die von der Sonne abgewandt war.«

»Leider nein. ›Ursprung unbekannt‹.«

»Das ist keine Herleitung, ›Ursprung unbekannt‹.«

»Im Wörterbuch steht, ›möglicherweise verwandt mit einem Roma-Wort für 'Geld'‹.«

»Sehr unbefriedigend.«

»Tut mir leid, ich bin ungern der Spielverderber.«

»Meint ihr, das sei auch eine nationale Eigenschaft?«

»Spielverderber sein?«

»Nein, sich fantasievolle Herleitungen und Abkürzungen auszudenken.«

»Vielleicht heißt UK etwas anderes.«

»Uro-Konvergenz.«

»Ist es schon so spät?«

»Vielleicht heißt es gar nichts.«

»Ist es eine Allegorie.«

»Oder eine Metapher.«

»Könnte mir bitte mal jemand den Unterschied zwischen einem Vergleich und einer Metapher erklären?«

»Ein Vergleich ist … gleicher. Eine Metapher … metaphorischer.«

»Herzlichen Dank auch.«

»Es ist eine Frage der Konvergenz, wie der Premierminister so richtig gesagt hat. Zurzeit liegen das Pfund und der Euro meilenweit auseinander, ihre Beziehung ist also eine metaphorische. Um nicht zu sagen: metaphysische. Dann nähern sie sich einander an, werden vergleichbar, und es kommt zur Konvergenz.«

»Und wir werden endlich Europäer.«

»Und wenn wir nicht gestorben sind, dann leben wir noch heute.«

»Und zeigen allen, was es mit der Orangenmarmelade wirklich auf sich hat.«

»Warum habt ihr eigentlich beim Euro nicht mitgemacht?«

»Nach der Präsentation haben wir auf die Penetration dankend verzichtet.«

»Wir waren schon zu voll zum Vögeln.«

»Zu voll, um uns vögeln zu lassen. Von einem hageren, hungrigen Eurokraten.«

»Ich finde, wir sollten mitmachen – am Valentinstag.«

»Wieso nicht am Freitag, dem Dreizehnten?«

»Nein, es muss am 14. sein. Wenn Liebe und Impotenz gleichzeitig gefeiert werden. Das ist der Tag, an dem wir vollwertige Mitglieder Europas werden sollten.«

»Möchtest du wissen, Larry, wie dieses Land sich zu meinen Lebzeiten verändert hat? In meinen Jugendjahren empfanden wir uns nicht als Nation. Natürlich gab es gewisse Grundannahmen, aber es war typisch, ja ein Beweis dafür, dass wir so waren, wie wir waren, dass wir nicht viel darüber nachdachten, wer oder was wir waren. Was wir waren, war eben normal – oder müsste es ›Wie wir waren, war eben normal‹ heißen? Das mag eine Nachwirkung der Macht des Empires gewesen sein oder mit dem zu tun haben, was du unsere emotionale Zurückhaltung genannt hast. Wir haben uns nicht mit uns selbst befasst. Jetzt tun wir es. Nein, es ist schlimmer, als sich mit sich selbst zu beschäftigen, schlimmer, als Nabelschau zu betreiben. Wer hat vorhin von dem Proktologen erzählt, der empfahl, sich über einen Spiegel zu kauern? Das nämlich tun wir mittlerweile: Wir betreiben Arschlochschau.«

»Pfefferminztee, noch ein Pfefferminztee, und das ist der Koffeinfreie. Ich habe zwei Kleintaxis bestellt. Wieso schweigt ihr alle? Hab ich was verpasst?«

»Bloß einen Vergleich.«

Danach sprachen wir über Urlaubsreisen, wer wohin fahren werde, dass die Tage länger würden, dem Vernehmen nach täglich eine Minute, was niemand in Zweifel zog, dann beschrieb jemand, wie es sei, das Innere eines Schneeglöckchens zu betrachten, dass man die Blüte anhebe in der Erwartung, sie werde auch innen ganz weiß sein, und dann entdecke man ein filigranes Muster aus reinstem Grün. Dass verschiedene Sorten Schneeglöckchen innen auch verschieden aussähen, manche eher geometrisch, andere geradezu extravagant, obschon es immer das gleiche Grün sei, und zwar ein so lebhaftes, dass man das Gefühl habe, der Frühling brenne geradezu darauf zu kommen. Doch bevor jemand etwas dazu oder dagegen sagen konnte, ertönte von der Straße konzertiertes und ungeduldiges Hupen.

Die Welt des Gärtners

Im achten Jahr ihrer Beziehung hatten sie den Punkt erreicht, wo sie einander nützliche Geschenke machten, Geschenke, die ihr gemeinsames Lebensprojekt untermauern sollten, statt ihre Gefühle auszudrücken. Beim Auspacken von Kleiderbügeln, Vorratsdosen, einem Oliven-Entsteiner oder einem elektrischen Bleistiftspitzer sagten sie gern: »Genau das, was ich gebraucht habe«, und das war ehrlich gemeint. Selbst Unterwäsche schien nun eher ein praktisches als ein erotisches Geschenk zu sein. Einmal hatte er ihr zum Hochzeitstag eine Karte überreicht, auf der »Ich habe alle deine Schuhe geputzt« stand – und wirklich hatte er alle Wildlederschuhe gegen Regen eingesprüht, ein Paar alte, aber immer noch getragene Tennisschuhe geweißt, die Stiefel zu militärischem Glanz aufpoliert und auch ihr übriges Schuhzeug mit Schuhcreme, Bürste, Tüchern, Lappen, körperlichem Muskeleinsatz, Hingabe und Liebe behandelt.

Ken hatte vorgeschlagen, dieses Jahr auf Geschenke zu verzichten, weil sein Geburtstag nur sechs Wochen nach dem Einzug in das Haus war, aber sie schlug das Angebot aus. Also betastete er am Samstag zur Mittagszeit behutsam die beiden vor ihm liegenden Päckchen und versuchte zu erraten, was wohl darin sein mochte. Früher hatte er laut geraten, aber wenn er das Richtige traf, war sie sichtlich enttäuscht, und wenn er alberne Vermutungen anstellte, war sie auf andere Art enttäuscht. Also sprach er jetzt nur mit sich selbst. Das erste Päckchen, weich: Das musste etwas zum Anziehen sein.

»Gartenhandschuhe! Genau das, was ich gebraucht habe.« Er probierte sie an, bewunderte die Mischung von Geschmeidigkeit und Robustheit und machte eine Bemerkung über die Lederbänder, die den gestreiften Canvas an entscheidenden Stellen verstärkten. Sie hatten zum ersten Mal einen Garten, und dies war sein erstes Paar Gartenhandschuhe.

Das andere Geschenk war eine längliche Schachtel; als er das Paket schütteln wollte, wies sie ihn darauf hin, dass manches darin zerbrechlich sei. Er zog das Klebeband vorsichtig ab, weil das Geschenkpapier zur Wiederverwendung aufgehoben wurde. In der Hülle fand er einen grünen Diplomatenkoffer aus Plastik. Stirnrunzelnd klappte er den Deckel auf und erblickte eine Reihe von Reagenzgläsern mit Korkverschluss, einen Satz Plastikfläschchen mit verschiedenfarbigen Flüssigkeiten, einen langen Plastiklöffel und ein Sortiment geheimnisvoller Hacken und Schaufeln. Wenn er alberne Vermutungen angestellt hätte, dann hätte er womöglich auf eine Weiterentwicklung des Schwangerschaftstests getippt, den sie vor langer Zeit einmal verwendet hatten, als sie sich noch Hoffnungen machten. Jetzt behielt er den Vergleich lieber für sich. Stattdessen las er den Titel auf dem Handbuch vor.

»Ein Test-Set für Bodenanalysen! Genau das, was ich gebraucht habe.«

»Die funktionieren offenbar wirklich.«

Es war ein schönes Geschenk, das etwas in ihm – was genau? – ansprach, vielleicht den Rest von Männlichkeit, den der Abbau der Unterschiede zwischen den Geschlechtern in der modernen Gesellschaft noch nicht erfasst hatte. Der Mann als Forscher, als potenzieller Jäger und Sammler, als Pfadfinder: etwas von alledem. In ihrem Freundeskreis waren beide Geschlechter gleichermaßen für Einkaufen und Kochen, Hausarbeit und Kinderbetreuung, Autofahren und Geldverdienen zuständig. Außer dem Anziehen der eigenen Kleider tat der eine Partner kaum etwas, was der andere nicht ebenso gut gekonnt hätte. Und ebenso gern oder ungern übernahm. Aber ein Test-Set für Bodenanalysen, das war eindeutig Männersache. Da hatte Martha mal wieder ins Schwarze getroffen.

In dem Handbuch stand, mit dem Set könne man Bodenproben auf Kalium, Phosphat, Kaliumkarbonat sowie auf den pH-Wert testen, was immer das sein mochte. Und dann holte man sich wahrscheinlich unterschiedliches Zeug und grub das ein. Er lächelte Martha an.

»Damit können wir vermutlich auch rauskriegen, was wo am besten gedeiht.«

Als sie nur zurücklächelte, nahm er an, dass sie annahm, dass er auf das umstrittene Thema seines Gemüsebeets angespielt hatte. Seines theoretischen Gemüsebeets. Des Beets, für das es ihrer Meinung nach keinen Platz und auch überhaupt keinen Bedarf gab, schließlich fand auf dem nahe gelegenen Schulhof jeden Samstagmorgen ein Bauernmarkt statt. Ganz zu schweigen von dem Bleigehalt, das jedes so dicht an einer der wichtigsten Ausfallstraßen von London angebaute Gemüse voraussichtlich aufweisen würde. Er hatte eingewandt, dass die meisten Autos heutzutage mit bleifreiem Benzin fuhren.

»Dann eben Diesel«, hatte sie erwidert.

Er sah – immer noch – nicht ein, warum er nicht hinten an der Gartenmauer, wo schon ein Brombeerstrauch stand, ein kleines quadratisches Beet anlegen durfte. Dort könnte er vielleicht Kartoffeln und Mohrrüben anbauen. Oder Rosenkohl, der seine Süße, wie er einmal gelesen hatte, gleich nach dem ersten strengen Frost entwickelt. Oder Saubohnen. Oder irgendwas anderes. Sogar Salat. Er könnte Blattsalat und Kräuter ziehen. Er könnte einen Komposthaufen anlegen, und dann könnten sie noch mehr recyceln als jetzt schon.

Aber Martha war dagegen. Sie hatten kaum ein Angebot auf das Haus abgegeben, als Martha schon anfing, Artikel diverser Gartenbauexperten auszuschneiden und abzuheften. Viele behandelten das Thema »Wie mache ich das Beste aus einem schwierigen Stück Land?«, und was man als Besitzer eines Reihenhauses sein Eigen nannte – einen langen, schmalen, von gräulich-gelben Steinmauern umgrenzten Streifen – war unbestreitbar »ein schwieriges Stück Land«. In den schickeren Gartenzeitschriften rieten sie gern, das Beste daraus zu machen, indem man es in mehrere kleine, anheimelnde Bereiche mit unterschiedlicher Bepflanzung und unterschiedlicher Funktion aufteilte, vielleicht durch einen gewundenen Pfad verbunden. Vorher-nachher-Bilder demonstrierten die Verwandlung. Statt eines sonnigen Plätzchens war da ein kleiner Rosengarten, ein Wasserspiel, ein Rondell mit Pflanzen, die allein nach der Farbe ihrer Blätter ausgesucht worden waren, ein von Hecken umschlossenes Geviert mit einer Sonnenuhr und so weiter. Manchmal beriefen sie sich auf japanische Lehren der Gartenkunst. Ken, der sich wie die meisten Anwohner der Straße für in Rassenfragen tolerant und aufgeschlossen hielt, erklärte Martha, die Japaner hätten zwar viele bewundernswerte Eigenschaften, aber er wüsste nicht, warum sie einen japanisch angehauchten Garten anlegen sollten, schließlich liefe Martha auch nicht im Kimono herum. Insgeheim hielt er das alles für hochgestochenen Quatsch. Eine Terrasse zum Draußensitzen, am besten mit Grillplatz, dazu noch Rasen, Rabatten, ein Gemüsebeet – so sah für ihn ein Garten aus.

»Ein Kimono würde mir doch gut stehen, meinst du nicht auch?«, hatte sie gefragt und damit seine Argumentation auf den Kopf gestellt.

Und überhaupt, so versicherte sie ihm, nehme er das alles viel zu wörtlich. Sie sollten sich ja keine blühenden Kirschbäume, Kois und Gongs zulegen; vielmehr gehe es um die vernünftige Interpretation eines allgemeinen Prinzips. Im Übrigen hätten ihm ihre Lachsfilets in Sojamarinade doch immer geschmeckt, oder nicht?

»Ich wette, die Japaner bauen auch Gemüse an«, hatte er mit aufgesetzter Brummigkeit geantwortet.

Marthas Interesse für den Garten hatte ihn überrascht. Als sie sich kennenlernten, besaß sie einen Blumenkasten, in dem sie ein paar Kräuter zog; später, als sie zusammenzogen, bekamen sie Zugang zu einer gemeinschaftlichen Dachterrasse. Dort legte sie sich einige Terrakotta-Kübel mit Schnittlauch, Minze, Thymian und Rosmarin zu, wovon ein Teil, wie sie beide vermuteten, von ihren Nachbarn geklaut wurde; dazu kam noch der Lorbeerbaum, den ihre rührseligen Eltern ihnen als Unterpfand ehelichen Glücks geschenkt hatten. Der Baum war ein paar Mal umgetopft worden und stand nun unverrückbar in einem dicken Holzbottich vor ihrer Haustür.

Die Ehe ist eine Zwei-Personen-Demokratie, sagte er gern. Irgendwie war er davon ausgegangen, dass Entscheidungen über den Garten so getroffen würden wie die über das Haus, in einem von Vernunft geleiteten und zugleich mit Leidenschaft betriebenen Beratungsprozess, in dem Bedingungen aufgestellt, unterschiedliche Vorlieben berücksichtigt und Finanzen veranschlagt wurden. Infolgedessen gab es im Haus praktisch nichts, was er regelrecht hasste, und vieles, was seinen Beifall fand. Jetzt ärgerte er sich im Stillen über die ständig eintrudelnden Kataloge für Teakholzmöbel, die Gartenbauzeitschriften, die sich auf Marthas Nachttisch stapelten, und über ihre Angewohnheit, ihn zum Schweigen zu verdonnern, wenn im Radio die *Stunde für den Gartenfreund* kam. Er erlauschte etwas von Kräuselkrankheit und Schwarzfleckenkrankheit, von einer neuen Gefahr, die Glyzinien drohte, und Ratschläge, was man am besten unter einem Holunderbeerbaum an einem Nordhang anpflanzen sollte. Bedrohlich fand er Marthas neu erwachtes Interesse nicht, er fand es nur übertrieben.

Der pH-Wert war, wie er erfuhr, eine Maßzahl für den sauren oder basischen Charakter einer Lösung, definiert als der negative dekadische Logarithmus der Wasserstoffionenkonzentration, hier aber durch eine Formel auf eine Standardlösung von Kaliumhydrogenphthalat bezogen, die bei 15 Grad Celsius den Wert 4 hatte. Ach, scheiß drauf, dachte Ken. Man kann sich doch einfach einen Beutel Knochenmehl und einen Sack Kompost besorgen und das Zeug untergraben. Aber Ken wusste wohl, dass er eine gewisse Eigenart hatte, eine Neigung, sich mit dem Ungefähren zufriedenzugeben, sodass eine Freundin ihn einmal im Zorn ein »unsägliches stinkfaules Aas« genannt hatte – eine Bezeichnung, die ihn noch immer entzückte.

Also las er den größten Teil der Gebrauchsanleitung, die seinem Bodenanalyse-Set beilag, wählte verschiedene wichtige Stellen im Garten aus und zog stolz seine neuen Handschuhe an, dann grub er kleine Proben aus der Erde und bröselte sie in die Reagenzgläser. Während er tropfenweise Flüssigkeiten zusetzte, die Korken hineinschob und den Inhalt schüttelte, warf er hin und wieder einen Blick zum Küchenfenster in der Hoffnung, Martha würde sein professionelles Vorgehen liebevoll belächeln. Oder doch sein Bemühen um ein professionelles Vorgehen. Bei jedem Experiment wartete er die vorgeschriebene Anzahl Minuten ab, zog ein kleines Notizbuch hervor und hielt seine Befunde fest, ehe er zur nächsten Stelle weiterging. Ein-, zweimal wiederholte er den Test, wenn das erste Ergebnis zweifelhaft oder unklar gewesen war.

Am Abend war für Martha deutlich zu erkennen, dass er heiterer Laune war. Er rührte im Kaninchenfrikassee herum, beschloss, es noch weitere zwanzig Minuten köcheln zu lassen, schenkte jedem ein Glas Weißwein ein und setzte sich auf Marthas Stuhllehne. Er blickte nachsichtig auf einen Artikel über verschiedene Kiessorten hinab, spielte mit den Haaren in Marthas Nacken und sagte fröhlich lächelnd:

»Ich hab leider schlechte Nachrichten.«

Sie schaute auf und wusste nicht recht, wo dieser Satz auf einer Skala von sanfter Stichelei bis offenem Widerstand einzuordnen war.

»Ich habe den Boden analysiert. An manchen Stellen musste ich es mehrfach tun, bevor ich mir meiner Befunde sicher war. Doch jetzt kann der Gutachter Bericht erstatten.«

»Ja?«

»Nach meiner Analyse, gnädige Frau, ist in Ihrer Erde keine Erde.«

»Ich verstehe nicht.«

»Es lassen sich keine Unzulänglichkeiten im *terroir* ausmachen, weil in Ihrer Erde keine Erde ist.«

»Das sagtest du bereits. Und was ist da stattdessen?«

»Tja, vor allem Steine. Staub, Wurzeln, Lehm, Giersch,

Hundescheiße, Katzenkacke, Vogeldreck und Ähnliches mehr.«

Er fand es gut, wie er »in Ihrer Erde« gesagt hatte.

An einem Samstagmorgen drei Monate später, als die Dezembersonne so tief stand, dass der Garten über jedes bisschen Wärme und Licht froh sein konnte, kam Ken ins Haus und warf seine Gartenhandschuhe hin.

»Was hast du mit dem Brombeerstrauch angestellt?«

»Welchem Brombeerstrauch?«

Das machte ihn noch wütender. So groß war ihr Garten ja nun nicht.

»Dem an der hinteren Gartenmauer.«

»Ach, dieses Dornengestrüpp.«

»Dieses *Dornengestrüpp* war ein Brombeerstrauch mit Brombeeren dran. Ich hab dir zwei gebracht und persönlich in den Mund gesteckt.«

»An dieser Mauer will ich was anpflanzen. Einen Knöterich vielleicht, aber das wäre mir nicht mutig genug. Ich dachte an eine Klematis.«

»Du hast meinen Brombeerstrauch ausgerissen.«

»*Deinen* Brombeerstrauch?« Sie war immer besonders abweisend, wenn sie wusste – und wusste, dass er wusste –, dass sie eine Eigenmächtigkeit begangen hatte. Die Ehe war eine Zwei-Personen-Demokratie, außer bei Stimmengleichheit, da verkam sie zur Autokratie. »Das war ein dämliches Dornengestrüpp.«

»Ich hatte damit etwas vor. Ich wollte seinen pH-Wert verbessern. Dann zurückschneiden und dergleichen mehr. Und überhaupt, du hast gewusst, dass es ein Brombeerstrauch ist. Brombeeren«, fügte er gebieterisch hinzu, »wachsen auf Brombeersträuchern.«

»Na schön, es waren schwarze Beeren dran.«

»Schwarze Beeren!« Das wurde allmählich lächerlich.
»Aus diesen schwarzen Beeren macht man Brombeerge-
lee, weil das nämlich Brombeeren sind.«

»Kannst du wohl herausfinden, was wir dem Boden zu-
setzen müssen, damit eine Klematis an einer nach Norden
gelegenen Mauer besser gedeiht?«

Ja, dachte er, ich könnte dich sehr wohl verlassen. Doch
bis dahin reg ich mich nicht auf, ich wechsle einfach das
Thema.

»Wir kriegen einen strengen Winter. Die Wetten stehen
nur 6 zu 4 gegen weiße Weihnachten.«

»Dann müssen wir so eine Plastikplane besorgen und alle empfindlichen Pflanzen abdecken. Vielleicht auch noch
Stroh.«

»Ich werd mal im nächsten Stall vorbeischauen.« Plötzlich war er nicht mehr sauer. Wenn ihr der Garten mehr
Freude bereitete, konnte sie ihn haben.

»Hoffentlich kriegen wir ganz viel Schnee«, sagte er wie
ein kleiner Junge.

»Wollen wir das?«

»Jawohl. Richtige Gärtner beten um einen strengen Winter. Macht allem Ungeziefer den Garaus.«

Sie nickte; das gestand sie ihm zu. Sie beide sahen diesen
Garten mit verschiedenen Augen. Ken war auf dem Land
aufgewachsen und konnte es in jungen Jahren kaum erwarten, nach London zu kommen, auf die Universität, in
den Beruf, ins Leben. Für ihn war die Natur entweder
feindselig oder öde. Er erinnerte sich, dass er im Garten
ein Buch lesen wollte und die Verbindung von wechselndem Sonneneinfall, Wind, Bienen, Ameisen, Fliegen, Ma-
rienkäfern, Vogelgezwitscher und seiner hin- und her-
rennenden Mutter das Lernen im Freien zum Albtraum
machte. Er erinnerte sich, mit welchen Bestechungen er

dazu gebracht wurde, widerwillig Schwerarbeit zu leisten. Er erinnerte sich an die horrenden Erträge der Gemüsebeete und Obstbaumkäfige seines Vaters. Seine Mutter packte die Fülle an Bohnen und Erbsen, Erdbeeren und Johannisbeeren immer brav in die Kühltruhe und warf dann jedes Jahr, wenn sein Vater nicht da war, schuldbewusst alle Beutel weg, die mehr als zwei Jahre alt waren. Ihre Küchenversion einer Fruchtwechselwirtschaft, könnte man sagen.

Martha war ein Stadtkind, das die Natur für grundsätzlich gut hielt, über das Wunder des Keimens staunte und ihn ständig zu Spaziergängen auf dem Land animieren wollte. In den letzten Monaten hatte sie den fanatischen Eifer aller Autodidakten entwickelt. Ken hielt sich für einen instinktgeleiteten Amateur, Martha hingegen für eine Technokratin.

»Schon wieder am Lesen?«, fragte er sanft, als er ins Bett ging. Sie las ein Buch über Kletterpflanzen.

»Das kann nie schaden, Ken.«

»Wie ich aus leidvoller Erfahrung weiß«, antwortete er und knipste seine Nachttischlampe aus.

Das war kein Streit, jetzt nicht mehr, das war nur eine anerkannte Wesensverschiedenheit. Für Martha war es zum Beispiel nur vernünftig, sich beim Kochen an Rezepte zu halten. »Kannst wohl kein Ei kochen, ohne ein Kochbuch aufzuschlagen?«, hatte er einmal etwas plump bemerkt. Er dagegen warf lieber nur einen kurzen Blick auf ein Rezept, um sich Anregungen zu holen, und improvisierte dann. Sie konsultierte gern Reiseführer und benutzte selbst in London einen Stadtplan; ihm waren ein innerer Kompass, Glückstreffer und das Vergnügen an kreativen Irrwegen lieber. Das führte gelegentlich zu Auseinandersetzungen im Auto.

Sie hatte ihn auch darauf hingewiesen, dass es beim Sex umgekehrt war. Er hatte sich zu ausgiebigem Bücherstudium im Vorfeld bekannt, während sie, wie sie es einmal formulierte, im laufenden Geschäft gelernt hatte. Er hatte erwidert, das solle er hoffentlich nicht wörtlich nehmen. Nicht, dass an ihrem Liebesleben irgendwas auszusetzen wäre – jedenfalls seiner Meinung nach. Vielleicht hatten sie das, was jede Partnerschaft braucht: einen Bücherwurm und ein Naturtalent.

Während er darüber nachsann, spürte er, dass sich bei ihm unversehens eine, wie ihm schien, kolossale Erektion eingestellt hatte. Er drehte sich zu Martha um und legte ihr die linke Hand auf die Hüfte, was je nach Laune als Signal interpretiert werden konnte oder auch nicht.

Martha merkte, dass er noch wach war, und murmelte: »Ich hatte an einen *trachelospermum jasminoides* gedacht, aber wahrscheinlich ist der Boden zu sauer.«

»Schon recht«, murmelte er zurück.

Mitte Dezember schneite es, erst ein täuschend leichter Flaum, der sich auf dem Straßenpflaster sofort in Wasser verwandelte, dann mehrere kompakte Zentimeter. Als Ken von der Arbeit nach Hause kam, lag eine dicke weiße Schicht auf den flachen Blättern des Lorbeerbaums, ein unpassendes Bild. Am nächsten Morgen ging er mit der Kamera vor die Tür.

»Diese *Schweine*!«, rief er ins Haus zurück. Martha kam im Morgenrock herunter. »Guck mal, diese Schweine«, wiederholte er.

Draußen stand nur ein halb mit Erde gefüllter Bottich aus Eichenholz.

»Ich weiß ja, dass manche Leute Weihnachtsbäume klauen ...«

»Die Nachbarn haben uns gewarnt«, antwortete sie.

»Ach ja?«

»Ja, Nummer 47 hat uns geraten, den Baum an der Wand anzuketten. Du hast gesagt, dir würde das Anketten von Bäumen so wenig zusagen wie in Ketten gelegte Bären oder Sklaven.«

»Hab ich das gesagt?«

»Ja.«

»Kommt mir ziemlich schwülstig vor.«

Sie hakte sich mit einem in Frottee gehüllten Arm bei ihm ein, und beide gingen ins Haus zurück.

»Sollen wir die Polizei rufen?«

»Der Baum ist wahrscheinlich schon in den hintersten Winkel von Essex verpflanzt«, erwiderte er.

»Das bringt doch kein Unglück, oder?«

»Nein, das bringt kein Unglück«, sagte er bestimmt. »Wir glauben nicht daran, dass es Unglück bringt. Da hat nur irgendein Spitzbube den Baum mit den verschneiten Blättern gesehen und wurde von einer seltenen Anwandlung ästhetischer Wonne ergriffen.«

»Du bist heute ja grenzenlos milde gestimmt.«

»Muss wohl an Weihnachten liegen. Übrigens, du wolltest doch zwischen Rosenhain und laubiger Pracht ein Wasserspiel anlegen?«

»Ja.« Sie ging nicht auf seine parodistische Ausdrucksweise ein.

»Was ist mit den Mücken?«

»Wir lassen das Wasser ständig zirkulieren. Dann haben wir keine.«

»Wie?«

»Elektrische Pumpe. Wir können ein Kabel von der Küche herauslegen.«

»In dem Fall habe ich nur noch einen Einwand. Können wir es bitte, bitte nicht *Wasserspiel* nennen? Wasserfall,

Kaskade, Lilienteich, Minibächlein – alles, nur nicht Wasserspiel.«

»Ruskin hat gesagt, er habe immer besser arbeiten können, wenn er fließendes Wasser hörte.«

»Musste er da nicht ständig pinkeln?«

»Warum sollte er?«

»Weil das bei Männern so ist. Vielleicht solltest du gleich daneben ein Toilettenspiel anlegen.«

»Du hast heute wirklich ein sonniges Gemüt.«

Vielleicht lag es am Schnee, der heiterte ihn immer auf. Aber es lag auch daran, dass er sich insgeheim um einen Schrebergarten beworben hatte, in der Kolonie zwischen der Kläranlage und den Eisenbahngleisen. Dem Vernehmen nach war die Warteliste gar nicht so lang.

Zwei Tage später wollte er zur Arbeit gehen, machte die Haustür zu und trat direkt in einen Erdhaufen.

»Diese *Schweine*!« Diesmal rief er es der gesamten Straße zu.

Sie waren wiedergekommen, hatten den Bottich aus Eichenholz mitgenommen und ihm die Erde dagelassen.

Das Frühjahr stand im Zeichen einer Reihe samstagmorgendlicher Fahrten zum nächsten Gartencenter. Ken setzte Martha am Haupteingang ab, fuhr auf den Parkplatz und hielt sich länger als nötig damit auf, den Rücksitz herunterzuklappen, um Platz zu schaffen für alles, was die neueste Lektüre seiner Frau an Kompost, Lehmboden, Torf, Rindenmulch oder Kies ratsam erscheinen ließ. Dann setzte er sich vielleicht noch ein Weilchen ins Auto und sagte sich, er sei sowieso keine große Hilfe bei der Auswahl. Er zahlte bereitwillig für die Ladung des gelben Plastikwagens, der Martha gewöhnlich zur Kasse begleitete. Ja, das schien ihm das perfekte Arrangement zu sein: Er fuhr sie hin, blieb im Auto sitzen, holte sie an der Kasse ab und zahlte, dann fuhr er sie nach Hause und bezahlte noch einmal mit der Anstrengung, das ganze Zeug aus dem Auto zu holen, durchs Haus in den Garten zu schleppen und sich dabei womöglich einen Bruch zu heben.

Es hatte bestimmt etwas mit seiner Kindheit zu tun, mit grauenhaften Erinnerungen daran, wie er in Baumschulen herumstapfte, während seine Eltern Freilandpflanzen aussuchten. Nicht, dass er jetzt noch seinen Eltern die Schuld geben wollte: Wenn sie Feinschmecker und Weinkenner gewesen wären, hätte er sich womöglich zum abstinenten Veganer entwickelt, aber er hätte doch selbst die Verantwortung dafür übernommen. Dennoch hatten Gartencenter – die mit ihren Bottichen, Pflanztöpfen und Spalieren, ihren Samenbeuteln, Schösslingen und Sträuchern, ihren Bindfadenknäueln und in grünes Plastik eingeschweißten Drahtrollen, ihrem Schneckenkorn und ihren Fuchsabwehrmaschinen und Bewässerungsanlagen und Gartenfackeln ein verlogenes *rus in urbe* verbreiteten, all diese grünenden Gänge voller Hoffnung und Versprechen, in denen freundliche Sandalenträger mit sich schälender Haut herumstreiften und rote Plastikflaschen mit Tomatendünger schwenkten – das alles hatte etwas an sich, das ihm mächtig auf den Zeiger ging.

Und es erinnerte ihn immer an die letzten Jahre seiner Jugendzeit, Jahre, in denen bei ihm Furcht und Misstrauen gegen die Welt gerade einer zögerlichen Liebe zum Leben weichen wollten, in denen das Leben in der Schwebe hing, bevor es unwiderruflich in die eine oder andere Richtung taumeln würde, in denen sich, wie ihm nun schien, eine letzte Chance bot, klar zu sehen, bevor man endgültig in die Notwendigkeit gestürzt wurde, inmitten von anderen man selbst zu sein, und alles viel zu schnell ging, um sich ein richtiges Urteil zu bilden. Aber damals, genau damals, hatte er das Durchschauen der Heuchelei und Falschheit des Erwachsenenlebens zu seiner besonderen Spezialität entwickelt. Nur gab es in seinem Dorf in Northampton-shire keinen erkennbaren Rasputin oder Himmler; daher musste die große moralische Fehlerhaftigkeit der Mensch-heit aus der möglicherweise nicht repräsentativen Stich-probe des elterlichen Freundeskreises erschlossen werden. Doch das machte seine Erkenntnisse umso wertvoller. Und es war ihm ein Vergnügen gewesen, die Laster aufzuspü-ren, die sich unter der scheinbar harmlosen, um nicht zu sagen nutzbringenden Tätigkeit der Gartenarbeit verbar-gen. Neid, Gier, Missgunst, das Geizen mit Lob sowie fal-sche, überschwängliche Lobhudelei, Zorn, Wollust, Hab-sucht und verschiedene andere Todsünden, an die er sich nicht mehr erinnern konnte. Mord? Tja, warum nicht? Bestimmt hatte irgendein Holländer einen anderen Hol-länder um die Ecke gebracht, um in den Besitz eines die-ser überaus wertvollen Sprosse oder Knollen oder wie das gleich hieß – ach ja, Zwiebeln – zu gelangen, als dieser Wahnsinn grassierte, der als Tulpenmanie in die Geschich-te einging.

Auf einer normaleren, anständig englischen Skala des Bösen hatte er festgestellt, dass selbst alte Freunde seiner Eltern bei einer Tour durch den Garten verkniffen und ge-hässig wurden mit ihrem ständigen »Wie habt ihr das hin-gekriegt, dass das so früh blüht?« und »Wo habt ihr das denn aufgetrieben?« und »Habt ihr ein Glück mit eurem Boden.« Er erinnerte sich an eine dicke alte Scharteke in Tweed-Reithosen, die eines frühen Morgens vierzig Minu-ten lang das 2000-Quadratmeter-Grundstück seiner Eltern inspizierte und sich bei der Rückkehr nur das selbstgefälli-ge Bulletin abrang: »Bei euch hat der Frost offenbar etwas früher eingesetzt als bei uns.« Er hatte von ansonsten tugendhaften Bürgern gelesen, die mit versteckten Baumscheren und Wilderertaschen zum Verstauen der Beute die berühmten Gärten Englands besuchten. Kein Wunder, dass an den waldigsten und idyllischsten Orten des Landes jetzt häufig Überwachungskameras und uniformierte Posten aufgestellt waren. Pflanzenklau war ein Volkssport geworden, und vielleicht hatte er sich gar nicht des fröhlichen Schnees und der Weihnachtszeit wegen so schnell von dem Diebstahl des Lorbeerbaums erholt, sondern weil dadurch eine grundlegende moralische Erkenntnis seiner Jugendzeit bestätigt worden war.

Am Vorabend hatten sie draußen auf der vor Kurzem gelieferten Teakholzbank gesessen und sich eine Flasche Rosé geteilt. Ausnahmsweise war keine geistlose Musik aus einem Nachbarhaus, keine jaulende Autoalarmanlage, kein Flugzeugdonnern zu hören gewesen; da war einfach nur Stille, die dafür von ein paar verdammt lauten Vögeln gestört wurde. Über Vögel war Ken nicht recht auf dem Laufenden, aber er wusste, dass es erhebliche Verschiebungen bei den Arten gegeben hatte: viel weniger Spatzen und Stare als früher – nicht, dass er die einen oder die anderen vermisste; ebenso Schwalben und dergleichen; bei Elstern war es umgekehrt. Er wusste nicht, was das zu bedeuten hatte oder woran es lag. Umweltverschmutzung, Schneckenkorn, Treibhauseffekt? Oder dieses verschlagene alte Biest namens Evolution. Außerdem gab es in vielen Londoner Parks auffallend viele Papageien – wenn es nicht doch Sittiche waren. Irgendein Zuchtpaar war entflohen, hatte sich vermehrt und die milden englischen Winter überlebt. Jetzt kreischten sie aus den Wipfeln von Platanen; er hatte sogar gesehen, wie sich einer am Vogelhäuschen eines Nachbarn festkrallte.

»Warum müssen diese Vögel so einen verdammten Lärm machen?«, fragte er in grüblerischem, theatralisch klagendem Ton.

»Das sind Amseln.«

»Ist das eine Antwort auf meine Frage?«

»Ja«, sagte sie.

»Würdest du das einem einfachen Jungen vom Lande bitte erklären? Warum sie so einen verdammten Krach machen müssen?«

»Sie behaupten ihr Territorium.«

»Kann man sein Territorium nicht behaupten, ohne so einen Lärm zu machen?«

»Nicht, wenn man eine Amsel ist.«

»Hm.«

Menschen, dachte er, behaupteten gleichfalls ihr Territorium; die ließen dann einfach Gerätschaften und Maschinen den Lärm für sie machen. Er hatte die Mauern neu verfugt, wo der Mörtel rausgebröckelt war, und Spaliere hochgezogen, damit die Grenzmauern zwischen den Gärten höher wurden. Er hatte rustikale Trennwände aus Holzgeflecht zwischen den verschiedenen Teilen des Gartens aufgestellt. Er hatte sogar jemanden dafür bezahlt, dass er einen gewundenen Plattenweg anlegte und ein Elektrokabel an die Stelle führte, wo sich auf Knopfdruck Wasser über große ovale Steine ergoss, die von einem fernen schottischen Strand importiert worden waren.

Außerdem verbesserte er in diesem Frühjahr den Boden, wie und wo es angezeigt war. Er grub, wo er nach Marthas Anweisungen graben sollte. Er begann einen Feldzug, der langwierig zu werden versprach, gegen den Giersch. Er fragte sich, ob er Martha noch so liebte wie früher, oder ob er nur ein eheliches Ritual vollzog, das anderen zeigen sollte, wie sehr er sie liebte. Er erfuhr, dass er auf der Warteliste für einen Schrebergarten an dritter Stelle stand. Er ahmte die Stimmen der Experten in der *Stunde für den Gartenfreund* nach, bis Martha meinte, das sei nun wirklich nicht mehr lustig.

Ein Klopfen dicht an seinem Ohr ließ ihn aufschrecken. Er öffnete die Augen. Martha hatte ihren bis obenhin beladenen gelben Plastikwagen selbst auf den Parkplatz geschoben.

»Ich hab dich sogar auf dem Handy angerufen ...«

»Tut mir leid, Schatz. Hab ich nicht mit. Das ist meilenweit weg. Hast du schon bezahlt?«

Martha nickte nur. Sie war nicht richtig sauer. Sie rechnete schon fast damit, dass sich sein Gehirn ausschaltete, sobald sie in einem Gartencenter ankamen. Ken stieg aus dem Auto aus und machte sich eifrig daran, den Kofferraum zu beladen. Jedenfalls ist diesmal nichts dabei, bei dem man sich gleich einen Bruch hebt, dachte er.

Martha hielt Grillen für leicht ordinär. Sie sprach das Wort nicht aus, aber das brauchte sie auch nicht. Für Ken gab es nichts Schöneres als den Geruch von Fleisch, das über weiß glühenden Kohlen brutzelt. Sie mochte weder den Vorgang noch die Gerätschaften. Er hatte vorgeschlagen, so ein kleines Dingsda anzuschaffen – wie hieß das noch gleich? – ja, Hibachi, der sei doch eigentlich eine japanische Erfindung und daher bestens geeignet für diesen kleinen Flecken von Gottes weiter Erde. Martha fand diesen neuen Japan-Witz mittellustig, ließ sich aber nicht überzeugen. Am Ende gestattete sie den Erwerb eines schicken kleinen Terrakotta-Gebildes in Form einer aufrecht stehenden Minitonne; es war eine Art folkloristischer Ofen im Sonderangebot vom *Guardian*. Ken musste versprechen, niemals Grillanzünder darin zu benutzen.

Jetzt, da der Sommer gekommen war, revanchierten sie sich für Einladungen aus der Zeit, als im Haus Chaos geherrscht hatte. Marion und Alex und Nick und Anne kamen um acht, als der Himmel noch hell war, aber die ohnehin nicht große Hitze des Tages allmählich nachließ. Die beiden weiblichen Gäste wünschten sofort, sie hätten Strumpfhosen angezogen und sich nicht übertrieben sommerlich gekleidet, und fanden es nicht gerade nett, dass Martha als Gastgeberin sich gegen die abendliche Kühle gewappnet hatte. Doch sie waren zu einem Essen im Freien eingeladen, also würden sie auch im Freien essen. Es wurden Witze über Glühwein und Tapferkeit in Kriegszeiten gemacht, und Alex tat, als würde er sich die Hände an dem Terrakotta-Ofen wärmen, wobei er ihn fast umgeworfen hätte.

Während Ken sich an den Hähnchenkeulen zu schaffen machte und mit einem Spieß hineinstach, um zu sehen, ob der austretende Saft klar war, absolvierte Martha mit den Gästen den »Rundgang«. Da sie nie mehr als ein paar Meter entfernt waren, konnte Ken alle Komplimente für Marthas Einfallsreichtum mit anhören. Für einen Moment wurde er wieder zum verdrossenen Jüngling, der versuchte, die Aufrichtigkeit oder Heuchelei jedes Sprechers zu bestimmen. Dann wurden seine Spaliere bewundert – dieses Lob schien ihm aus ganzem Herzen zu kommen. Gleich darauf hörte er Martha sagen, am hinteren Gartenende sei bei ihrem Einzug »nichts als ein Haufen grässlichen Beerengestrüpps« gewesen.

Das Tageslicht schwand schon, als sie sich zu ihrer Vorspeise von Birne, Walnüssen und Gorgonzola hinsetzten. Alex, der während des Rundgangs offenbar nicht aufgepasst hatte, fragte: »Habt ihr irgendwo einen Wasserhahn laufen lassen?«

Ken schaute zu Martha hin, wollte die Gelegenheit aber nicht ausnutzen. »Das ist wahrscheinlich nebenan«, sagte er. »Da geht es ziemlich drunter und drüber.«

Martha sah ihn dankbar an, darum dachte Ken, es wäre in Ordnung, wenn er seine Geschichte mit dem Test-Set für Bodenanalysen erzählte. Er spann sie ziemlich weit aus, zeichnete ein ausgiebiges Selbstporträt von sich als verrücktem Chemiker und zögerte die Pointe so lange wie möglich hinaus.

»Und dann kam ich rein und sagte zu Martha: ›Ich hab leider schlechte Nachrichten. In deiner Erde ist keine Erde.‹«

Er wurde mit Gelächter belohnt. Und Martha stimmte mit ein; sie wusste, diese Geschichte würde von nun an zu seinem ständigen Repertoire gehören.

Ken fühlte sich bestätigt und beschloss, die Gartenfackeln anzuzünden, meterhohe Wachstürme, die hellauf loderten und ihn vage an römische Triumphzüge denken ließen. Außerdem schaltete er bei der Gelegenheit das aus, was er bei sich immer nur das Wasserspiel nennen würde.

Inzwischen war es eher kalt als kühl geworden. Ken schenkte Rotwein nach, und Martha schlug vor, ins Haus zu gehen, was alle höflich ablehnten.

»Wo bleibt der Treibhauseffekt, wenn man ihn mal braucht?«, fragte Alex fröhlich.

Dann redeten sie über Heizpilze – die wirklich was brachten, aber so umweltschädlich waren, dass es asozial wäre, einen zu kaufen – und CO_2-Ausstoß und nachhaltige Fischerei und Bauernmärkte und Elektroautos im Vergleich zu Biodiesel und Windparks und Solarheizungen. Ken hörte das warnende Summen einer Mücke an seinem Ohr; er kümmerte sich nicht darum und zuckte nicht einmal, als er den Stich spürte. Er saß da und genoss es, recht zu haben.

»Ich habe einen Schrebergarten bekommen«, verkündete er. Der feige Trick aller Eheleute, Eröffnungen im Beisein von Freunden zu machen. Doch Martha ließ weder Überraschung noch Enttäuschung erkennen, sie erhob nur mit den anderen das Glas auf Kens löbliches neues Hobby. Er wurde nach Kosten und Örtlichkeit befragt, nach der Bodenbeschaffenheit und seinen Plänen für die Bepflanzung.

»Brombeeren«, sagte Martha, noch ehe er antworten konnte. Sie lächelte ihm zärtlich zu.

»Wie hast du das erraten?«

»Als ich die Katalogbestellungen abgeschickt habe.« Sie hatte ihn gebeten, ihre Berechnungen zu überprüfen; nicht, dass sie nicht addieren konnte, aber da waren viele kleine Summen, die oft mit 99 Pence endeten, und überhaupt war das eine von Kens Aufgaben in ihrer Ehe. Er schrieb auch die Schecks aus, und das hatte er auch hier getan, nachdem er das eine oder andere zu der Bestellung hinzugefügt hatte. Dann hatte er sie an Martha zurückgegeben, denn sie verwaltete in ihrer Ehe die Briefmarken. »Und da fiel mir auf, dass du zwei Brombeersträucher bestellt hattest. Die Sorte hieß *Loch Tay*, wenn ich mich recht erinnere.«

»Dein Namensgedächtnis ist erschreckend«, sagte er mit einem Blick auf seine Frau. »Erschreckend und fantastisch.«

Es trat ein kurzes Schweigen ein, als wäre aus Versehen etwas Vertrauliches ausgeplaudert worden.

»Weißt du, was wir in dem Schrebergarten anpflanzen könnten?«, fing Martha an.

»Wieso denn *wir*, Bleichgesicht?«, erwiderte er, noch ehe

sie weitersprechen konnte. Das war so ein Scherz unter Eheleuten, immer gewesen; doch das war diesen speziellen Freunden offenbar unbekannt, und sie wussten nicht, ob das der Überrest eines Streits war. Er wusste es übrigens auch nicht; das ging ihm inzwischen häufig so.

Als das Schweigen andauerte, sagte Marion in die Stille hinein: »Ich sag's nicht gern, aber die Mücken stechen.« Sie hatte eine Hand am Fußknöchel.

»Unsere Freunde mögen unseren Garten nicht!«, rief Ken in einem Ton, der allen versichern sollte, dass hier wohl kaum ein Streit in der Luft lag. Und doch hatte dieser Ton etwas Hysterisches an sich, das die Gäste als Signal verstanden, sich unter Eheleuten verstohlene Blicke zuzuwerfen, ein breit gefächertes Angebot von Tee und Kaffee abzulehnen und ihre Dankesworte zum Abschied vorzubereiten.

Später rief er aus dem Badezimmer: »Haben wir noch was von dieser Kortisonsalbe?«

»Bist du gestochen worden?«

Er zeigte auf seinen Hals.

»Mein Gott, Ken, da sind ja fünf Stiche. Hast du nichts gemerkt?«

»Ja, aber ich wollte nichts sagen. Ich wollte nicht, dass jemand deinen Garten kritisiert.«

»Du Ärmster. Märtyrer. Wahrscheinlich stechen sie dich, weil du süßes Blut hast. Mich lassen sie in Frieden.«

Im Bett zogen sie, zu müde zum Lesen oder für Sex, eine erste Bilanz des Abends und bestärkten sich gegenseitig darin, ihn für einen Erfolg zu halten.

»Ach, du Scheiße«, sagte er. »Ich glaube, ich habe ein Stück Hähnchenfleisch in diesem Tonnendings liegen lassen. Vielleicht sollte ich runtergehen und es reinholen.«

»Ach, lass doch«, sagte sie.

Am Sonntagmorgen schliefen sie lange aus, und als er den Vorhang etwas zur Seite schob, um nach dem Wetter zu schauen, sah er den Terrakotta-Ofen auf der Seite liegen, und der Deckel war in zwei Teile zerbrochen.

»Verdammte Füchse«, sagte er leise, da er nicht wusste, ob Martha wach war oder nicht. »Oder verdammte Katzen. Oder verdammte Eichhörnchen. Verdammte Natur, jedenfalls.« Er stand am Fenster und überlegte, ob er sich wieder ins Bett legen oder nach unten gehen und langsam einen neuen Tag beginnen sollte.

Bei Phil & Joanna 3: Hände weg!

Endlich war es einmal warm genug, dass man draußen essen konnte. Auf dem Tisch, dessen Platte sich verzogen hatte, hatten von Anfang an Kerzen in Blechlaternen gebrannt, und mittlerweile erwiesen sie sich als nützlich. Wir hatten über Obamas erste hundert Tage gesprochen, seine Abschaffung der Folter von Staats wegen, über Britanniens Komplizenschaft bei der Auslieferung von Terrorverdächtigen über Landesgrenzen hinweg, die Boni von Bankern und den möglichen Termin der nächsten Parlamentswahlen. Wir versuchten, den drohenden Ausbruch der Schweinegrippe mit der Vogelgrippe zu vergleichen, die ja dann doch nicht gekommen war, doch von Epidemiologie hatte niemand einen blassen Schimmer. Und so entstand ein Augenblick des Schweigens.

»Eben habe ich gedacht … das letzte Mal, als wir alle hier versammelt waren –«

»An dieser Tafel, die geradezu ächzte unter der Fülle der Speisen –«

»Die uns aufgetragen wurden von – rasch, her mit ein paar Klischees!«

»Von einem Wirte wundermild.«

»Einem veritablen Trimalchio.«

»Von Frau Hurtig.«

»Nein, das bringt's nicht. Sagen wir also: Von Phil und Joanna, diesen Inkarnationen der Gastfreundschaft.«

»Diese Zunge übrigens ...«

»War das *Zunge*? Du hast gesagt, es sei Rindfleisch.«

»War es auch. Zunge ist Rindfleisch. Es gibt Rinderzunge, Kalbszunge.«

»Aber ... aber Zunge mag ich nicht. Die hat im Maul einer toten Kuh gesteckt.«

»Das letzte Mal, als wir hier waren, habt ihr von Karten zum Valentinstag erzählt, ihr zwei ... verheirateten Turteltauben. Und von dieser Freundin von euch, die ihren Bauch zusammentackern lassen wollte rechtzeitig zur Rückkehr ihres Mannes.«

»Genau genommen ging es ums Fettabsaugen.«

»Und jemand hat die Frage aufgeworfen, ob das nun ein Zeichen der Liebe oder der Eitelkeit sei.«

»Weibliche Unsicherheit, meine ich, war die Alternative.«

»Moooment. War das, bevor ihr Typ diese radikale Testektomie vornehmen ließ, oder wie man das nennt?«

»Ewigkeiten davor. Und sie hat es ja dann nicht machen lassen.«

»Nicht?«

»Ich habe gemeint, das hätte ich euch gesagt.«

»Die Rede war doch von, wie hat Dick das genannt, Penetration *a tergo*.«

»Sie hat es nicht machen lassen. Ich bin sicher, dass ich das gesagt habe.«

»Und dann hat, um beim Thema zu bleiben, jemand gefragt, ob jemals irgendwer von uns Lust auf Sex hat, wenn er von hier nach Hause kommt.«

»Eine Frage, auf die man dann im Wesentlichen die Antwort schuldig blieb.«

»Lieber David, ist das Ziel und Zweck deiner sokratischen Präambel?«

»Nein. Das heißt, vielleicht doch. Nein, nicht wirklich.«

»Weiter im Text.«

»Mir kommt das vor, wie wenn Typen zusammen an einem Tisch sitzen, und dann erwähnt jemand, die Größe des Gemächts stehe in einem direkten Verhältnis … Dick, warum versteckst du plötzlich deine Hände?«

»Weil ich weiß, wie dieser Satz weitergeht. Und weil ich niemanden in die peinliche Lage bringen will, auf die Pracht meines Gemächts zu schließen, wie du es nennst.«

»Sue, eine Frage. In der letzten Lektion wurde den Schülerinnen und Schülern der Unterschied zwischen einem Vergleich und einer Metapher beigebracht. Welcher rhetorische Begriff, würdest du sagen, wäre am zutreffendsten für diesen Schluss von der Größe der Hände eines Mannes auf die Größe von dessen Gemächt?«

»Ist ›großtun‹ ein rhetorischer Begriff?«

»Es gibt doch einen Begriff für das Verwenden von etwas Kleinem stellvertretend für etwas Großes, Pars pro Toto und so. War das Litotes? Hendiadyoin? Anakoluth?«

»Keine Ahnung. Für mich klingt das alles wie die Namen griechischer Ferienorte.«

»Was ich eigentlich sagen wollte: Wir sprechen nie über die Liebe.«

»…«

»…«

»…«

»…«

»…«

»…«

»Genau das meine ich.«

»Ein Freund von mir hat einmal gesagt, er glaubt nicht,

dass man länger als zwei Wochen am Stück glücklich sein kann.«

»Wer war das arme Schwein?«

»Ein Freund von mir.«

»Sehr verdächtig.«

»Wieso?«

»Na ja, ›ein Freund von mir‹ – kann sich noch jemand an Matthew erinnern? Ja? Nein? Er war ein großer *coureur de femmes*.«

»Könntest du uns das bitte mal übersetzen?«

»Oh, er vögelte für England. Der hatte eine unglaubliche Energie. Und war immer … interessiert. Wie auch immer, es kam der Punkt, als – wie soll ich mich ausdrücken? – als Frauen beim Sex immer häufiger Hand an sich legten.«

»Und ab wann genau, würdest du sagen, war das so?«

»Zwischen der Aufhebung des Verbots von *Lady Chatterley* und der ersten LP der Beatles?«

»Schönen Dank für das Larkin-Zitat, aber ich glaube, das war später. Eher in den Siebzigern …«

»Jedenfalls hat Matthew diese … soziodigitale Veränderung früher als andere festgestellt, weil er nun mal mehr Feldforschung betrieben hat, und hat beschlossen, eine Frau darauf anzusprechen – keine Geliebte, keine Ehemalige, sondern eine Freundin, mit der er besonders gut reden konnte. Eine Vertraute. Also hat er eines Tages, als sie zusammen etwas getrunken haben, möglichst beiläufig gesagt: ›*Ein Freund von mir* hat mir neulich erzählt, er habe festgestellt, dass die Frauen beim Sex jetzt häufiger ihre Finger einsetzen.‹ Worauf diese Frau gesagt hat: ›Dann hat dein Freund wohl einen winzigen Schwanz. Oder er weiß nichts Gescheites damit anzustellen.‹«

»Worauf er die Flagge gestrichen haben dürfte.«

»Er ist gestorben. Ziemlich jung. Hirntumor.«

»Ein Freund von mir –«

»Ist das jetzt ›ein Freund von mir‹ oder ›*ein Freund von mir*‹?«

»Will. Erinnert ihr euch an ihn? Der hatte Krebs. Ein großer Trinker, ein großer Raucher und ein großer Frauenverschleißer. Ich weiß noch, wo der Krebs schon überall war, als sie ihn entdeckten: in der Leber, der Lunge und der Harnröhre.«

»So viel zum Thema ›ausgleichende Gerechtigkeit‹.«

»Aber das ist doch komisch, findet ihr nicht?«

»Soll das heißen, Matthew ist an einem Hirntumor gestorben, weil er zu viel gevögelt hat? Wo ist da der Zusammenhang?«

»Vielleicht hatte er einfach zu viel Sex im Kopf.«

»Und das ist nun mal der schlechteste Ort, um Sex zu haben.«

»Die Liebe.«

»Gesundheit!«

»Ich habe mal gelesen, dass man in Frankreich, wenn man jemand diskret darauf aufmerksam machen wollte, dass sein Hosenstall offen stand, dass man dann also gesagt hat: ›*Vive l'Empereur*‹. Aber gehört habe ich das noch nie. Und auch nicht wirklich kapiert.«

»Vielleicht finden die, die Spitze eines Pimmels sehe aus wie der Kopf von Napoleon.«

»Deiner vielleicht.«

»Oder dieser Hut, den er auf Karikaturen immer trägt.«

»Ich hasse das Wort ›Pimmel‹. Noch schlimmer ist das Verb dazu. ›Er pimmelte sie.‹ Kotz.«

»Die Liebe .«

»...«

»...«

»...«

»Gut. Es freut mich, dass ihr mir jetzt zuhört. Darüber reden wir nicht. Über die Liebe.«

»Brr. Halt, alter Junge. Wir wollen hier nicht die Pferde scheu machen.«

»Als Ausländer vom Dienst wird Larry mir recht geben.«

»Als ich zum ersten Mal rüberkam, da fiel mir vor allem auf, dass ihr immerzu Witze macht und ständig ›cunt‹ sagt.«

»Meinst du jetzt ›cunt‹ im ursprünglichen Sinn von ›weibliches Geschlechtsteil‹ oder im Sinne von ›Arschloch‹ oder ›Sau‹? Und willst du mir damit sagen, ihr Amerikaner verwendet dieses Wort nicht?«

»Jedenfalls nicht in Anwesenheit von Frauen.«

»Wie merkwürdig. Und in Anbetracht seiner ursprünglichen Bedeutung nicht ohne Ironie.«

»Vielen Dank, Larry, genau das meine ich doch. Statt ernsthaft zu sein, machen wir Witze, und statt über die Liebe zu reden, reden wir über Sex.«

»Ich finde, Witze sind eine gute Möglichkeit, ernsthaft zu sein. Oft die beste.«

»So was kann nur ein Engländer denken oder sagen.«

»Soll ich mich jetzt dafür entschuldigen, Engländer zu sein, oder wie oder was?«

»Deswegen brauchst du doch nicht gleich auf die Barrikaden zu steigen.«

»Höre ich hier das Wort ›cunt‹ mitschwingen?«

»Männer reden über Sex, Frauen reden über Liebe.«

»Quatsch mit Soße.«

»Warum hat dann in den letzten Minuten keine Frau ein Wort gesagt?«

»Ich frage mich schon die ganze Zeit, ob die Größe der Hände einer Frau etwas darüber aussagt, wie heftig sie sie einsetzen muss, wenn sie mit ihrem Mann im Bett ist.«

»Dick, halt dein verficktes Maul.«

»Jungs. Pssst. Die Nachbarn. So spät in der Nacht hört man Stimmen sehr viel besser.«

»Joanna, was findest du denn?«

»Wieso ich?«

»Weil ich dich gefragt habe.«

»Also gut. Ich glaube nicht, dass es je eine Zeit gegeben hat – jedenfalls nicht, seit ich auf der Welt bin –, in der Männer und Frauen rumgesessen und über die Liebe geredet haben. Es stimmt, dass wir viel häufiger über Sex reden – genauer gesagt: Wir hören viel häufiger zu, wie ihr über Sex redet. Ich glaube auch – und das ist mittlerweile fast schon ein Klischee –: Wenn Frauen wüssten, wie Männer hinter ihrem Rücken über sie reden, fänden sie das wenig erbaulich. Und wenn Männer wüssten, wie Frauen hinter ihrem Rücken über sie –«

»Würden ihre Schwänze schrumpeln.«

»Frauen können ihn vortäuschen, Männer nicht. Das ist nun mal das Gesetz des Dschungels.«

»Beim Gesetz des Dschungels geht es um Vergewaltigung, nicht um vorgetäuschte Orgasmen.«

»Der Mensch ist das einzige Wesen, das über seine Existenz reflektieren, sich seinen Tod vorstellen und Orgasmen vortäuschen kann. Wir sind nicht umsonst Gottes auserwählte Geschöpfe.«

»Ein Mann kann einen Orgasmus vortäuschen.«

»Wirklich? Und wärst du gegebenenfalls bereit, uns in dieses Geheimnis einzuweihen?«

»Als Frau kannst du nicht unbedingt wissen, ob ein Mann gekommen ist. Von dem her, was du innerlich spürst, meine ich.«

»Da haben wir schon wieder eine Hände-unter-den-Tisch-Situation.«

»Jedenfalls kann kein Mann eine *Erektion* vortäuschen.«

»Ein Schwanz lügt nie.«

»Vor den Vätern sterben die Söhne.«

»Was hat das damit zu tun?«

»Ach, beides hört sich nach einem Buchtitel an. Aber nur eines ist einer.«

»In Tat und Wahrheit kann ein Schwanz sehr wohl lügen.«

»Wollen wir das so genau wissen?«

»Premierenfieber zum Beispiel. Du möchtest zwar, aber der Schwanz lässt dich im Stich. Er lügt.«

»Die Liebe.«

»Eine alte Freundin von uns, eine New Yorkerin, arbeitete jahrelang als Anwältin. Dann beschloss sie, etwas anderes zu tun und auf eine Filmschule zu gehen. Da war sie in den Fünfzigern. Sie fand sich also unter lauter Kids wieder, die dreißig Jahre jünger waren als sie. Denen hat sie jeweils zugehört, und manchmal haben sie sich ihr auch anvertraut, und wisst ihr, zu welchem Schluss sie gekommen ist? Dass die völlig unbekümmert miteinander ins Bett stiegen, aber furchtbar Angst davor hatten, jemandem nahezukommen oder dass ihnen jemand nahekäme.«

»Und damit willst du sagen ...«

»Sie hatten Angst vor der Liebe. Davor, von jemandem abhängig zu werden. Oder dass jemand von ihnen abhängig werden könnte. Oder vor beidem.«

»Angst davor, verletzt zu werden.«

»Wohl eher Angst vor allem, was ihre Karriere behindern könnte. In New York ...«

»Mag sein. Ich glaube jedoch, dass Sue recht hat. Es geht um die Angst davor, verletzt zu werden.«

»Das letzte Mal oder das vorletzte hat jemand die Frage

aufgeworfen, ob es Herzkrebs gibt. Natürlich gibt es den. Man nennt es Liebe.«

»Höre ich da ferne Buschtrommeln und Affenrufe?«

»Na, dann kann man deinem Gespons nur kondolieren.«

»Hört bitte mal mit dem ständigen Gewitzel auf. Denkt nicht daran, mit wem ihr verheiratet seid oder neben wem ihr sitzt. Denkt lieber mal daran, wie es in eurem Leben mit der Liebe gelaufen ist und im Leben anderer Leute.«

»Und?«

»Lauter Verletzungen.«

»Na und? Nur wenn es wehtut, wirkt es. Was mich nicht umbringt, macht mich stärker. Ohne Fleiß kein Preis. Und was der Sprüche mehr sind.«

»Ich habe oft erlebt, dass etwas wehgetan hat, ohne dass dabei etwas Positives herausgekommen wäre. Das ist sogar die Regel. Dass mich das, was mich nicht umbringt, stärker macht, halte ich für Schwachsinn. Schmerz schwächt. Leid adelt nicht, sondern schadet der Persönlichkeit.«

»Auch ich leide, denn das letzte Mal habe ich euch auf ausgesprochen diskrete Weise von diesem Set zur Untersuchung von Arschkrebs zu erzählen versucht ...«

»Die du am Valentinstag vorgenommen hast ...«

»Und kein Schwein hier ist so freundlich gewesen, mich zu fragen, was dabei herausgekommen ist.«

»Dick, was ist dabei herausgekommen?«

»Ich habe einen Brief erhalten von jemandem mit einer unlesbaren Unterschrift, dessen Berufsbezeichnung, ob ihr's glaubt oder nicht, Knotenpunkt-Direktor lautete.«

»Das wollen wir jetzt nicht genauer erforschen.«

»Und er schrieb mir, mein Ergebnis sei normal.«

»Aha!«

»Toll, Dick.«

»Doch, hieß es im nächsten Abschnitt, und ich zitiere aus dem Gedächtnis – wie sonst könnte ich zitieren? –, doch kein Untersuchungsergebnis sei absolut und zu hundert Prozent verbindlich, weshalb ein normales Untersuchungsergebnis keine Garantie dafür sei, dass man keinen Darmkrebs habe oder eines Tages bekommen könnte.«

»So was kann man ja auch nicht garantieren.«

»Denen geht es nur darum, nicht verklagt zu werden.«

»Heute geht es allen nur darum, nicht verklagt zu werden.«

»Deswegen auch diese Eheverträge – um zum Thema zurückzukehren. Was würdest du sagen, Larry: Ist ein Ehevertrag eher ein Zeichen der Liebe oder der Unsicherheit?«

»Das weiß ich nicht, ich habe noch nie einen unterschrieben. Doch ich vermute, in der Regel geht es darum, dass irgendwelche Anwälte das Vermögen einer Familie schützen wollen. Vielleicht hat es gar nichts mit Gefühlen zu tun, sondern nur mit dem, was sich gehört. So wie man ja auch tut, als glaube man den Inhalt des Ehegelübdes.«

»Das habe ich in der Tat geglaubt. Jedes einzelne Wort.«

»›Mit diesem Ring eheliche ich dich, mit meinem Körper vögeliche ich dich‹ – wenn ich mich daran erinnere. Aber oha, Joanna wirft mir eben wieder einen finsteren Blick zu.«

»Herzkrebs, nicht Arschkrebs ist eigentlich unser Thema.«

»Willst du damit sagen, Lieben sei Leiden, Joanna?«

»Nein. Ich muss nur an ein paar Leute denken – Männer, ja, es sind lauter Männer –, die noch nie gelitten haben wegen der Liebe. Die dazu schlicht nicht fähig sind. Die vielmehr ein System der Ausflüchte und der Kontrollen aufgebaut haben, das verhindert, dass ihnen je etwas passiert.«

»Ist das denn nicht vernünftig? Für mich klingt das nach dem emotionalen Pendant zu einem Ehevertrag.«

»*Vernünftig*, genau das meine ich ja. Manche Männer können das ganze Programm – Sex, Heirat, Vaterschaft, Partnerschaft – absolvieren, ohne je darunter zu leiden. Vielleicht dass sie mal ein bisschen frustriert sind, ihnen etwas peinlich ist, sie langweilt oder ärgert … doch das ist es dann auch schon. Wehtut ihnen allenfalls, wenn eine Frau, die sie zum Abendessen ausführen, sich dafür nicht mit Sex revanchiert.«

»Wer hat da behauptet, Männer seien zynischer als Frauen?«

»Das hat nichts mit Zynismus zu tun. Wir alle kennen ein paar Leute, die so funktionieren.«

»Soll das heißen, nur wer leidet, liebt auch wirklich?«

»Natürlich nicht. Ich will damit nur sagen, nun ja, es ist wie mit der Eifersucht. Es gibt keine Liebe ohne die Möglichkeit von Eifersucht. Wenn du Glück hast, wirst du nie eifersüchtig, aber wenn du dazu gar nicht fähig bist, dann bist du auch nicht verliebt. So ähnlich ist es auch mit den Schmerzen.«

»Dann ist Dick auf seine Art also durchaus beim Thema geblieben.«

»…?«

»Na ja, er hat keinen Arschkrebs, aber die Möglichkeit besteht, dass er Arschkrebs bekommt, jetzt oder in Zukunft.«

»Vielen Dank. Damit bin ich rehabilitiert. Ich wusste doch, dass ich schon weiß, wovon ich rede.«

»Du und der Knotenpunkt-Direktor.«

»Du hast Pete gemeint, nicht wahr?«

»Wer ist Pete? Der Knotenpunkt-Direktor?«

»Nein, Pete, der Mann ohne Schmerzen.«

»Pete ist einer dieser Typen, die zählen. Ihr wisst schon: Wie viele Frauen. Er weiß genau, an welchem Tag er in den zweistelligen Bereich vorgestoßen ist und an welchem er die fünfzigste gehabt hat.«

»Zählen tun wir ja alle.«

»Ach ja?«

»Ich weiß jedenfalls sehr genau, wann ich die Zweite hatte.«

»Bei mir gab es eine Menge Halbe, wenn ihr wisst, was ich meine.«

»Nur zu gut. Und wenn das nichts mit Leiden zu tun hat …«

»Nein, nur Pete würde das als Leiden bezeichnen. Das ist aber nichts als verletzte Eitelkeit. Verletzte Eitelkeit und Angstzustände, die hat er im Repertoire. Aber mehr Leiden ist bei ihm nicht drin.«

»Sehr vernünftig. Was soll an dem Mann nicht gut sein. War er je verheiratet?«

»Zweimal. Beide Male ohne Erfolg.«

»Und?«

»Es war ihm etwas peinlich, er verfiel in Selbstmitleid, einen gewissen Überdruss. Doch mehr war da nicht.«

»Deiner Meinung nach hat der Mann also nie geliebt?«

»Allerdings.«

»Er selbst würde das aber nicht sagen. Er würde sagen, er hat geliebt. Und zwar mehr als einmal.«

»X-mal, würde er wohl sagen.«

»›Ganz schön verlogen.‹«

»Dass ich das gesagt habe, wird man mir wohl mein Leben lang unter die Nase reiben.«

»Vielleicht reicht das ja auch.«

»Was?«

»Zu glauben, man habe geliebt oder man sei verliebt. Ist das nicht genauso gut?«

»Nicht, wenn es nicht stimmt.«

»Moooment, ich habe das ungute Gefühl, da wird jetzt die Sensibilitätskarte ausgespielt: ›Nur wir, die wir gelitten haben, haben wirklich und wahrhaftig geliebt.‹«

»Das habe ich nicht gesagt.«

»Nicht?«

»Glaubst du, Frauen lieben mehr als Männer?«

»›Mehr‹ im Sinne von ›häufiger‹ oder von ›heftiger‹?«

»So was kann nur ein Mann fragen.«

»Tut mir leid, das bin ich nun mal, ein armer Ficker von einem Mann.«

»Nicht nach einem Abendessen bei Phil und Joanna. Das haben wir ja bereits festgestellt.«

»Ach ja?«

»Oh, Gott, du willst jetzt hoffentlich nicht, dass wir alle heimgehen und versuchen, eine Nummer zu schieben, bloß ...«

»›Eine Nummer schieben‹ kann ich auch nicht ab.«

»Ich erinnere mich an so eine amerikanische Fernsehshow, ihr wisst schon, so eine von der Art: Wir lösen deine sexuellen und emotionellen Probleme, indem wir dich einem Studiopublikum präsentieren und zur Schnecke machen, damit das Publikum dann mit dem guten Gefühl nach Hause gehen kann, nicht so zu sein wie du.«

»Das ist ein extrem britischer Vorwurf, um nicht zu sagen: eine Denunziation.«

»Ich bin nun mal Brite. Jedenfalls, da war diese Frau in der Sendung und erzählte, wieso ihre Ehe oder ihre Beziehung nicht funktionierte, und natürlich kam man sehr schnell auf das Thema ›Sex‹, und einer dieser angeblichen

Experten, irgend so ein aalglatter Fernsehtherapeut oder
was, fragte sie tatsächlich: ›Haben Sie große Orgasmen?‹«

»Krawumm, direkt zum G-Punkt.«

»Worauf sie den Therapeuten anschaute und mit sympa-
thischer Bescheidenheit sagte: ›Also mir kommen sie jedenfalls groß vor.‹«

»Bravo. Gut gegeben.«

»Und was willst du damit sagen?«

»Ich will damit sagen, wir sollten uns Pete gegenüber
nicht so überlegen fühlen.«

»Tut das jemand? Ich jedenfalls nicht. Und wenn er die
Fünfzigermarke erreicht hat, ziehe ich meinen Hut.«

»Meinst du, Pete legt so viele Frauen flach, weil er mit
ihnen nicht klarkommt?«

»Nein, ich glaube, er langweilt sich einfach schnell.«

»Wer verliebt ist, langweilt sich nicht.«

»Ich glaube, man kann verliebt sein und sich dennoch
langweilen.«

»Ich fürchte, da ist wieder so ein Hände-unter-den-Tisch-
Moment im Anzug.«

»Hab dich nicht so.«

»Doch, schließlich komme ich hierher, um mich mit
eurem köstlichen Essen vollzustopfen und eurem vorzüg-
lichen Wein zu betrinken, und nicht, um mir Daumen-
schrauben ansetzen zu lassen.«

»Wenn wir dich schon verköstigen, dann musst du auch
was einstecken können. Denk daran: ›Wes Brot ich ess, des
Lied ich sing.‹«

»Und: ›Wer nie sein Brot im Bette aß, weiß nicht, wie
Krümel pieksen.‹«

»Zur Verteidigung dieses Pete, den ich noch nie in meinem Leben gesehen habe, möchte ich eines sagen: Vielleicht hat er so heftig geliebt oder war so verliebt, wie ihm

das überhaupt möglich ist, und warum sollten wir uns ihm nur deshalb überlegen fühlen?«

»Es gibt Leute, die sich nicht verlieben würden, wenn sie nicht schon mal davon gelesen hätten.«

»Verschon uns wenigstens heute Abend mit deinen Franzosenweisheiten.«

»Können wir unsere Hände jetzt wieder gefahrlos unter dem Tisch hervorholen?«

»Gefahrlosigkeit gibt es nicht. Darum geht es ja.«

»Worum geht es eigentlich, wenn ich fragen darf.«

»Dann fasse ich das mal kurz zusammen, für die, die nicht mitgekommen sind. Also, die Versammelten sind sich einig, dass die Briten das Wort ›cunt‹ viel zu häufig benutzen, dass Männer über Sex reden, weil sie nicht über Liebe reden können, dass Frauen und Franzosen mehr von der Liebe verstehen als Engländer, dass Liebe mit Leiden zu tun hat, und dass jeder Mann, der mehr Frauen als ich gehabt hat, verdammtes Schwein gehabt hat und Frauen nicht wirklich versteht.«

»Glänzend, Dick. Wer jetzt immer noch nicht mitkommt, scheidet aus.«

»›Scheidet aus‹? Wer bist du? Der Knotenpunkt-Direktor?«

»Ach, hört doch auf, Jungs. Das war eine ausgesprochen männliche Zusammenfassung.«

»Möchtest du uns jetzt mit einer weiblichen beglücken?«

»Eher nicht.«

»Willst du damit andeuten, Dinge zusammenzufassen sei eine unangenehm männliche Angewohnheit?«

»Gar nicht mal. Doch könnte in meiner Zusammenfassung erwähnt werden, dass Männer zu passiv aggressivem Verhalten tendieren, wenn sie von Dingen reden, die sie unsicher machen.«

»›Passiv aggressiv‹. Ich hasse dieses Wort oder diesen Ausdruck oder was immer das sein soll. Ich schätze, der wird zu 90 bis 95 Prozent von Frauen verwendet. Ich weiß ehrlich nicht, was der heißt oder heißen soll.«

»Was haben wir denn gesagt, bevor wir ›passiv aggressiv‹ gesagt haben?«

»Wie wäre es mit ›wohlerzogen‹?«

»›Passiv aggressiv‹ bezeichnet einen psychischen Zustand.«

»›Wohlerzogen‹ auch. Und zwar einen durchaus erfreulichen.«

»Glaubt von den Anwesenden denn jemand allen Ernstes, dass – würde nun metaphorischer Portwein aufgetischt und zögen sich die Damen in einen anderen Raum zurück –, dass sie dann über Liebe reden würden und wir über Sex?«

»Als Junge, als ich von Mädchen noch keine Ahnung hatte, habe ich mich auf beides gleich gefreut.«

»Wie, auf Jungen und Mädchen?«

»Arschloch. Nein, auf Liebe und auf Sex.«

»Nicht so laut. Leiser bitte.«

»Gibt es im Bereich des menschlichen Strebens irgendetwas, was dem an Intensität gleichkäme? Der Sehnsucht nach Sex und Liebe, wenn du beides noch nie erlebt hast?«

»Ich erinnere mich nur zu gut daran. Das Leben kam mir völlig … unmöglich vor. Das war echtes Leiden.«

»Und dennoch ist das Ergebnis nicht so schlecht. Wir alle haben Liebe und Sex gehabt, manchmal sogar gleichzeitig.«

»Und jetzt ziehen wir unsere Mäntel an und gehen nach Hause in der Hoffnung auf eines von beidem, und das nächste Mal heißt es dann: Hand hoch, wer noch eine Nummer geschoben hat!«

»Und Kopf hoch für die andern.«

»Interessant, dass Männer auch in fortgeschrittenem Alter Kindsköpfe bleiben, nicht?«

»Gilt das jetzt als passiv aggressiv?«

»Ich kann auch aktiv aggressiv sein, wenn dir das lieber ist.«

»Lass das, Liebling.«

»Wisst ihr was: Das ist so ein Abend, an dem ich nicht als Erster gehen möchte.«

»Dann gehen wir jetzt alle zusammen, und dann können Phil und Joanna uns durchhecheln, während sie aufräumen.«

»Tun wir aber nicht.«

»Nicht?«

»Nein, wir haben ein Ritual. Phil räumt ab, ich räume den Geschirrspüler ein. Wir legen Musik auf. Ich spüle die Dinge, die nicht in den Geschirrspüler kommen, Phil trocknet ab. Durchgehechelt wird niemand.«

»Was für charmante Gastgeber. Ein veritabler Trimalchio und eine wahre Frau Hurtig.«

»Jo will damit sagen: Wir sind dann leergequatscht. Durchhecheln werden wir euch morgen beim Frühstück. Und beim Mittagessen. Und in diesem Fall wahrscheinlich auch beim Abendessen.«

»Du bist ein Schwein, Phil.«

»Ich hoffe, niemand fährt jetzt noch?«

»Das hoffe ich auch. Ich kann auf der Straße keine Konkurrenten brauchen.«

»Willst du wirklich noch fahren?«

»Ich bin doch nicht bescheuert. Wir gehen alle zu Fuß oder nehmen ein Taxi.«

»Mit anderen Worten: Wir werden noch ein Weilchen hier vor dem Haus stehen und euch beide durchhecheln.«

»War das wirklich Zunge?«

»Natürlich.«

»Aber Zunge mag ich doch gar nicht.«

Nachdem er die Haustür geschlossen hatte, legte Phil eine CD von Madeleine Peyroux auf, küsste seine Frau im Bereich des Schürzenbändels auf den Nacken, ging hoch ins dunkle Schlafzimmer, näherte sich vorsichtig dem Fenster, sah die anderen draußen auf dem Gehsteig stehen und schaute ihnen zu, bis sie sich zerstreuten.

Unbefugtes Betreten

Nach der Trennung von Cath spielte er mit dem Gedanken, dem Wanderverein beizutreten, doch das kam ihm
dann zu absehbar traurig vor. Er konnte sich die Gespräche
vorstellen:

»Tag, Geoff. Tut mir leid wegen Cath und dir. Wie geht's
dir denn?«

»Oh, gut, danke. Ich bin jetzt im Wanderverein.«

»Gut gemacht.«

Er sah auch den Rest vor sich: Das Vereinsblatt erhalten,
die »Einladung an alle« studieren – »Sa 12., 10:30 Uhr,
Parkplatz SO Methodistenkirche« –, am Vorabend die
Schuhe putzen, ein zusätzliches Sandwich machen – wer
weiß –, vielleicht auch noch eine zusätzliche Mandarine
einstecken und dann (all seinen Warnungen an sich selbst
zum Trotz) mit hoffnungsvollem Herzen zum Parkplatz
fahren. Einem hoffnungsvollen Herzen, das verletzt zu
werden erwartete. Dann hieße es, die Wanderung überste-
hen, sich fröhlich verabschieden, nach Hause gehen und
zu Abend das übrig gebliebene Sandwich und die Mandarine essen. Das wäre wirklich traurig.

Wandern ging er freilich weiterhin. An fast jedem
Wochenende, bei fast jedem Wetter ging er hinaus mit seinen Wanderschuhen, dem Rucksack, der Wasserflasche

und der Karte. Er mied auch nicht die Wanderungen, die er mit Cath gemacht hatte. Schließlich waren das nicht »ihre« Wanderungen; und wenn, konnte er sie sich nicht wieder zu eigen machen, indem er sie alleine unternahm? Sie gehörte nicht Cath, die Rundwanderung von Calver aus: den Derwent entlang, durch Froggatt Woods nach Grindleford, vielleicht mit einem Abstecher zum Mittagessen im Grouse Inn, dann vorbei am Steinkreis aus dem Bronzezeitalter, der in den Sommermonaten im Adlerfarn verschwand, zur grandiosen Überraschung des Curbar Edge. Die gehörte nicht ihr; die gehörte niemandem.

Danach trug er in sein Wanderbuch ein: »2 Std. 45 Min.«. Mit Cath hatte sie jeweils 3 Std. 30 Min. gedauert sowie zusätzliche 30 Min., wenn sie im Grouse noch ein Sandwich gegessen hatten. Das gehörte zum Singledasein: Man sparte Zeit. Man wanderte schneller, man kam schneller nach Hause, trank sein Bier schneller, aß schneller zu Abend. Der Sex, den man mit sich allein hatte, war auch schneller. Man sparte so viel Zeit, überlegte Geoff, Zeit zum Einsamsein. Aufhören, sagte sich Geoff: Du darfst kein Trauerkloß werden; du darfst nur traurig sein.

»Ich hatte geglaubt, wir würden heiraten.«

»Drum tun wir's nicht«, hatte Cath geantwortet.

»Das versteh ich nicht.«

»Eben.«

»Erklär's mir bitte.«

»Nein.«

»Warum nicht?«

»Eben darum. Wenn du das nicht siehst, wenn ich das erklären muss – das ist der Grund, warum wir nicht heiraten.«

»Das ist kein logischer Schluss.«

»Nein, es ist nur Schluss.«

Vergiss es, vergiss es, das ist vorbei. Einerseits überließ sie dir gern die Entscheidungen; andererseits warf sie dir Kontrollwahn vor. Einerseits lebte sie gern mit dir zusammen; andererseits wollte sie nicht mehr mit dir zusammenleben. Einerseits wusste sie, dass du ein guter Vater wärst; andererseits wollte sie keine Kinder von dir. Wo blieb da die Logik? Vergiss es.

»Hallo.« Er war über sich selbst erstaunt. Er begrüßte keine unbekannten Frauen beim Anstehen fürs Mittagessen. Unbekannte Frauen begrüßte er nur auf Wanderwegen, wo ihm mit einem Nicken, Lächeln oder Heben des Trekkingstocks geantwortet wurde. Doch sie war ihm bekannt.

»Sie sind aus der Bank.«

»Stimmt.«

»Lynn.«

»Sehr gut.«

Fast schon genial, dass ihm ihr Namensschild hinter dem Panzerglas eingefallen war. Außerdem hatte sie auch die vegetarische Lasagne. Durfte er …? Gern. Es war nur noch ein Tisch frei. Irgendwie war es einfach. Er wusste, dass sie in der Bank arbeitete; sie wusste, dass er an der Schule unterrichtete. Sie war vor ein paar Monaten in die Stadt gezogen, und, nein, sie war noch nie auf dem Hügel oben gewesen. Ob das mit Turnschuhen ginge?

Am folgenden Samstag trug sie Jeans und einen Pullover; sie wirkte teils amüsiert, teils erschrocken, als er seine Wanderschuhe und den Rucksack aus dem Kofferraum holte und seine scharlachrote Goretex-Jacke mit dem Mesh-Futter anzog.

»Sie brauchen Wasser.«

»Ach ja?«

»Es sei denn, Sie wollen aus meiner Flasche trinken.«

Sie nickte; sie gingen los. Während sie von der Stadt aus bergauf gingen, weitete sich der Ausblick, und sie sahen ihre Bank ebenso wie seine Schule. Er ließ sie das Tempo bestimmen. Sie ging leicht. Er wollte sie fragen, wie alt sie sei, ob sie trainiere. Er wollte ihr sagen, sie sehe größer aus, als wenn sie hinter der Scheibe sitze. Stattdessen wies er auf die Überreste eines ehemaligen Schieferbruchs hin und auf die seltene Rasse von Schafen – hießen die Jacobs? –, die Jim Henderson züchtete für Leute im Süden, die Lamm wollten, das nicht nach Lamm schmeckte, und bereit waren, den entsprechenden Preis zu zahlen.

Auf halber Höhe begann es zu nieseln, und er machte sich Sorgen wegen ihrer Turnschuhe auf dem nassen Schiefer in Gipfelnähe. Er hielt an, öffnete den Reißverschluss seines Rucksacks und gab ihr seine zweite Regenjacke. Sie reagierte, als fände sie es normal, dass er eine dabei hatte. Das gefiel ihm. Sie fragte nicht, wem sie gehöre, wer sie hinterlassen habe.

Er reichte ihr die Wasserflasche. Sie trank und wischte den Rand ab.

»Was haben Sie denn noch da drin?«

»Sandwiches und Mandarinen. Oder möchten Sie umkehren?«

»Immerhin keine dieser grauenvollen Plastikhosen.«

»Nein.«

Natürlich hatte er welche. Und nicht nur für sich, sondern er hatte für sie auch noch eine von Cath mitgebracht. Etwas in ihm, etwas Dreistes und Schüchternes zugleich, wollte sagen: »Ich trage North-Cape-Coolmax-Boxershorts mit Ein-Knopf-Schlitz.«

Sowie sie miteinander zu schlafen begonnen hatten, nahm er sie mit ins Great Outdoors.

Sie besorgten ihr Schuhe – ein Paar Brasher Supalites –,

128

und als sie mit den Schuhen an den Füßen aufstand, versuchsweise bis zum Spiegel und zurück ging, dann einen kleinen Steptanz hinlegte, dachte er bei sich, wie unglaublich sexy kleine Frauenfüße in Wanderschuhen aussahen. Sie besorgten ihr drei Paar ergonomische Trekkingsocken, die dafür entwickelt worden waren, Druckspitzen zu absorbieren, und ihre Augen weiteten sich angesichts der Tatsache, dass es wie bei Schuhen linke und rechte Socken gab. Dann auch drei Paar Unterziehsocken. Sie wählten einen Tagesrucksack oder Tagessack, wie der scharfe Verkäufer sich auszudrücken beliebte, der es für Geoffs Gefühl eindeutig zu bunt trieb. Er hatte Lynn gezeigt, wo der Hüftgurt durchgehen, wie sie die Schulterriemen anziehen und die Brustriemen justieren sollte; jetzt tätschelte er den Sack und spielte auf viel zu intime Weise daran herum.

»Und eine Wasserflasche«, sagte Geoff entschlossen, um all dem ein Ende zu machen.

Sie besorgten ihr eine wasserdichte Jacke, deren Dunkelgrün ihr flammend rotes Haar hervorhob; dann wartete er ab, bis Herr Scharf eine wasserdichte Hose vorschlug und dafür verlacht wurde. An der Kasse zückte Geoff seine Kreditkarte.

»Das darfst du nicht.«

»Ich möchte aber. Ich möchte wirklich.«

»Wieso denn?«

»Ich möchte einfach. Du hast bestimmt bald Geburtstag. Jedenfalls irgendwann in den nächsten zwölf Monaten. Oder nicht?«

»Danke«, sagte Lynn, aber er spürte, dass es sie etwas irritierte. »Packst du sie zu meinem Geburtstag dann noch einmal ein?«

»Mehr als das: Ich putze dann auch noch deine Brashers

besonders gründlich. Ach ja«, sagte er zur Kassiererin, »Schuhcreme brauchen wir auch noch. Classic Brown, bitte.«

Bevor sie das nächste Mal wandern gingen, massierte er ihre Schuhe mit Lederfett ein, damit sie weicher wurden und das Wasser besser abstießen. Als seine Hand in die neu riechenden Brashers glitt, stellte er wie schon im Laden fest, dass ihre Schuhgröße eine halbe Nummer kleiner war als die von Cath. Eine halbe Nummer? Ihm kam es wie eine ganze Nummer vor.

Sie machten Hathersage und Padley Chapel; Calke Abbey und Staunton Harold; Dove Dale, das, wo es sich verengt und steiler abfällt, zu Milldale wird; Lathkill Dale von Alport bis Ricklow Quarry; Cromford Canal und den High Peak Trail. Sie erklommen von Hope aus den Lose Hill, dann gingen sie über den Grat, von dem er ihr die schönste Aussicht im ganzen Peak District versprochen hatte, bis zum Mam Tor, wo sich die Gleitschirmflieger versammelten: Hünen, die mit riesigen Rucksäcken den Hügel heraufgeschwitzt kamen, dann auf dem Grashang ihre Baldachine wie Wäsche auslegten und darauf warteten, dass die Aufwärtsströmung sie vom Boden himmelwärts heben würde.

»Wie aufregend«, sagte sie: »Möchtest du das nicht auch mal machen?«

Geoff fielen Männer ein, die mit gebrochenen Rücken in Krankenhäusern lagen, Paraplegiker und Tetraplegiker. Ihm fielen Kollisionen mit Kleinflugzeugen ein. Ihm fiel ein, wie es wäre, den Wind nicht in den Griff zu bekommen, immer höher hinaufgetragen zu werden bis zu den Wolken, herunterzukommen in einer unbekannten Landschaft, sich zu verlaufen, Angst zu bekommen und in die Hose zu machen. Wie es wäre, nicht mit beiden Schuhen auf einem Weg zu stehen, eine Wanderkarte in der Hand.

»Geht so«, antwortete er.

Für ihn hatte Freiheit mit dem Boden zu tun. Er erzählte ihr vom unbefugten Betreten des Hochplateaus namens Kinder Scout in den 1930er-Jahren: Wie Spaziergänger und Wanderer aus Manchester zu Hunderten ins Moorhuhnjagdrevier des Duke of Devonshire geströmt waren, um dagegen zu protestieren, dass ein so kleiner Teil der Landschaften öffentlich zugänglich war; was für ein friedlicher Tag es gewesen war, abgesehen von dem betrunkenen Wildhüter, der sich mit dem eigenen Gewehr erschossen hatte; wie dieses unbefugte Betreten des Geheges dazu geführt hatte, dass Nationalparks geschaffen und Wegerechte festgeschrieben wurden; dass der Anführer des Ganzen vor Kurzem gestorben war, es aber immer noch ein paar Überlebende gab, deren einer mittlerweile 103 war und in einem methodistischen Altersheim in der Nähe wohnte. Geoff fand diese Geschichte viel aufregender als irgendwelches Gleitschirmgeflatter.

»Die sind dem einfach über sein Land gestampft?«

»Nicht gestampft. Gestapft wohl eher.« Geoff gefiel seine Berichtigung.

»Es war aber sein Land?«

»Technisch ja, historisch vielleicht nicht.«

»Bist du Sozialist?«

»Ich bin für das Recht, frei herumzuschweifen«, sagte er vorsichtig. Bloß keinen Fehltritt riskieren.

»Schon gut. Mir ist egal, was du bist.«

»Was bist du denn?«

»Ich gehe nicht wählen.«

Ermutigt sagte er: »Ich wähle Labour.«

»Das dacht' ich mir.«

In seinem Wanderbuch trug er die Routen ein, die Daten, das Wetter, die Dauer und am Schluss ein rotes »L« für »Lynn«. Im Gegensatz zum blauen »C« für »Cath«. Die Zeiten blieben sich unabhängig von den Initialen ungefähr gleich.

Sollte er ihr einen Trekkingstock kaufen? Er wollte den Bogen nicht überspannen: Einen Wanderhut hatte sie kategorisch abgelehnt, obschon ihr alle Vorzüge und Nachteile dargelegt worden waren. Nicht dass es Nachteile gegeben hätte. Aber immer noch besser ein unbedeckter Kopf als eine Baseballkappe. Wanderer mit Baseballkappen konnte er einfach nicht ernst nehmen, weder Wanderer noch Wanderinnen.

Er könnte ihr einen Kompass kaufen. Allerdings hatte er selbst einen und benutzte ihn kaum. Sollte er sich je den Knöchel brechen und ihr von Schmerzen gebeutelt erklären müssen, wie sie über das Moor marschieren solle, indem sie jene baufällige Schafhürde als Bezugspunkt nähme und dann immer in Richtung NNO ginge – wobei er ihr zeigte, wie sie am Instrument drehen und die Richtung festlegen müsste –, dann könnte sie zu diesem Zweck ja seinen borgen. Ein Kompass für zwei – das war irgendwie richtig. Symbolisch, könnte man sagen.

Sie machten die Kinder-Downfall-Rundwanderung: Parkplatz Bowden Bridge, das Reservoir, dann auf dem Pennine Way zum Downfall, bei Red Brook rechts abbiegen und hinab am Tunstead House vorbei und den Kinder-Stones. Er erzählte ihr von der durchschnittlichen Niederschlagsmenge und dass bei Temperaturen unter null der Downfall zu einer Kaskade von Eiszapfen gefror. Da lachte dem Winterwanderer das Herz im Leib.

Sie antwortete nicht. Aber sie würden ihr ja sowieso zuerst eine Fleecejacke besorgen müssen, wenn sie im Winter auf 600 Meter gehen wollten. Zum Glück hatte er noch die Ausgabe von *Country Walking* mit dem Fleece-Test drin.

Auf dem Parkplatz blickte er auf die Uhr.

»Sind wir zu spät für etwas?«

»Nein, ich habe nur nachgerechnet. Vier ein Viertel.«

»Ist das gut oder schlecht?«

»Gut, weil ich mit dir zusammen bin.«

Gut auch, weil Cath und er jeweils auch vier ein Viertel gebraucht hatten, und egal, was man sonst über Cath sagen mochte: Sie war eine fitte Wanderin.

Lynn zündete sich eine Silk Cut an, wie sie das nach jeder Wanderung tat. Sie rauchte nicht viel, und es störte ihn nicht wirklich, auch wenn er es für eine blöde Angewohnheit hielt. Wo sie doch gerade ihr Herz-Kreislauf-System so richtig auf Trab gebracht hatte … Doch als Lehrer wusste er: Mal war es richtig, etwas frontal anzugehen, mal besser, einen Umweg zu nehmen.

»Wir könnten nach Weihnachten wieder da hoch. Im neuen Jahr.« Ja, dann könnte er ihr die Fleecejacke schenken.

Sie blickte ihn an und nahm einen tiefen Zug von ihrer Zigarette.

»Falls es kalt genug ist: für die Eiszapfen.«

»Geoff«, sagte sie, »du kommst mir ins Gehege.«

»Ich wollte nur –«

»Du kommst mir ins Gehege.«

»Ja, Miss Duke of Devonshire.«

Das fand sie jedoch nicht witzig, und auf der Rückfahrt schwiegen sie die meiste Zeit. Vielleicht hatte er ihr ein bisschen viel zugemutet. War ja schon anstrengend, so eine Höhendifferenz von 300 Metern oder mehr.

Er hatte die Pizzen in den Ofen geschoben, den Tisch

gedeckt und riss gerade seine erste Bierdose auf, als sie sagte: »Hör mal, was haben wir jetzt? Juni. Wir haben uns kennengelernt im – Februar?«

»Januar, am neunundzwanzigsten«, korrigierte er automatisch, wie wenn einer seiner Schüler 1079 für das Datum der Schlacht von Hastings hielt.

»Januar, am neunundzwanzigsten«, wiederholte sie: »Hör mal, ich glaube nicht, dass ich Weihnachten packe.«

»Selbstverständlich. Familie und so.«

»Nein, es geht nicht um meine Familie. Obschon ich eine Familie habe. Es geht darum, dass ich Weihnachten nicht packe.«

Wenn Geoff sich mit diesem Phänomen konfrontiert sah, das er – auch wenn er prinzipiell vom Gegenteil überzeugt war – nur als krasses Beispiel für weibliche Unlogik empfinden konnte, tendierte er zum Verstummen. Eben warst du noch diesen Weg lang getrabt, hattest das Gewicht auf deinen Schultern kaum bemerkt, und plötzlich warst du mitten in Gestrüpp, ohne Pfad, ohne Wegmarken, Nebel breitete sich aus, und der Boden unter den Füßen wurde morastig.

Als sie nicht weitermachte, versuchte er ihr zu helfen. »Ich mag Weihnachten auch nicht so besonders. Dieses Gefresse und Gesaufe. Aber –«

»Wer weiß, wo ich an Weihnachten sein werde.«

»Wie? Glaubst du, die Bank könnte dich versetzen?« Das hatte er sich noch nie überlegt.

»Hör zu, Geoff. Wir haben uns im Januar kennengelernt, wie du deutlich gemacht hast. Wir haben es … gut. Ich fühle mich wohl, so weit wohl …«

»Alles klar. Genau.« Das war es wieder. Das, was er einfach nicht besser in den Griff bekam. »Das heißt, nein, natürlich nicht. Ich wollte damit nicht … Ich stell beim

Ofen mal eben die Unterhitze höher. Damit der Boden knusprig ...« Er nahm einen Schluck Bier.

»Das Einzige –«

»Sag's nicht. Ich weiß. Ich versteh, was du meinst.« Er wollte noch ein »Miss Duke of Devonshire« dranhängen, ließ es bleiben, und als er später darüber nachdachte, sagte er sich, dass das es wohl auch nicht besser gemacht hätte.

Im September überredete er sie dazu, einen Tag frei zu nehmen, damit sie die Rundwanderung von Calver aus machen könnten. Die unternahm man besser nicht am Wochenende, wenn alle Wanderer und Felsenkletterer auf dem Curbar Edge herumkraxelten.

Sie parkten in der Sackgasse beim Bridge Inn, dann gingen sie los und kamen auf der anderen Seite des Derwent an der Calver Mill vorbei.

»Die soll Richard Arkwright gebaut haben«, sagte er, »1785, glaube ich.«

»Das ist jetzt keine Mühle mehr.«

»Wie man sieht, nein. Büros. Vielleicht Wohnungen. Oder beides.«

Sie gingen den Fluss entlang, vorbei am tosenden Wehr, durch Froggatt und dann durch Froggatt Wood nach Grindleford. Als sie aus dem Wald kamen, war Geoff, auch wenn die Herbstsonne schwach war, froh um seinen Hut. Lynn weigerte sich nach wie vor, einen zu kaufen, und Geoff würde das Thema wohl bis Frühling nicht mehr anschneiden. Sie war braun geworden während der Sommermonate, und ihre Sommersprossen waren jetzt deutlicher als damals, als er sie kennengelernt hatte.

Von Grindleford ging es steil den Berg hoch, was sie ohne Murren hinnahm; dann schritt er über ein Feld voran zum Grouse Inn. Sie setzten sich für ein Sandwich an die Bar. Danach fragte der Barmann: »Kaffee?« Sie sagte

Ja, er sagte Nein. Er hielt nichts von Kaffee beim Wandern. Bloß Wasser gegen die Dehydrierung. Kaffee war ein Stimulans, und dabei lief doch die ganze Theorie darauf hinaus, dass das Wandern selbst so anregend war, dass es keiner Hilfsmittel bedurfte. Alkohol: Blödsinn. Ihm waren sogar schon Wanderer untergekommen, die Joints geraucht hatten.

Er sagte ihr dies und das dazu, was vielleicht ein Fehler war, denn sie sagte: »Ich trinke nur einen Kaffee, stimmt's?« – und dann zündete sie sich eine Silk Cut an. Wartete diesmal nicht das Ende der Wanderung ab. Sie blickte ihn an.

»Ja?«

»Ich habe nichts gesagt.«

»Ist auch nicht nötig.«

Geoff seufzte. »Ich habe ganz vergessen, auf den Wegweiser hinzuweisen, als wir nach Grindleford kamen. Der ist eine Antiquität. Fast hundert Jahre alt. Davon gibt es nicht mehr viele im Peak District.«

Sie blies ihm Rauch entgegen, absichtlich, wie es schien.

»Übrigens, genau, habe ich irgendwo gelesen, dass Zigaretten mit wenig Teer genauso ungesund sind, weil man tiefer inhaliert, um genug Nikotin zu bekommen, sodass man letztlich mehr Giftstoffe in die Lunge aufnimmt.«

»Dann könnte ich ja wieder Marlboro Lights rauchen.«

Sie gingen ein Stück zurück bis zum Wanderweg, überquerten eine Straße und bogen beim Wegweiser zum Eastern Moors Estate links ab.

»Ist hier irgendwo der Steinkreis aus dem Bronzezeitalter?«

»Kann sein.«

»Was soll das heißen?«

Die Frage war berechtigt. Aber es hatte nun mal keinen

Sinn, sich zu verleugnen, nicht wahr? Er war 31, er hatte eigene Ansichten, und er wusste so einiges.

»Der Steinkreis kommt jetzt dann auf der linken Seite. Aber ich finde, den sollten wir uns ein andermal anschauen.«

»Ein andermal?«

»Jetzt steht er mitten im Adlerfarn.«

»Du meinst, man sieht dann zu wenig.«

»Nein, nicht deswegen. Das heißt, man sieht ihn in anderen Jahreszeiten tatsächlich besser. Es geht mir um was anderes: Von August bis Oktober ist es nicht ratsam, durch Adlerfarn zu gehen. Oder auch nur in Windrichtung davon.«

»Du erklärst mir jetzt gleich, warum, nicht wahr?«

»Na ja, jetzt, wo du fragst. Also: Wenn du zehn Minuten lang durch Adlerfarn gehst, atmest du bis zu 50 000 Sporen ein. Die sind zu groß für die Lunge, also kommen sie in den Magen. Tests haben gezeigt, dass sie bei Tieren Krebs erregen.«

»Was ein Glück, dass Kühe nicht auch noch rauchen.«

»Außerdem gibt es Zecken, die Lymeborreliose übertragen, die –«

»Und deshalb?«

»Und deshalb musst du, wenn du durch Adlerfarn gehst, die Hosenbeine in die Socken stopfen, darfst die Ärmel ja nicht hochkrempeln und musst eine Gesichtsmaske tragen.«

»Eine Gesichtsmaske?«

»Es gibt eine von Respro.« Sie hatte gefragt, und wer fragte, bekam eine entsprechende Antwort verpasst. »Das sogenannte Banditentuch von Respro.«

Als sie sicher war, dass er fertig war, sagte sie: »Danke. Jetzt leih mir dein Taschentuch.«

Sie stopfte ihre Hosenbeine in die Socken, rollte ihre hochgekrempelten Ärmel hinunter, band sich sein Taschentuch wie ein Bandit vors Gesicht und stapfte in den Adlerfarn. Er wartete auf der windabgewandten Seite. Was man auch noch tun konnte: Bug Proof auf die Hose und die Socken sprühen. Das war ein Kontaktgift, das die Zecken tötete. Persönlich ausprobiert hatte er es nicht. Noch nicht.

Nachdem sie zurückgekommen war, gingen sie schweigend über den Sandsteingrat, der entweder Froggatt Edge oder Curbar Edge oder beides hieß, das war ihm im Moment egal. Der Grasboden hier oben war federnd und wuchs direkt bis zum Rand, von wo es wohl mehr als hundert Meter abwärts ging. Das war jedes Mal wieder eine Überraschung: Ohne das Gefühl zu haben, heftig geklettert zu sein, fand man sich plötzlich erstaunlich hoch oben wieder, Kilometer über dem sonnenbeschienenen Tal mit seinen winzigen Dörfern. Man brauchte nicht mit einem verdammten Gleitschirm herumzugondeln, um so eine Aussicht zu genießen. Hier in der Gegend hatte es Steinbrüche gegeben, aus denen viele Mühlsteine des Landes stammten. Doch das sagte er ihr nicht.

Er liebte diese Stelle. Als er das erste Mal hergekommen war, hatte er ins Tal hinuntergeschaut, meilenweit kein Mensch zu sehen, als plötzlich zu seinen Füßen ein Gesicht mit einem Helm aufgetaucht war und aus dem Nichts ein bärtiger Bergsteiger sich aufs Gras hochgehievt hatte. Das Leben steckte einfach voller Überraschungen, nicht wahr? Bergsteiger, Höhlenforscher, Gleitschirmflieger. Die Leute glaubten, in der Luft sei man frei wie ein Vogel. Von wegen. Auch dort gab es Regeln, wie überall. Lynn stand jetzt seiner Ansicht nach zu nah am Abgrund.

Geoff sagte nichts. Er spürte auch nichts. Verwundert

war er schon, aber das würde sich legen. Er ging wieder los, ohne sich darum zu kümmern, ob sie ihm folgte oder nicht. Noch weitere 800 Meter auf dieser Höhe, dann ein recht steiler Abstieg zurück nach Calver. Er machte sich gerade Gedanken über die Arbeit der kommenden Woche, als er sie schreien hörte.

Er rannte zurück, sein Rucksack hüpfte, und in seiner Flasche gluckste das Wasser.

»Herrgott, bist du okay? Ist es der Fuß? Ich hätte dich warnen sollen vor den Kaninchenbauen.«

Doch sie sah ihn nur an, ausdruckslos. Schock, wahrscheinlich.

»Bist du verletzt?«

»Nein.«

»Hast du den Knöchel verstaucht?«

»Nein.«

Er sah auf ihre Brasher Supalites hinab: Adlerfarn hatte sich in den Ösen verfangen, und dass er sie am Morgen noch poliert hatte, war nicht mehr zu sehen. »Entschuldige – das versteh ich nicht.«

»Was?«

»Warum du geschrien hast.«

»Weil mir danach war.«

Ah, da fehlten mal wieder die Wegmarken. »Und … warum war dir danach?«

»Einfach so.«

Nein, das hatte er falsch gehört oder missverstanden oder was. »Hör zu, es tut mir leid, vielleicht habe ich dir eine zu harte Wanderung –«

»Mir geht's gut, hab ich doch gesagt.«

»War es, weil –«

»Ich hab's dir gesagt: Mir war einfach danach.«

Sie ließen den Gritgrat hinter sich und gingen schwei-

gend hinunter zum Wagen. Als er seine Schnürsenkel löste, zündete sie sich eine Zigarette an. Pardon, aber dieser
Sache musste er auf den Grund gehen.

»Hatte das etwas mit mir zu tun?«

»Nein, es hatte etwas mit mir zu tun. Schließlich bin ich
diejenige, die geschrien hat.«

»Ist dir danach, es wieder zu tun? Jetzt zum Beispiel?«

»Wie meinst du das?«

»Ich meine, wenn dir jetzt wieder danach wäre zu schrei-
en, was wäre das für ein Gefühl?«

»Es wäre ein Gefühl, Geoff, als sei mir wieder danach zu
schreien.«

»Und wann, glaubst du, wirst du das wieder tun?«

Darauf antwortete sie nicht, was keinen von beiden er-
staunte. Sie zermalmte die Silk Cut mit ihrem Supalite,
begann die Schnürsenkel zu lösen und schnippte Adler-
farnfetzen auf den Asphalt.

»4 Std. inkl. Mittag Grouse«, trug er in seinem Wanderbuch ein. »Wetter gut.« In der hintersten Kolonne trug er
ein rotes »L« am Schluss einer ununterbrochenen Verti-
kalen roter »L« ein. In dieser Nacht legte er sich quer ins
Bett. Na dann viel Glück, Alter, dachte er. Während des
Frühstücks blätterte er in einer Nummer von *Country Walking* und füllte dann das Anmeldeformular für den Wanderverein aus. Da stand, man könne entweder per Scheck
zahlen oder per Lastschriftverfahren. Das überlegte er eine
Weile, dann entschied er sich für das Lastschriftverfahren.

Bei Phil & Joanna 4: Jeder Fünfte

———

Es war Ende Oktober, doch Phil wollte unbedingt ein Feuer machen mit dem Apfelbaumholz, das sie vom Land mitgebracht hatten. Der selten benutzte Kamin zog nicht richtig, sodass von Zeit zu Zeit etwas aromatischer Rauch ins Wohnzimmer drang. Wir hatten einmal mehr über Banker-Boni geredet und über Obamas anhaltende Probleme sowie darüber, dass der neue Bürgermeister von London die Gelenkbusse doch nicht aus dem Verkehr gezogen hatte, sodass wir fast schon erleichtert waren, über Joannas neue Arbeitsfläche aus Ahornholz sprechen zu können.

»Nein, es sieht gut aus, und es hält eine Menge aus.«

»Wie wir, mit anderen Worten.«

»Musst du das Holz oft ölen?«

»Es gibt so eine Formel: Eine Woche lang einmal täglich, einen Monat lang einmal wöchentlich, ein Jahr lang einmal monatlich, und danach je nach Lust und Laune.«

»Klingt wie die Formel für ehelichen Sex.«

»Dick, du Ekel.«

»Ach, deshalb hast du so oft geheiratet.«

»Da fällt mir ein –«

»Sind das nicht die vier unheilverkündendsten Wörter überhaupt: ›Da fällt mir ein‹?«

»... müssen wir jetzt rapportieren, wie die Hausaufgaben ausgefallen sind, die wir das letzte Mal aufbekommen haben?«

»Hausaufgaben?«

»Ob ihr nach dem Nachhausekommen das Tier mit zwei Rücken gemacht habt.«

»Sollten wir das? Ich kann mich nicht daran erinnern.«

»Ach, vergiss es.«

»Ja, ist es euch recht, wenn wir für diesen einen Abend ein Moratorium für Sexgespräche verhängen?«

»Nur wenn du zuvor noch die folgende Frage beantwortest: Glaubst du, dass beim Thema Sex die Leute – mit Ausnahme aller Anwesenden natürlich – mehr lügen als bei irgendeinem anderen Thema?«

»Soll das der Fall sein?«

»Ich würde sagen, die anekdotische Evidenz – zu Deutsch: das Hörensagen – spricht dafür.«

»Auch die wissenschaftliche Evidenz, würde ich meinen.«

»Wie? Dass Leute bei Umfragen zugeben, dass sie bei einer früheren Umfrage gelogen haben, wenn es um Sex ging?«

»Es ist schließlich nie jemand dabei.«

»Außer du stehst auf ›dogging‹.«

»›Dogging‹?«

»Gibt es das bei euch in Amerika nicht, Larry? Gemeint ist, dass ein Paar es in der Öffentlichkeit macht, im Auto auf einem Rastplatz beispielsweise, sodass andere sich anschleichen und zuschauen können. Es kommt von ›to walk the dog‹, ›mit dem Hund Gassi gehen‹, denn das haben Voyeure immer gesagt, wenn sie erwischt wurden. ›Dogging‹ ist eine alte englische Tradition, wie Morris-Tanz.«

»Ich weiß nicht, vielleicht in West Virginia ...«

»Jetzt reicht's, Jungs.«

»Im Grunde geht es um die Frage: Wie sollen wir wissen, ob jemand die Wahrheit sagt?«

»Wie können wir von irgendetwas wissen, ob es stimmt?«

»Sind wir jetzt bei der hohen Philosophie?«

»Nein, eher bei der niederen Praxis. Ganz allgemein. Wie können wir überhaupt etwas wissen? Ich kann mich an eine Radiosendung erinnern, in der ein Intellektueller über den Ausbruch des Zweiten Weltkriegs gesprochen hat und zum Schluss gekommen ist, dass man nur eines mit Sicherheit sagen kann: ›Es ist etwas geschehen.‹ Das ist mir in die Knochen gefahren.«

»Ach, hör auf damit. Wenn das so weitergeht, sind wir demnächst bei der ›Sind wirklich sechs Millionen umge-kommen?‹-Frage. Oder dass die Bilder von der Mondlan-dung gefälscht gewesen seien, weil der eine Schatten so gar nicht möglich gewesen sei. Oder dass die Bush-Regie-rung 9/11 geplant habe.«

»Nur Faschisten bezweifeln den ersten Punkt, und nur Spinner glauben den zweiten.«

»Und die Bush-Regierung kann die Angriffe vom 11. Sep-tember schon deswegen nicht geplant haben, weil sie nicht schiefgingen.«

»Oh, Larry gibt sich als Engländer und macht zynische Witze. Herzlichen Glückwunsch!«

»Na ja, man passt sich an ...«

»Nein, mir geht es um etwas anderes, nämlich die Frage: Warum glauben wir Nichtfaschisten und Nichtspinner das, was wir glauben?«

»Nämlich?«

»Irgendwas von ›Zwei plus zwei gibt vier‹ bis ›Gott ist im Himmel, und auf Erden ist alles gut‹.«

»Aber wir glauben ja gar nicht, dass auf Erden alles gut sei, und auch nicht, dass Gott im Himmel sei. Im Gegenteil.«

»Und weshalb glauben wir das Gegenteil?«

»Weil wir das selbst herausgefunden haben, oder weil Experten gesagt haben, es sei so.«

»Und warum glauben wir den Experten, denen wir glauben?«

»Weil wir ihnen trauen.«

»Und warum trauen wir ihnen?«

»Ich beispielsweise traue Galileo mehr als dem Papst, und deshalb glaube ich, dass die Erde sich um die Sonne dreht.«

»Aber wir trauen ja gar nicht Galileo selbst, und zwar aus dem einfachen Grund, dass keiner von uns Galileos Beweisführung gelesen hat. Ich nehm das jetzt einfach mal an. Wir trauen also nicht direkt, sondern gleichsam sekundär, auf der Expertenebene.«

»Wobei diese Experten wohl mehr wissen, als Galileo gewusst hat.«

»Ja, aber damit kommen wir zu einem Paradox: Wir alle lesen Zeitungen, und die meisten von uns glauben das meiste, was in unseren Zeitungen steht. Andererseits kommt bei jeder Umfrage heraus, dass man Journalisten nicht trauen kann. Die sind ganz unten, auf dem gleichen Niveau wie Grundstücksmakler.«

»Unzuverlässig sind die Zeitungen der anderen. Unsere sind sehr wohl zuverlässig.«

»Irgendein Genie hat mal geschrieben, ein Satz, der anfange mit ›Jeder Fünfte von uns glaubt oder meint‹, sei automatisch verdächtig. Am wenigsten stimmen dürfte also ein Satz, der anfängt mit ›Vielleicht jeder Fünfte ...‹«

»Wer war dieses Genie?«

144

»Ein Journalist.«

»Das ist wie diese Sache mit den Überwachungskameras, ihr wisst schon. Dass es in Großbritannien pro Kopf mehr von den Dingern geben soll als in jedem anderen Land der Welt. Das wissen wir alle, nicht wahr? Nun, in einer Zeitung hat ein Journalist geschrieben, das sei alles Blödsinn und nichts als Paranoia, und hat es widerlegt oder zumindest zu widerlegen versucht. Für mich hat er es jedenfalls nicht widerlegt, weil er einer dieser Journalisten ist, mit denen ich nie einer Meinung bin. Ich habe mich also geweigert zu glauben, dass er in dieser Sache recht haben könnte. Danach hab ich mich gefragt, ob ich ihm vielleicht auch deshalb nicht glaube, weil ich gern in dem Land leben möchte, das die meisten Überwachungskameras hat. Und dann habe ich vergeblich herauszufinden versucht, ob das daher kommt, dass ich mich sicherer fühle – oder ob ich eigentlich ganz gern paranoid bin.«

»Mit anderen Worten: Wo ist der Punkt oder die Linie, an dem oder an der vernünftige Menschen die Wahrheit nicht mehr als gegeben annehmen, sondern sie in Zweifel ziehen?«

»Ist es nicht so, dass in der Regel eine Häufung von Indizien dazu führt, dass man Dinge in Zweifel zu ziehen beginnt?«

»Im Sinne von: Der Ehemann ist immer der Erste, der Verdacht schöpft, und der Letzte, der tatsächlich Bescheid weiß?«

»Oder die Ehefrau.«

»*Mutatis mutandis.*«

»*In propria persona.*«

»Das ist auch so was bei den Briten. Briten wie euch jedenfalls: Dass ihr Latein sprecht.«

»Tun wir das?«

»Kann schon sein. *Homo homini lupus.*«

»*Et tu, Brute.*«

»Falls du jetzt das Gefühl hast, wir prahlen hier mit unserer Bildung. Dem ist nicht so. Es hat eher was mit Verzweiflung zu tun. Wir sind vermutlich die letzte Generation, die solche Formulierungen noch im Repertoire hat. Im Kreuzworträtsel der *Times* kommen jedenfalls keine Klassiker mehr vor. Auch keine Shakespeare-Zitate. Wenn wir mal tot sind, sagt keiner mehr so was wie *quis custodiet ipsos custodes.*«

»Und das ist dann ein Verlust, oder wie?«

»Meinst du das jetzt ironisch oder nicht?«

»Das weiß ich selber nicht.«

»Wer war noch mal der britische General, der in irgendeinem Krieg in Indien die Provinz Sind eroberte und ans Hauptquartier ein Telegramm schickte, in dem nur ein Wort stand: *Peccavi.* ... Aha, ich sehe ein paar ratlose Gesichter. Das ist Lateinisch und heißt ›Ich habe gesündigt‹, auf Englisch: ›I have sinned.‹ Und das klingt nun mal gleich wie ›I have Sind‹, also ›Ich habe Sind erobert‹.«

»Har, har. Wenn du mich fragst: Ich bin verdammt froh, dass diese Zeiten vorbei sind.«

»Dir wäre wohl lieber, sie sagen ›mission accomplished‹ oder so was.«

»Nein, ich habe bloß etwas gegen imperialistische Scherze über das Umbringen von Leuten.«

»Da sprach der Fuchs zum Huhn: ›Ich will's gewiss nicht wieder tun.‹«

»Schon gut. Doch zurück zu Galileo. Dass die Erde sich um die Sonne bewegt, ist wohl so gründlich bewiesen wie nur etwas. Aber wie steht es mit, sagen wir mal, dem Klimawandel?«

»Nun, den halten wir alle für erwiesen, nicht?«

»Erinnert ihr euch an die Zeit, als Reagan sagte, Bäume verursachten Kohlenstoff-Emissionen, worauf manche Leute an Mammutbäumen Schilder befestigten, auf denen ›Entschuldigung‹ stand und ›Alles meine Schuld‹?«

»Oder *peccavi*.«

»Genau.«

»Aber Reagan hat sowieso alles geglaubt, nicht wahr? Auch, dass er im Krieg an der Befreiung eines KZs beteiligt gewesen sei, dabei war er die ganze Zeit in Hollywood geblieben und hatte dort patriotische Filme gedreht.«

»Schon, aber verglichen mit Bush war Reagan fast schon klasse.«

»Jemand hat gesagt, Reagan sei einfach, aber nicht einfältig gewesen.«

»Nicht schlecht.«

»Doch. Das ist sophistisch, so Spin-Doctor-Zeug. Ich aber sage euch: Einfach ist einfältig.«

»Halten wir also alle die Klimaveränderung für erwiesen?«

»Ja.«

»Klar.«

»Aber was glauben wir darüber hinaus? Dass die Wissenschaftler noch genug Zeit haben, um eine Lösung zu finden? Dass die Sache auf der Kippe steht und es in zwei, fünf, zehn Jahren zu spät ist? Oder dass wir den Punkt, wo die Sache auf der Kippe stand, längst überschritten haben und wir auf dem besten Weg sind, in die Hölle zu fahren?«

»Die mittlere Variante, nicht? Und deshalb versuchen wir alle unseren ökologischen Fußabdruck zu verkleinern, isolieren unsere Häuser und recyceln.«

»Hat Recyceln etwas mit der Klimaerwärmung zu tun?«

»Ist das eine ernst gemeinte Frage?«

»Ich meine nur mal, weil, wir recyceln schon seit zwanzig Jahren oder so, und damals hat noch niemand vom Klimawandel gesprochen.«

»Also ich denke manchmal, wenn wir abends durch London fahren und all diese Bürogebäude sehen, die so grell erleuchtet sind, dass es ein Witz ist, wenn wir uns Sorgen machen, weil wir den Fernseher und den Computer auf Stand-by lassen.«

»Jede Kleinigkeit zählt.«

»Und jede Großigkeit zählt umso mehr.«

»Habt ihr vor ein paar Monaten diese beängstigende Statistik gesehen, dass von den Flugpassagieren in Indien ungefähr 75 Prozent zum ersten Mal geflogen sind, und zwar mit einer Billigfluglinie?«

»Das ist deren gutes Recht. Haben wir schließlich auch getan. Und tun wir nach wie vor, jedenfalls die meisten von uns, oder nicht?«

»Willst du damit sagen, aus Fairness müssen wir erst zulassen, dass alle anderen genauso schweinisch die Umwelt verschmutzen und mit Kohlenstoffen versauen, wie wir das getan haben, damit wir danach das moralische Recht haben, ihnen zu sagen, sie sollten damit aufhören?«

»Nein, will ich nicht. Ich will nur sagen, wir können nicht erwarten, dass die sich ausgerechnet von uns etwas vorschreiben lassen.«

»Wisst ihr, was ich das moralisch Widerlichste der letzten zwanzig Jahre oder so finde? Den Emissionshandel. Ist das nicht eine widerliche Idee?«

»Und jetzt alle:«

»›Das ist so was von verlogen.‹«

»Ihr seid Ekelzwerge, allesamt, aber du, Dick, bist ein ganz besonderes Ekel.«

»Was mich wirklich nervt, ist Folgendes. Du sortierst zum Recyceln alles aus, trennst fein säuberlich deinen Müll, und dann kommen die mit ihrem Lastwagen und schmeißen alles wieder zusammen.«

»Aber wenn wir der Meinung sind, die Sache stehe auf der Kippe, wie groß sind dann die Chancen, dass der Rest der Welt das auch so sieht?«

»Vielleicht jeder Fünfte …«

»Eigennutz. Das ist die einzig wahre Motivation. Wenn sie sehen, dass es in ihrem eigenen Interesse ist und dem der folgenden Generationen.«

»Schon, aber die folgenden Generationen wählen nicht die Politiker von heute.«

»›Was hat die Nachwelt je für mich getan?‹, wie jemand so schön gesagt hat.«

»Aber die Politiker wissen, dass den meisten Wählerinnen und Wählern die folgenden Generationen am Herzen liegen. Und die meisten Politiker haben selbst Kinder.«

»Ich glaube, der Haken dabei ist folgender: Auch wenn wir uns darauf einigen, dass Eigennutz eine wichtige Antriebskraft ist, gibt es da eine Kluft zwischen dem, was wirklich in unserem eigenen Interesse ist, und dem, wovon wir dies nur glauben.«

»Sowie zwischen langfristigem und kurzfristigem Eigennutz.«

»War das nicht Keynes?«

»Was war er nicht?«

»Stammt der Satz über die Nachwelt nicht von ihm?«

»In der Regel von ihm oder Oliver Wendell Holmes, Judge Learned Hand oder Nubar Gulbenkian.«

»Ich habe nicht die geringste Ahnung, von wem oder wovon hier die Rede ist.«

»Habt ihr gesehen, dass französische Champagnerher-

149

steller sich überlegen, nach England umzuziehen, weil es in Frankreich bald zu warm werden könnte für ihre Trauben?«

»Na ja, zur Zeit der alten Römer …«

»… gab es Weinberge am Hadrianswall. Damit kommst du uns immer wieder, du weinerlicher Mensch.«

»Weinerlich? Ach so, Witz, Witz. Doch ich komme deshalb darauf zurück, weil es vielleicht ein Anzeichen dafür ist, dass es in der Natur Zyklen gibt, die sich wiederholen.«

»Das große Recycling der Natur.«

»Schön wär's. Habt ihr neulich in der Zeitung diese Landkarte zum Treibhauseffekt gesehen? Da stand, eine Erhöhung um vier Grad hätte katastrophale Folgen: in Afrika fast überall kein Wasser mehr, Wirbelstürme, Epidemien, der Meeresspiegel steigt, die Niederlande und der Südosten Englands werden überflutet.«

»Kann man nicht erwarten, dass den Holländern was einfällt? Immerhin haben sie das schon mal geschafft.«

»Von was für Zeiträumen ist hier eigentlich die Rede?«

»Wenn wir uns jetzt nicht einig werden, steigt die Temperatur bis 2060 um vier Grad.«

»Aha.«

»Auf die Gefahr hin, dass ihr mir gleich eine in die Fresse haut, aber es gibt Momente, da finde ich, es hat durchaus seinen Reiz, der letzten Generation anzugehören.«

»Welcher letzten Generation?«

»Der letzten Generation, die noch mit lateinischen Sprüchen um sich schmeißt. *Sunt lacrimae rerum.*«

»Also wenn man sich die Gattung Mensch und deren historische Verdienste anschaut, kann es durchaus sein, dass wir diesmal nicht davonkommen. Dann wären wir die letzte Generation, die wirklich unbekümmert war und keine echten Sorgen hatte.«

»Wie kannst du so was sagen? Was ist denn mit 9/11, dem Terrorismus, Aids und …«

»… der Schweinegrippe?«

»Schon, aber das sind alles lokal begrenzte und langfristig betrachtet nicht so wichtige Dinge.«

»Langfristig betrachtet sind wir alle tot. Das war jetzt tatsächlich von Keynes.«

»Und was ist mit schmutzigen Bomben und einem möglichen Atomkrieg im Nahen Osten?«

»Alles lokal begrenzt. Was ich meine, ist dieses Gefühl, dass alles außer Kontrolle geraten ist, es für alles zu spät ist und wir nichts mehr unternehmen können …«

»Dass wir längst über den Punkt hinaus sind, wo die Sache noch auf der Kippe stand.«

»… und während die Menschen früher vorausblickten und mit einem Aufstieg der Zivilisation rechneten, der Entdeckung neuer Kontinente und der Entschlüsselung der Rätsel des Universums, sehen wir nur kommen, dass alles umschlägt und im großen Stil den Bach runtergeht, dass der *homo* dem *homini* wieder zum *lupus* wird. Und wie es begonnen hat, so wird es dereinst auch enden.«

»Du liebes bisschen, du bist aber wirklich in einer apokalyptischen Stimmung.«

»Du hingegen hast von einem ›eigenen Reiz‹ gesprochen. Was ist reizvoll daran, dass die Welt kaputtgeht?«

»Dass du, dass wir sie gehabt haben, bevor sie kaputtging oder bevor wir kapiert haben, dass sie kaputtgehen werde. Wir sind wie diese Generation, die die Welt vor 1914 kannte, aber das Ganze hoch tausend. Ab jetzt geht es nur noch um einen – wie nennt man das – kontrollierten Niedergang.«

»Ihr recycelt also nicht?«

»Doch, natürlich tun wir das. Ich bin ein braver Junge wie alle anderen. Aber ich kann auch Nero nachvollziehen. Warum nicht fiedeln, wenn Rom brennt?«

»Glauben wir diese Geschichte? Ist das nicht wie eines dieser berühmten Zitate, die dann doch von niemandem stammen?«

»Stimmt das? Gibt es nicht Augenzeugenberichte von Neros Gefiedel? Steht das nicht bei Sueton?«

»*Res ipsa loquitur.*«

»Tony, jetzt reicht's.«

»Ich wusste gar nicht, dass die Geigen hatten im alten Rom.«

»Joanna, endlich sagt's mal eine.«

»Ist Stradivarius nicht ein alter römischer Name? Klingt doch irgendwie so.«

»Ist es nicht erstaunlich, wie viel wir nicht wissen?«

»Oder wie viel wir wissen, doch wie wenig wir glauben.«

»Wer war das noch mal, der sagte, er habe starke Überzeugungen, die er nur schwach verfechte?«

»Ich muss passen.«

»Ich weiß es auch nicht. Es ist mir nur eben wieder eingefallen.«

»Wisst ihr, dass unsere Stadtverwaltung Recyclingschnüffler einsetzt? Man stelle sich vor!«

»Eben das fällt mir schwer. Was tun die denn?«

»Die kommen und schauen sich deine Recyclingtonnen an, ob du auch genug von irgendwas recycelst …«

»Die kommen zu dir nach Hause? Die Drecksäcke würde ich wegen Hausfriedensbruchs verklagen.«

»… und wenn sie finden, du hast, was weiß ich, nicht genug Konservendosen recycelt, dann stecken sie dir ein

Flugblatt in den Briefkasten, wo draufsteht, du sollst dich am Riemen reißen.«

»Verdammte Frechheit. Warum geben die das Geld nicht für was Besseres aus, mehr Krankenschwestern oder so?«

»So weit kommt es dann im apokalyptischen Großbritannien: Dass dir Schnüffler die Haustür einrennen, um zu schauen, ob du den Fernseher auf Stand-by hast.«

»In unseren Recyclingtonnen würden die nicht viele Konservendosen finden, weil wir kaum welche kaufen. Da ist meistens sowieso zu viel Salz und Konservierungsstoffe und solches Zeug drin.«

»Tja, wenn die Schnüffler dich erst mal in die Mangel genommen haben, wirst du Konserven kaufen und den Inhalt wegkippen, bloß damit du auf die Recyclingquote kommst.«

»Könnten sie diese Schnüffler nicht durch weitere Überwachungskameras ersetzen?«

»Kommen wir nicht etwas vom Thema ab?«

»Erstaunt dich das?«

»Stradivari.«

»Wie bitte?«

»Stradivari hieß der Geigenbauer, seine Geigen hingegen Stradivarius, zumindest im englischsprachigen Raum.«

»Von mir aus gern, von Herzen gern.«

»Als ich jung war, hasste ich es, dass die Welt von alten Knackern regiert wurde, die nicht mitbekamen, was Sache war, sondern im Siff der Historie feststeckten. Heute sind die Politiker alle so verflucht jung, dass sie auf eine andere Art nicht mitbekommen, was Sache ist, und das erfüllt mich weniger mit Hass als mit Angst, weil sie die Welt nie und nimmer kapiert haben können.«

»Als ich jung war, mochte ich kurze Bücher. Jetzt, da ich

älter bin und mir weniger Zeit bleibt, stelle ich fest, dass mir lange Bücher lieber sind. Kann mir das jemand erklären?«

»Das ist das Tier in dir. Ein Teil von dir macht sich und dir vor, dir bleibe mehr Zeit, als dir tatsächlich bleibt.«

»Als ich jung war und klassische Musik zu hören anfing, mochte ich die schnellen Sätze gern, während mich die langsamen langweilten und ich kaum abwarten konnte, bis sie endlich vorbei waren. Jetzt ist es umgekehrt. Jetzt mag ich die langsamen Sätze lieber.«

»Das hat vermutlich damit zu tun, dass das Blut langsamer fließt.«

»Fließt das Blut tatsächlich langsamer? Das wüsste ich gern.«

»Wenn nicht, dann sollte es das jedenfalls.«

»Schon wieder etwas, was wir nicht wissen.«

»Wenn es nicht langsamer fließt, tut es das immerhin metaphorisch, und insofern stimmt es dann eben doch.«

»Ich wünschte mir, die Klimaerwärmung wäre auch nur eine metaphorische.«

»Die langsameren Sätze sind ergreifender. Das ist es. Die anderen sind lauter, aufregender, sind Einleitungen oder Abschlüsse. Langsame Sätze hingegen sind pure Emotion. Die sind elegisch, es geht um das Vergehen der Zeit, um unvermeidliche Verluste – das macht die langsamen Sätze aus.«

»Weiß Phil eigentlich, wovon er redet?«

»Um diese Zeit am Abend weiß ich immer, wovon ich rede.«

»Aber wieso sollten wir uns jetzt eher ergreifen lassen? Sind unsere Gefühle tiefer geworden?«

»Damals haben dich die schnellen Sätze erregt und begeistert.«

»Willst du damit sagen, wir haben immer gleich viele Gefühle, aber je nach Phase ergießen sie sich eher in diese oder in jene Richtung?«

»Vielleicht.«

»Aber die heftigsten Gefühle haben wir doch bestimmt empfunden, als wir jung waren: als wir uns verliebten, heirateten, Kinder kriegten.«

»Vielleicht halten sie jetzt dafür länger an.«

»Oder andere haben überhandgenommen: Verlust, Reue, das Gefühl, es gehe dem Ende zu.«

»Sei nicht so trübselig. Warte, bis du Enkel hast. Die werden dich überraschen.«

»›Du hast das volle Vergnügen, aber kein bisschen Verantwortung.‹«

»Nicht diese olle Kamelle.«

»Deshalb hab ich sie ja in Anführungszeichen gesetzt.«

»Außerdem ein Gefühl, dass das Leben weitergeht, wie ich es bei meinen Kindern noch nicht erlebt habe.«

»Das kommt daher, dass deine Enkel dich noch nicht enttäuscht haben.«

»Sag das bitte nicht.«

»Also gut, ich hab's nicht gesagt.«

»Wie steht's denn nun? Haben wir noch Hoffnung für diesen Planeten? Angesichts des Treibhauseffekts, der Unfähigkeit, zu erkennen, was tatsächlich im eigenen Interesse ist, und da die Politiker von heute so jung sind wie Polizisten?«

»Die Menschheit hat sich auch früher schon aus schwierigen Lagen zu retten vermocht.«

»Und die Jungen sind idealistischer, als wir es waren. Oder sind.«

»Und Galileo schlägt den Papst nach wie vor. Das ist eine Art Metapher.«

»Und ich habe noch keinen Arschkrebs. Das ist eine Art Tatsache.«

»Dick, damit hat sich die Sache entschieden: Auf dieser Erde lässt sich's leben.«

»Uns wird nur allen etwas wärmer sein.«

»Und wer wird denn die Niederlande vermissen? Solange sie die Rembrandts rechtzeitig an einen höher gelegenen Ort bringen.«

»Wärmer? Wir werden auf jeden Fall ärmer sein, nachdem uns die Banker alles Geld aus der Tasche gezogen haben.«

»Außerdem müssen wir alle Vegetarier werden, denn die Fleischproduktion trägt zur Klimaerwärmung bei.«

»Rumreisen können wir auch nicht mehr so viel, außer zu Fuß oder zu Pferd.«

»›Auf Schusters Rappen‹ – der Ausdruck wird wieder in Mode kommen.«

»Wisst ihr was, im Grunde habe ich immer diesen Zeiten nachgetrauert, als sogar Leute, die sich Reisen ins Ausland leisten konnten, nur einmal im Leben eine solche Reise unternommen haben. Ganz zu schweigen vom armen Pilger, der mit seinem Stab und der Jakobsmuschelschale als Erkennungszeichen auf die einzige Pilgerfahrt seines ganzen Lebens ging.«

»Du vergisst, dass wir hier an diesem Tisch zur Galileofraktion gehören.«

»Dann kannst du ja eine Pilgerfahrt zu seinem Fernrohr in Florenz unternehmen, oder wo immer das aufbewahrt wird. Wenn es der Papst nicht verbrannt hat.«

»Und wir müssen unser Essen vermehrt selbst anbauen, was gesünder ist.«

»Und Dinge selbst reparieren wie früher.«

»Und selbst für Unterhaltung sorgen, bei Mahlzeiten im

Familienkreis echte Gespräche führen und Respekt zeigen für Oma, die in der Ecke sitzt, Socken strickt für den Neuankömmling und von den alten Zeiten erzählt.«

»So weit möchten wir allerdings nicht gehen.«

»Gut, solange wir weiterhin fernsehen und uns auf Kernfamilien beschränken dürfen.«

»Und wie steht es mit Tauschhandel statt Geld?«

»So könnte man jedenfalls den Bankern eins reinwürgen.«

»Da bin ich mir nicht so sicher. Die finden bestimmt rasch eine Möglichkeit, sich wieder unentbehrlich zu machen. Dann gibt es eine Terminbörse für Regen oder Sonnenschein oder was auch immer.«

»Die gibt es jetzt schon.«

»Wisst ihr noch, wie man früher gesagt hat: ›Die Armen sterben nie aus‹?«

»Na, und?«

»Eigentlich hätte es heißen müssen: ›Die Reichen sterben nie aus‹ oder ›Banker sterben nie aus‹.«

»Eben habe ich kapiert, warum es ›Kernfamilie‹ heißt.«

»Weil sie spaltbares Material ist, das gern explodiert, wobei dann andere Menschen mit verstrahlt werden.«

»Aber ... das hab ich doch sagen wollen.«

»Zu spät.«

»Hmm, dieses Apfelbaumholz riecht so ...«

»Frage: Auf welchen unserer fünf Sinne könnten wir am ehesten verzichten?«

»Für Ratespiele ist es zu spät.«

»Wir kommen nächstes Mal darauf zurück.«

»Apropos ...«

»Es hat toll geschmeckt.«

»So gut wie noch nie.«

»Und keiner hat ›cunt‹ gesagt.«

»Oder sexuelle Hausaufgaben aufgegeben.«

»Dann will ich dafür einen Trinkspruch ausbringen.«

»Trinksprüche gibt es nicht an diesem Tisch. Das ist eine Hausregel.«

»Keine Angst. Er gilt keinem der Anwesenden. Vielmehr den Menschen des Jahres 2060: Möge deren Leben ebenso lustvoll sein wie unseres.«

»Auf die Menschen des Jahres 2060.«

»Auf alle Menschen.«

»Auf ein lustvolles Leben.«

»Meint ihr, im Jahr 2060 lügen die Menschen immer noch, wenn es um Sex geht?«

»Vielleicht jeder Fünfte.«

»Es war übrigens A. J. P. Taylor, der Historiker.«

»Was?«

»Der sagte, er habe starke Überzeugungen, die er nur schwach verfechte.«

»Dann erhebe ich auch auf ihn stumm das Glas.«

Es folgte das übliche Hin und Her, dann zogen wir uns die Mäntel an, umarmten und küssten einander und machten uns auf den Weg zur U-Bahn-Station und zum Kleintaxi-Stand.

»Das Feuer hat ja toll gerochen«, sagte Sue.

»Und diesmal gab es nichts aus dem Maul einer toten Kuh zu essen«, sagte Tony.

»Komisches Gefühl, dass wir 2060 alle tot sein werden«, sagte Dick.

»Ach, wenn du dir solche Sprüche doch nur verkneifen würdest«, sagte Carol.

»Wir sehen uns, Leute«, sagte Larry. »Ich muss da lang.«

»Wir sehen uns«, antworteten die meisten von uns.

Beziehungsmuster

——

Beim Start in Glasgow war die Twin Otter nur halb besetzt: einige Inselbewohner, die von der Hauptinsel zurückkehrten, dazu ein paar frühe Wochenendurlauber mit Wanderstiefeln und Rucksäcken. Fast eine Stunde lang flogen sie dicht über den wechselnden Gehirnwindungen der Wolkenlandschaft. Dann setzten sie zur Landung an, und unter ihnen tauchten die gezähnten Umrisse der Insel auf.

Diesen Moment hatte er immer geliebt. Die schmale Landzunge, die lange Atlantikküste von Traigh Eais, der große weiße Bungalow, den sie rituell beinahe streiften, dann eine langsame Kehre über der kleinen buckligen Insel Orosay und endlich der Anflug auf die flache glitzernde Weite von Traigh Mhòr. In den Sommermonaten konnte man sich gewöhnlich darauf verlassen, dass eine laute Stimme von der Hauptinsel, vielleicht um einer Freundin zu imponieren, durch den Propellerlärm brüllte: »Die einzige Strandlandebahn für Verkehrsflugzeuge weltweit!« Doch im Laufe der Jahre hatte er gelernt, selbst das nachsichtig hinzunehmen. Es gehörte zur Folklore der Ankunft hier.

Sie setzten hart auf dem mit Muschelschalen übersäten Strand auf, und während sie durch flache Wasserlachen

159

rasten, sprühte zwischen den Flügelstreben Gischt auf. Dann drehte das Flugzeug parallel zu dem kleinen Abfertigungsgebäude bei, und kurz darauf stiegen sie die wackelige Metallleiter hinunter zum Strand. Ein Traktor mit einem flachen Anhänger stand bereit, um ihr Gepäck die wenigen Meter zu einem feuchten Betonsockel zu ziehen, der als Gepäckband diente. Sie, ihr: Er wusste, er musste anfangen, sich stattdessen ein Pronomen im Singular anzugewöhnen. Das würde von nun an die Grammatik seines Lebens sein.

Calum erwartete ihn schon und taxierte über seine Schulter hinweg die anderen Passagiere. Dieselbe schmale grauhaarige Gestalt im grünen Anorak, die sie jedes Jahr abholte. Wie es Calums Art war, stellte er keine Fragen; er wartete. Seit etwa zwanzig Jahren bestand zwischen ihnen eine Art vertrauter Förmlichkeit. Doch jetzt waren diese Regelmäßigkeit, diese Wiederholung und alles, was sie in sich schloss, zerbrochen.

Während der Wagen über die einspurige Landstraße kroch und höflich in den Ausweichbuchten wartete, erzählte er Calum die Geschichte, die er bereits bis zur Erschöpfung wiederholt hatte. Die plötzliche Müdigkeit, die Schwindelanfälle, die Blutuntersuchungen, die Computertomografien, Krankenhausaufenthalt, weitere Krankenhausaufenthalte, das Hospiz. Die Schnelligkeit des Ganzen, der Verlauf, der gnadenlose Gang der Ereignisse. Er erzählte das ohne Tränen, in neutralem Ton, als wäre es einem anderen passiert. Anders konnte er es bisher noch nicht.

Vor dem dunklen Steincottage zog Calum heftig die Handbremse an. »Möge sie in Frieden ruhen«, sagte er leise und nahm sich des Gepäcks an.

Als sie das erste Mal auf die Insel kamen, waren sie noch nicht verheiratet. Sie hatte einen Ehering getragen als Zugeständnis an … was eigentlich? Die Inselmoral, wie sie beide sie sich vorstellten? So fühlten sie sich überlegen und heuchlerisch zugleich. Ihr Zimmer in Calum und Floras Bed & Breakfast hatte weiß getünchte Wände, getrocknete Regentropfen am Fenster und einen Blick über das Machair bis zum steilen Anstieg des Beinn Mhartainn. In der ersten Nacht entdeckten sie, dass sich das Bett mit lautem Geheul gegen alle Aktivitäten sträubte, die über das für die nüchterne Empfängnis von Kindern erforderliche Minimum hinausgingen. Sie fühlten sich auf komische Art eingeschränkt. Inselsex hatten sie das genannt und dabei leise in den Körper des anderen hineingekichert.

Er hatte sich damals extra für diese Reise ein neues Fernglas gekauft. Im Innern der Insel gab es Lerchen und Berghänflinge, Steinschmätzer und Bachstelzen. An der Küste Sandregenpfeifer und Pieper. Vor allem aber liebte er die Seevögel, die Kormorane und Basstölpel, die Krähenscharben und Eissturmvögel. So manche Stunde saß er mit nassem Hintern geduldig auf den Klippen und stellte das Fernglas mit Daumen und Mittelfinger auf die pfeilschnellen Sturzflüge, das Emporschwingen in die Freiheit ein. Die Eissturmvögel waren seine besonderen Lieblinge. Vögel, die ihr ganzes Leben auf dem Meer verbrachten und nur zum Nisten an Land kamen. Dann legten sie ein einziges Ei, zogen das Junge auf und flogen wieder hinaus aufs Meer, glitten über den Wellen dahin, stiegen in Luftströmen auf, waren einfach sie selbst.

Ihre Liebe galt eher den Blumen als den Vögeln. Grasnelken, Kleiner Klappertopf, Purpurwicken, Schwertlilien. Die Kleine Braunelle wurde, wie er sich erinnerte, auch Self-heal genannt, weil sie angeblich die Selbstheilungskräfte aktivierte. Damit waren seine Kenntnisse wie seine Erinnerungen auch schon erschöpft. Sie hatte hier oder anderswo nie eine einzige Blume gepflückt. Wer eine Blume abschneidet, beschleunigt ihren Tod, sagte sie immer. Der Anblick von Vasen war ihr verhasst. Wenn andere Patienten im Krankenhaus den leeren Metallwagen vor ihrem Bett sahen, dachten sie, sie würde von ihren Freunden vernachlässigt, und wollten ihr die eigenen überzähligen Sträuße aufdrängen. Das ging so lange, bis sie ein eigenes Zimmer bekam und sich das Problem damit erledigte.

In jenem ersten Jahr hatte Calum ihnen die Insel gezeigt. Eines Nachmittags schaute er an einem Strand, wo er gern nach der Schwertförmigen Scheidenmuschel grub, zur Seite und sagte fast so, als spräche er mit dem Meer: »Meine Großeltern haben mit einer einfachen Erklärung geheiratet. Mehr war in früheren Zeiten nicht erforderlich. Einverständnis und Erklärung. Man heiratete bei zunehmendem Mond und auflaufender Flut, das sollte Glück bringen. Und nach der Hochzeit lag in einem Nebengebäude eine raue Matratze auf dem Fußboden bereit. Für die erste Nacht. Weil man die Ehe in Demut und Bescheidenheit beginnen sollte.«

»Das ist doch wunderbar, Calum«, hatte sie gesagt. Er aber hatte das als Zurechtweisung empfunden – für ihre englischen Sitten, ihre Vermessenheit, ihre stillschweigende Lüge.

Im zweiten Jahr waren sie wenige Wochen nach der Hochzeit wiedergekommen. Am liebsten hätten sie es aller Welt erzählt; doch hier an diesem Ort ging das nicht. Vielleicht war das nur gut für sie – ganz verrückt vor Glück zu sein und zum Schweigen gezwungen. Vielleicht war das ihre Art, die Ehe in Demut zu beginnen.

Dennoch konnte er spüren, dass Calum und Flora es erraten hatten. In Anbetracht ihrer neuen Kleider und ihres dämlichen Grinsens war das sicher nicht schwer. Am ersten Abend schenkte Calum ihnen Whisky aus einer Flasche ohne Etikett ein. Er hatte viele solcher Flaschen. Auf dieser Insel wurde weitaus mehr Whisky getrunken als verkauft, so viel stand fest.

Flora hatte einen alten Pullover aus einer Schublade geholt, der ihrem Großvater gehört hatte. Sie legte ihn auf den Küchentisch und strich ihn mit den Händen glatt. In früheren Zeiten, erläuterte sie, hatten die Frauen auf diesen Inseln mit ihren Strickarbeiten Geschichten erzählt. Das Muster dieses Pullovers zeigte, dass ihr Großvater von Eriskay stammte, während die Einzelheiten, die Verzierungen etwas über das Fischen und den Glauben aussagten, über das Meer und den Sand. Und diese Zickzacklinie an der Schulter – *seht ihr, diese hier* – stellte die Höhen und Tiefen der Ehe dar. Das waren buchstäblich Beziehungsmuster.

Zickzacklinien. Wie jedes frisch verheiratete Paar hatten sie einen Blick von geheimer Zuversicht gewechselt in der Gewissheit, dass es für sie keine Tiefen geben würde – zumindest nicht solche wie bei ihren Eltern oder den Freunden, die schon jetzt die üblichen dummen, absehbaren Fehler begingen. Sie würden anders sein; sie würden anders sein als alle, die jemals geheiratet hatten.

»Erzähl ihnen von den Knöpfen, Flora«, sagte Calum.

Das Muster verriet, von welcher Insel der Besitzer des Pullovers kam; die Knöpfe am Hals verrieten genau, aus welcher Familie er stammte. Das war ja, als liefe man mit seiner Postleitzahl bekleidet herum, hatte er gedacht.

Ein, zwei Tage später sagte er zu Calum: »Ich wünschte, alle würden immer noch solche Pullover tragen.« Da er selbst keinen Sinn für Tradition hatte, fand er es schön, wenn andere Traditionsbewusstsein zeigten.

»Sie waren sehr nützlich«, antwortete Calum. »Viele Ertrunkene konnte man nur am Pullover erkennen. Und dann an den Knöpfen. Wer der Mann war.«

»Daran hatte ich nicht gedacht.«

»Tja, warum solltest du. Das wissen. Daran denken.«

Manchmal hatte er das Gefühl, dies sei der fernste Ort, an dem er je gewesen war. Die Inselbewohner sprachen dieselbe Sprache wie er, aber das war nur ein seltsamer, geografischer Zufall.

Diesmal behandelten ihn Calum und Flora so, wie er es erwartet hatte: mit dem Takt und der Zurückhaltung, die er einst auf seine dumme, englische Art mit Ehrerbietigkeit verwechselt hatte. Sie drängten sich nicht auf und stellten auch ihr Mitgefühl nicht zur Schau. Man klopfte ihm auf die Schulter, stellte einen Teller vor ihn hin, machte eine Bemerkung über das Wetter.

Jeden Morgen gab Flora ihm ein in Butterbrotpapier eingewickeltes Sandwich, ein Stück Käse und einen Apfel mit. Er wanderte über das Machair und auf den Beinn Mhartainn. Er zwang sich, bis zum Gipfel hinaufzusteigen, von wo er die Insel und ihre gezähnten Umrisse sehen, wo er sich allein fühlen konnte. Dann machte er sich mit dem Fernglas in der Hand auf den Weg zu den Klippen und den Seevögeln. Calum hatte ihm einmal erzählt, vor Generationen habe man aus den Eissturmvögeln auf manchen Inseln Lampenöl gemacht. Komisch, dass er ihr das immer verschwiegen hatte, über zwanzig Jahre lang. Den Rest des Jahres dachte er überhaupt nicht daran. Dann kamen sie wieder auf die Insel, und er sagte sich, ich darf ihr nicht erzählen, was sie früher mit den Eissturmvögeln gemacht haben.

In dem Sommer, in dem sie ihn fast verlassen hätte (oder hätte er sie fast verlassen? – aus dieser Entfernung war das schwer zu entscheiden), war er mit Calum Muscheln fangen gegangen. Sie hatte die beiden Männer ihrem Vergnügen überlassen und war lieber über den feuchten welligen Strand gewandert, den das Meer eben erst freigelegt hatte. Hier, wo die Kiesel kaum größer waren als Sandkörner, suchte sie gern nach bunten Glasstückchen – winzigen Scherben von zerbrochenen Flaschen, Scherben, die Wasser und Zeit rund und glatt geschliffen hatten. Jahrelang hatte er dem gebeugten Gang zugesehen, dem forschenden Niederkauern, dem Aufsammeln, dem Aussortieren, dem Horten in der hohlen linken Hand.

Calum erklärte, wie man eine kleine Mulde im Sand ausfindig machte, etwas Salz hineinstreute und dann wartete, bis die Scheidenmuschel ein paar Zentimeter aus ihrem Versteck hervorschoss. An der linken Hand trug er einen Topfhandschuh als Schutz vor dem scharfen Rand der auftauchenden Muschelschale. Man müsse schnell zupacken, sagte er, und die Muschel herausziehen, ehe sie wieder verschwinde.

Trotz Calums Kenntnissen rührte sich meist nichts, und sie nahmen sich die nächste Sandmulde vor. Aus dem Augenwinkel sah er, wie sie in einiger Entfernung am Strand entlangging, sie kehrte ihm den Rücken zu, war sich selbst genug, zufrieden mit dem, was sie tat, verschwendete keinen Gedanken an ihn.

Während er Calum mehr Salz reichte und auf den Topfhandschuh schaute, der ihm erwartungsvoll hingehalten wurde, hörte er sich – von Mann zu Mann – sagen: »Bisschen so wie die Ehe, nicht?«

Calum runzelte leicht die Stirn. »Wie meinst du das?«

»Ach, man wartet darauf, dass etwas aus dem Sand hervorkommt. Dann stellt sich heraus, entweder ist gar nichts da, oder man muss höllisch aufpassen, dass es einem nicht die Hand zerschneidet.«

Das war eine dumme Bemerkung gewesen. Dumm, weil er das eigentlich nicht ernst gemeint hatte, und ganz besonders dumm, weil es vermessen war. Das Schweigen sagte ihm, dass Calum solche Sprüche ungehörig fand, ihm gegenüber, Flora gegenüber, den Inselbewohnern insgesamt gegenüber.

Er wanderte jeden Tag, und jeden Tag wurde er vom Nieselregen tropfnass. Er aß ein durchweichtes Sandwich und sah zu, wie die Eissturmvögel über das Meer strichen. Er wanderte nach Greian Head und schaute auf das Felsplateau hinunter, wo sich gerne die Robben versammelten. Einmal hatten sie hier einen Hund beobachtet, der vom Strand bis zum Plateau hinausschwamm, die Robben verjagte und dann über seinen Felsen stolzierte wie ein neuer Grundbesitzer. Dieses Jahr war kein Hund da.

Auf dem schwindelerregenden Hang des Greian lag ein Teil eines unglaublichen Golfplatzes, auf dem sie, Jahr für Jahr, nie einen einzigen Golfspieler gesehen hatten. Es gab ein kleines rundes Grün mit einem Lattenzaun drum herum, der die Kühe fernhalten sollte. Einmal war ganz in der Nähe plötzlich eine Herde von Ochsen auf sie beide losgegangen, und sie hatte furchtbare Angst gehabt. Er hatte seinen Mann gestanden, wild mit den Armen gerudert, instinktiv die Namen der Politiker geschrien, die er am meisten verachtete, und war irgendwie gar nicht überrascht gewesen, dass das die Tiere beruhigt hatte. Dieses Jahr waren keine Ochsen zu sehen, und er vermisste sie. Wahrscheinlich waren sie längst geschlachtet.

Er erinnerte sich an einen Kleinbauern auf Vatersay, der ihnen von dem Verfahren der »faulen Beete« erzählt hatte. Man legte einen Streifen im Moor frei, pflanzte die Kartoffeln in den offenen Boden, deckte sie mit dem umgedrehten Aushub wieder zu – fertig. Den Rest erledigten Zeit, Regen und Sonnenwärme. Faule Beete – er sah, wie sie ihn anlachte und seine Gedanken las, und später sagte sie, das wäre wohl seine Vorstellung von Gartenarbeit, nicht wahr? Er erinnerte sich, dass ihre Augen geglänzt hatten wie der feuchte Glasschmuck, den sie in der Hand sammelte.

Am letzten Morgen fuhr ihn Calum mit dem Wagen nach Traigh Mhòr zurück. Die Politiker hatten eine neue Start- und Landebahn versprochen, damit auch moderne Flugzeuge hier landen konnten. Es wurde von touristischer Erschließung und einer Wiederbelebung der Insel geredet, verbunden mit Warnungen wegen der laufenden Subventionskosten. Calum wollte von alldem nichts wissen, und er auch nicht. Er wusste, für ihn musste die Insel so ruhig und unveränderlich bleiben wie nur irgend möglich. Wenn hier erst Jets auf einer richtigen Rollbahn landeten, würde er nicht wiederkommen.

Am Schalter gab er seine Reisetasche auf, und sie gingen nach draußen. Calum beugte sich über eine kleine Mauer und zündete sich eine Zigarette an. Sie schauten auf den feuchten buckligen Sand des Muschelstrands hinaus. Die Wolken lagen tief, der Windsack hing schlaff herab.

»Die sind für dich«, sagte Calum und gab ihm ein halbes Dutzend Postkarten. Er musste sie eben erst im Café gekauft haben. Ansichten von der Insel, dem Strand, dem

Machair; eins von genau dem Flugzeug, das jetzt bereit-
stand, um ihn wegzubringen.

»Aber ...«

»Du wirst die Erinnerung brauchen.«

Wenige Minuten später flog die Twin Otter schon geradewegs über Orosay und das offene Meer davon. Es gab
keinen Abschiedsblick auf die Insel, ehe die Welt unter
ihm verschwand. Von Wolken eingehüllt, dachte er über
Beziehungsmuster und Knöpfe nach; über Scheidenmu-
scheln und Inselsex; über fehlende Ochsen und über Eissturmvögel, aus denen Öl gemacht wurde; und dann, endlich, kamen die Tränen. Calum hatte gewusst, dass er nicht
wiederkommen würde. Aber darum weinte er nicht, auch
nicht um sich selbst, nicht einmal um sie oder ihre gemeinsamen Erinnerungen. Es waren Tränen um seine eigene Dummheit. Und seine Vermessenheit.

Er hatte geglaubt, er könne sich das Vergangene wieder
zu eigen machen und dann langsam Abschied nehmen. Er
hatte gedacht, Kummer ließe sich lindern, oder wenn
nicht lindern, dann wenigstens beschleunigen, ein bisschen vorantreiben, wenn er an einen Ort zurückkehrte, an
dem sie glücklich gewesen waren. Aber er konnte nicht
über den Kummer gebieten. Der Kummer gebot über ihn.
Und in den kommenden Monaten und Jahren würde ihm
der Kummer vermutlich noch viele andere Lehren erteilen. Dies war nur die erste.

Teil zwei

Der Portraitist

——

Mr Tuttle hatte von Anfang an gestritten: um die Entloh-
nung – zwölf Dollar –, die Größe der Leinwand und den
Prospekt, der im Fenster zu sehen sein sollte. Über Pose
und Kostüm war man sich zum Glück rasch einig geworden. Hierbei war Wadsworth dem Zolleinnehmer gern gefällig; auch wollte er ihm gern, soweit sein Geschick es
zuließ, das Aussehen eines Gentleman verleihen. Das war
schließlich sein Geschäft. Er war Portraitist, aber auch
Handwerker und wurde nach Handwerkstarif dafür bezahlt, das anzufertigen, was dem Kunden gefiel. In dreißig
Jahren würde sich kaum einer erinnern, wie der Zolleinnehmer ausgesehen hatte; wenn er dereinst das Zeitliche
gesegnet hätte, würde allein dieses Portrait an seine physi-
sche Gestalt gemahnen. Und nach Wadsworths Erfahrung
legte seine Kundschaft größeren Wert darauf, als gesetzte
gottesfürchtige Männer und Frauen dargestellt zu werden,
als ein wahrhaftiges Abbild zu erhalten. Das bekümmerte
ihn nicht.

Aus dem Augenwinkel wurde Wadsworth gewahr, dass
sein Kunde etwas gesagt hatte, doch er wandte den Blick
nicht von seiner Pinselspitze. Stattdessen wies er auf das
gebundene Notizbuch, in dem schon so viele Modelle ihre
Kommentare festgehalten, Lob und Tadel, Weisheiten und

Torheiten zum Ausdruck gebracht hatten. Er hätte das Büchlein sehr wohl auf einer beliebigen Seite aufschlagen und seinen Kunden auf eine Bemerkung deuten lassen können, die ein Vorgänger zehn oder zwanzig Jahre zuvor hinterlassen hatte. Bislang waren die Ansichten dieses Zolleinnehmers nicht origineller gewesen als seine Westenknöpfe, wenn auch weniger interessant. Zum Glück wurde Wadsworth dafür bezahlt, dass er Westen abbildete und keine Ansichten. Die Sache war natürlich komplizierter: Im Grunde war die Darstellung von Weste und Perücke und Kniebundhose die Darstellung einer Ansicht, ja, eines ganzen Korpus von Ansichten. Weste und Hose zeigten den Körper dahinter, so wie Perücke und Hut das Gehirn dahinter zeigten, auch wenn es in manchen Fällen eine bildhafte Übertreibung war, den Eindruck entstehen zu lassen, dass überhaupt ein Gehirn dahinter liege.

Er würde diese Stadt mit Freuden verlassen, seine Pinsel und Leinwände, seine Farben und seine Palette in den kleinen Karren packen, seine Stute satteln und dann aufbrechen über die Waldwege, die ihn in drei Tagen nach Hause bringen würden. Dort würde er ausruhen und nachdenken und sich vielleicht zu einem anderen Leben entschließen, ohne die stete Mühe und Plage eines Wanderkünstlers. Eines Hausierers, und auch eines Bittstellers. Wie immer war er in diese Stadt gekommen, hatte sich bei Nacht ein Quartier gesucht und eine Annonce in die Zeitung gesetzt, die auf seine Fähigkeit, seine Preise und seine Anwesenheit hinwies. »Sollte es binnen sechs Tagen keine Nachfrage geben«, hieß es am Ende der Annonce, »wird Mr Wadsworth die Stadt verlassen.« Er hatte die kleine Tochter eines Tuchwarenhändlers gemalt und dann den Diakon Zebediah Harries, der ihm in seinem Haus christliche

Gastfreundschaft erwiesen und ihn an den Zolleinnehmer empfohlen hatte.

Mr Tuttle hatte ihm kein Quartier angeboten; aber der Portraitist schlief bereitwillig im Stall in Gesellschaft seiner Stute und aß in der Küche. Und dort war es dann am dritten Abend zu diesem Vorfall gekommen, gegen den zu protestieren er unterlassen – oder sich nicht in der Lage gefühlt – hatte. Dieser Vorfall hatte ihm eine unruhige Nacht beschert. Er hatte ihn auch verletzt, um der Wahrheit die Ehre zu geben. Wadsworth hätte den Zolleinnehmer als einen Flegel und Grobian – von der Sorte hatte er im Laufe der Jahre genug gemalt – abtun und die Angelegenheit vergessen sollen. Vielleicht sollte er ernsthaft erwägen, sich zur Ruhe zu setzen, seine Stute fett werden zu lassen und von dem zu leben, was er an Früchten anbauen und an Vieh heranzüchten konnte. Er konnte es immer noch zu seinem Beruf machen, Fenster und Türen zu streichen statt Menschen zu malen; er hielt das nicht für unter seiner Würde.

Am ersten Vormittag hatte Wadsworth den Zolleinnehmer mit dem Notizbuch bekannt machen müssen. Wie viele andere meinte der Mann, er müsse nur den Mund weiter aufreißen, um eine Verständigung zu erreichen. Wadsworth sah zu, wie die Feder über die Seite wanderte und dann der Zeigefinger ungeduldig klopfte. »Wenn Gott gnädig ist«, schrieb der Mann, »werden Sie im Himmel vielleicht hören.« Als Antwort lächelte er leicht und nickte kurz, was man als Überraschung und Dankbarkeit hätte auslegen können. Er hatte diesen Gedanken schon viele Male gelesen. Oft war er ein wahrhaftiger Ausdruck christlichen Mitgefühls und teilnahmsvoller Hoffnung; manchmal, wie jetzt, bedeutete er kaum verhohlenes Entsetzen darüber, dass es auf dieser Welt Menschen mit solch hinderlichen Gebrechen gab. Mr Tuttle gehörte zu den Herren, die sich ihre Diener stumm, taub und blind wünschten – es sei denn, es kam ihnen anders besser zupass. Natürlich waren Herren und Diener jetzt, da die gerechtere Republik ausgerufen war, zu Bürgern und Hauspersonal geworden. Doch damit waren Herren und Diener so wenig ausgestorben wie die grundlegenden Veranlagungen des Menschen.

Wadsworth glaubte nicht, dass er unchristlich über den Zolleinnehmer urteilte. Seine Meinung hatte sich bei der ersten Begegnung herausgebildet und an jenem dritten Abend bestätigt. Der Vorfall war umso grausamer gewesen, als er ein Kind betraf, einen Gärtnerburschen, noch kaum im verständigen Alter. Der Portraitist war Kindern liebevoll zugetan: um ihrer selbst willen, weil es ihm wohltat, dass sie über sein Gebrechen hinwegsahen, und auch, weil er selbst keine Nachkommen hatte. Er hatte nie die Gemeinschaft mit einer Ehefrau gekannt. Vielleicht könnte er das noch nachholen, aber er müsste dafür Sorge tragen, dass die Frau über das gebärfähige Alter hinaus wäre. Er konnte sein Gebrechen nicht an andere weitergeben. Manch einer hatte ihm zu erklären versucht, seine Ängste seien unnötig, da die Behinderung nicht bei der Geburt eingetreten war, sondern nach einem Anfall von Fleckfieber, als Wadsworth ein Knabe von fünf Jahren gewesen war. Und habe er nicht im Übrigen, so redete man auf ihn ein, seinen Weg in der Welt gemacht, und solle sein Sohn, von welcher Konstitution auch immer, dies nicht auch können? Das mochte wohl sein, aber wenn es nun eine Tochter wäre? Der Gedanke, ein Mädchen müsse sein Leben außerhalb menschlicher Gemeinschaft verbringen, war ihm unerträglich. Sicher, ein Mädchen könnte zu Hause bleiben, und sie wären einander mitfühlend verbunden. Doch was sollte aus einem solchen Kind werden, wenn er einmal tot war?

Nein, er würde nach Hause zurückkehren und seine Stute malen. Das hatte er immer vorgehabt, und jetzt würde er es vielleicht ausführen. Die Stute begleitete ihn seit zwölf Jahren, verstand ihn ohne Mühe und störte sich nicht an den Geräuschen, die aus seinem Munde kamen, wenn sie im Wald allein waren. Sein Plan sah so aus: Er wollte die Stute malen, auf einer Leinwand von derselben Größe wie der für Mr Tuttle, nur im Querformat; und danach würde er eine Decke über das Bild werfen und es erst beim Tod der Stute enthüllen. Es war vermessen, die alltägliche Realität von Gottes lebendiger Schöpfung mit einer menschlichen Nachbildung von unzulänglicher Hand zu vergleichen – auch wenn eben dies der Zweck war, zu dem ihn seine Kunden engagierten.

Er dachte nicht, dass es leicht werden würde, die Stute zu malen. Ihr würde die Geduld und auch die Eitelkeit fehlen, mit einem stolz erhobenen Huf für ihn zu posieren. Doch andererseits würde die Stute auch nicht die Eitelkeit besitzen, vorzutreten und die Leinwand zu begutachten, während er daran arbeitete. Eben dies tat nun der Zolleinnehmer, er beugte sich über Wadsworths Schulter, guckte und zeigte. Irgendetwas gefiel ihm nicht. Wadsworth blickte auf, von dem unbewegten zu dem bewegten Gesicht hin. Er besaß zwar eine ferne Erinnerung an Sprechen und Hören und war der Schrift kundig, doch er hatte nie gelernt, Wörter vom Munde abzulesen. Wadsworth hob seinen feinsten Pinsel von dem Ornament des Westenknopfs und ließ den Blick zu dem Notizbuch wandern, während der Zolleinnehmer seine Feder eintunkte. »Mehr Würde«, schrieb der Mann, und dann unterstrich er seine Worte.

Wadsworth meinte, er habe Mr Tuttle bereits Würde genug verliehen. Er hatte seinen Körper größer, seinen Bauch kleiner gemacht, über die haarigen Muttermale auf dem Nacken hinweggesehen und sich insgesamt bemüht, Griesgrämigkeit als Fleiß, Jähzorn als charakterliche Festigkeit darzustellen. Und jetzt verlangte der Mann noch mehr davon! Das war eine unchristliche Forderung, und es wäre unchristlich von Wadsworth, sich diesem Verlangen zu fügen. Vor dem Auge Gottes würde es dem Mann keinen Dienst erweisen, wenn der Portraitist ihm erlaubte, sich von all der geforderten Würde geschwellt zu zeigen.

Er hatte Säuglinge gemalt, Kinder, Männer und Frauen und sogar Leichen. Dreimal hatte er seine Stute zu einem Totenbett getrieben, wo er eine Wiederauferstehung vollbringen sollte – jemanden als Lebenden darstellen, den er gerade als Toten angetroffen hatte. Wenn er dazu fähig war, dann sollte er wohl auch fähig sein, die Lebendigkeit seiner Stute wiederzugeben, wenn sie mit dem Schwanz nach den Fliegen schlug oder ungeduldig den Hals reckte, während Wadsworth den kleinen Malerkarren rüstete, oder die Ohren spitzte, wenn er Geräusche zum Wald hin machte.

Früher einmal hatte er versucht, sich anderen Sterblichen durch Gesten und Laute verständlich zu machen. Und wirklich ließen sich einige einfache Handlungen leicht vorführen: So konnte er einem Kunden etwa zeigen, welche Stellung dieser womöglich einzunehmen wünschte. Doch andere Gesten führten oft zu einem demütigenden Ratespiel; und die Laute, die er von sich geben konnte, brachten nicht zum Ausdruck, worin sein Anliegen bestand oder dass er gleichfalls ein Mensch war, Teil der Schöpfung des Allmächtigen, wenn auch anders geschaffen. Frauen fanden seine Laute genierlich, für Kinder waren sie ein Quell gutmütiger Neugier, für Männer ein Beweis des Schwachsinns. Er hatte sich bemüht, darin Fortschritte zu machen, doch ohne Erfolg, und so war er wieder in die Stummheit verfallen, die man erwartete und vielleicht auch vorzog. Und zu der Zeit erwarb er dann sein in Kalbsleder gebundenes Notizbuch, in dem sich die Aussagen und Meinungen der Menschen immer gleich blieben: »Glauben Sie, Sir, dass es im Himmel Malerei gibt?« »Glauben Sie, Sir, dass es im Himmel ein Gehör gibt?«

Doch wenn er sich eine gewisse Menschenkenntnis erworben hatte, dann entsprang diese weniger den niedergeschriebenen Bemerkungen als vielmehr seinen stummen Beobachtungen. Männer – und auch Frauen – bildeten sich ein, sie könnten ihre Stimme und Aussage verändern, ohne dass sich das auf ihrem Gesicht zeigte. Darin täuschten sie sich sehr. Sein eigenes Gesicht brachte, wenn er den Karneval der Menschheit betrachtete, so wenig zum Ausdruck wie seine Zunge; aber sein Auge verriet ihm mehr, als andere ahnten. Früher hatte er in seinem Notizbuch einen Packen handgeschriebener Karten mit sich geführt, auf denen nützliche Erwiderungen, notwendige Vorschläge und höfliche Korrekturen standen, um so auf das einzugehen, was ihm vorgetragen wurde. Er hatte sogar eine spezielle Karte für den Fall, dass er von seinem Gegenüber mit größerer Herablassung behandelt wurde, als er für schicklich hielt. Auf dieser Karte stand: »Sir, der Verstand hört nicht auf zu funktionieren, wenn die Pforten des Geistes verschlossen sind.« Dies wurde bisweilen als gerechter Tadel hingenommen, bisweilen für eine Unverschämtheit gehalten, da es von einem bloßen Handwerker kam, der im Stall schlief. Wadsworth hatte es dann aufgegeben, diese Karte zu benutzen, nicht dieser oder jener Reaktion wegen, sondern weil er so zu viel Wissen eingestand. Die in der Welt der Sprache lebten, waren in allem im Vorteil: Sie zahlten ihm sein Geld, sie hatten Einfluss und Ansehen, sie verkehrten in Gesellschaft, sie tauschten ganz natürlich Gedanken und Meinungen aus. Dabei konnte Wadsworth trotz alledem nicht erkennen, dass Sprechen an sich schon der Tugend förderlich war. Er selbst hatte nur zwei Vorteile: dass er die Sprechenden auf einer Leinwand abbilden und dass er stillschweigend ihre Aussagen beobachten konnte. Es wäre töricht gewesen, sich dieses zweiten Vorteils zu begeben.

Da war zum Beispiel diese Sache mit dem Klavier. Wadsworth hatte zunächst durch Deuten auf seine Honorartabelle erkundet, ob der Zolleinnehmer ein Portrait der gesamten Familie wünschte, ein Doppelportrait von sich und seiner Frau oder ein Gemeinschaftsportrait, vielleicht mit Miniaturen der Kinder. Mr Tuttle hatte, ohne seine Frau anzusehen, auf die eigene Brust gedeutet und auf das Gebührenblatt geschrieben: »Ich allein.« Dann warf er einen Blick auf seine Frau, legte eine Hand ans Kinn und fügte hinzu: »Neben dem Klavier.« Wadsworth bemerkte das hübsche Instrument aus Rosenholz und fragte mit einer Geste, ob er an es herantreten dürfe. Dann führte er mehrere Posen vor: vom ungezwungenen Sitzen neben der offenen Tastatur mit einem aufgeschlagenen Lieblingslied bis zum eher förmlichen Stehen neben dem Instrument. Tuttle nahm Wadsworths Platz ein, stellte sich in Positur, schob einen Fuß vor und schlug dann nach einiger Überlegung den Klavierdeckel zu. Wadsworth schloss daraus, dass nur Mrs Tuttle auf dem Klavier spielte, und weiter, dass Tuttles Wunsch, das Instrument in das Bild aufzunehmen, indirekt seine Frau in das Portrait aufnehmen sollte. Indirekt und obendrein preisgünstiger.

Der Portraitist hatte dem Zolleinnehmer einige Miniaturen von Kindern gezeigt in der Hoffnung, ihn umzustimmen, doch Tuttle schüttelte nur den Kopf. Wadsworth war enttäuscht, teils des Geldes wegen, doch mehr noch deshalb, weil sein Vergnügen an der Darstellung von Kindern gestiegen war, während das an der Darstellung ihrer Erzeuger abgenommen hatte. Gewiss, Kinder waren beweglicher als Erwachsene, ihre Formen unbeständiger. Doch sie schauten ihm auch in die Augen, und wer taub war, der hörte mit den Augen. Kinder hielten seinem Blick stand, und so nahm er ihr Wesen wahr. Erwachsene schauten oft weg, sei es aus Bescheidenheit oder aus dem Wunsch, etwas zu verbergen; manche dagegen starrten, wie der Zolleinnehmer, herausfordernd zurück, mit einer falschen Aufrichtigkeit, als wollten sie sagen: Natürlich verbergen meine Augen etwas, aber Sie sind nicht scharfsinnig genug, dies zu erkennen. Für solche Kunden war Wadsworths Wesensverwandtschaft mit Kindern der Beweis, dass es ihm ebenso an Verstand mangelte wie den Kindern. Für Wadsworth hingegen war diese Wesensverwandtschaft der Beweis, dass sie ebenso klar sahen wie er.

Als er sein Gewerbe aufnahm, hatte er seine Pinsel und Farben auf dem Rücken getragen und war über die Waldwege gezogen wie ein Hausierer. Er war auf sich allein gestellt und vertraute auf Empfehlungen und Werbung. Aber er war fleißig, und da er ein geselliges Wesen besaß, war er dankbar, dass sein Können ihm Zugang zum Leben anderer eröffnete. Er kam in ein Haus, und ob er nun im Stall untergebracht, beim Personal einquartiert oder, sehr selten und nur in den allerchristlichsten Häusern, wie ein Gast behandelt wurde, für diese wenigen Tage hatte er eine Aufgabe und fand Anerkennung. Das bedeutete nicht, dass er weniger herablassend behandelt wurde als andere

Handwerker; aber zumindest hielt man ihn für einen normalen Menschen, das heißt einen Menschen, der Herablassung verdiente. Er war glücklich, vielleicht zum ersten Mal in seinem Leben.

Und dann erkannte er allmählich, ohne dass ihm etwas anderes zu dieser Erkenntnis verholfen hätte als seine eigenen Wahrnehmungen, dass er mehr hatte als eine bloße Aufgabe; er hatte selbst Macht. Seine Kunden würden das nicht zugeben; aber seine Augen sagten ihm, dass es so war. Langsam wurde ihm die Wahrheit seines Handwerks klar: Der Kunde war der Herr, bis auf die Momente, in denen er, James Wadsworth, der Herr des Kunden war. Zunächst einmal war er der Herr des Kunden, wenn sein Auge erkannte, was der Kunde ihn nicht wissen lassen wollte. Die Verachtung eines Ehemanns. Die Unzufriedenheit einer Ehefrau. Die Heuchelei eines Diakons. Das Leiden eines Kindes. Die Selbstgefälligkeit eines Mannes, der das Geld seiner Ehefrau ausgeben konnte. Die lüsternen Blicke, die ein verheirateter Mann auf das Hausmädchen warf. Große Dinge in kleinen Königreichen.

Und des Weiteren bemerkte er, dass er, wenn er im Stall aufgestanden war, sich die Pferdehaare von den Kleidern geklopft hatte und dann ins Haus hinüberging und zu einem Pinsel aus den Haaren eines anderen Tieres griff, mehr wurde als der, für den man ihn hielt. Die ihm Modell saßen und ihn bezahlten, wussten im Grunde nicht, was sie für ihr Geld bekommen würden. Sie wussten, was abgemacht war – die Größe der Leinwand, die Pose und das schmückende Beiwerk (die Schale mit Erdbeeren, der Vogel auf einer Schnur, das Klavier, die Aussicht aus einem Fenster) –, und aus dieser Abmachung leiteten sie ihre Herrschaft ab. Doch in eben diesem Moment ging die Herrschaft auf die andere Seite der Leinwand über. Bisher hatten sie sich ein Leben lang in Spiegeln und Handspiegeln gesehen, in Löffelrücken und, verschwommen, in klaren, stillen Gewässern. Es hieß sogar, bei Liebenden könne einer sein Spiegelbild im Auge des anderen sehen; aber darin hatte der Portraitist keine Erfahrung. Doch all diese Bilder hingen von dem Menschen vor dem Glas, dem Löffel, dem Wasser, dem Auge ab. Wenn Wadsworth seinen Kunden ein Portrait ablieferte, sahen sich diese für gewöhnlich zum ersten Mal so, wie ein anderer sie sah. Manchmal nahm der Portraitist bei der Präsentation des Bildes wahr, wie den Mann, der ihm Modell gesessen hatte, ein jäher Schauder überlief, als ob dieser Mann dächte: So also bin ich in Wirklichkeit? Es war ein Moment von dunkler Bedeutsamkeit: Mit diesem Bild würde er in Erinnerung bleiben, wenn er tot war. Und dann gab es eine Bedeutsamkeit, die noch über diese hinausging. Wadsworth hielt sich nicht für vermessen, wenn sein Auge ihm sagte, dass der nächste Gedanke seines Modells oft war: Und so wird mich vielleicht auch der Allmächtige sehen? Wer nicht die Bescheidenheit besaß, sich solchen Zweifeln hinzugeben, benahm sich gern so, wie es jetzt der Zolleinnehmer tat: Er verlangte Änderungen und Verbesserungen, er erklärte dem Portraitisten, dass dessen Hand und Auge fehlerhaft seien. Ob diese Menschen die Eitelkeit besäßen, sich dereinst auch bei Gott zu beschweren? »Mehr Würde, mehr Würde.« Eine Anweisung, die ihm umso mehr widerstrebte, wenn er an Mr Tuttles Betragen in der Küche zwei Abende zuvor dachte.

Wadsworth hatte, mit seinem Tagwerk zufrieden, sein Abendessen eingenommen. Er hatte soeben das Klavier beendet. Das schmale Bein des Instruments, welches parallel zu Tuttles stämmigerem Bein verlief, endete in einer goldenen Klaue, deren Wiedergabe Wadsworth einige Mühe bereitet hatte. Doch nun konnte er sich erfrischen, sich am Kamin ausstrecken, etwas essen und die Gesellschaft des Personals beobachten. Dieses war zahlreicher als erwartet. Ein Zolleinnehmer mochte wohl fünfzehn Dollar die Woche verdienen, genug, um sich ein Hausmädchen zu halten. Doch Tuttle hielt sich außerdem eine Köchin und einen Jungen für die Gartenarbeit. Da der Zolleinnehmer nicht den Eindruck machte, als ginge er mit seinem eigenen Geld verschwenderisch um, folgerte Wadsworth, dass es Mrs Tuttles Mitgift war, die eine solch luxuriöse Aufwartung erlaubte.

Nachdem sich das Personal an Wadsworths Gebrechen gewöhnt hatte, verhielt es sich ihm gegenüber ganz unbefangen, als machte ihn seine Taubheit zu ihresgleichen. Diese Gleichheit gestand er ihnen gerne zu. Der Gärtnerbursche, ein Knirps, dessen Augen die Farbe gebrannter Umbra hatten, wollte ihn mit kleinen Kunststückchen unterhalten. Er musste wohl denken, dass es dem Portraitisten, da er der Worte beraubt war, an Unterhaltung fehlte. Dem war nicht so, doch er ließ sich diese Gefälligkeit gerne gefallen und lächelte, als der Junge Rad schlug, sich hinter der Köchin anschlich, während sie sich zum Backofen beugte, oder ein Ratespiel veranstaltete, bei dem er Eicheln in seinen Fäusten verbarg.

Der Portraitist hatte seine Bouillon ausgelöffelt und wärmte sich am Feuer – ein Element, mit dem Mr Tuttle im übrigen Hause nicht freigebig war –, als ihm eine Idee kam. Er zog einen angekohlten Stecken vom Rande der Asche, berührte den Gärtnerburschen an der Schulter, um ihm zu bedeuten, er solle so bleiben, wie er war, und holte dann ein Skizzenbuch aus der Tasche. Die Köchin und das Hausmädchen wollten zusehen, was er da tat, aber er hielt sie mit einer Hand fern, als wollte er sagen, dass dieses spezielle Kunststück, das er zum Dank für die Kunststücke des Jungen darbieten werde, unter Beobachtung nicht gelingen könne. Es war eine grobe Skizze – bei dem primitiven Werkzeug konnte sie nicht anders sein –, doch sie zeigte eine gewisse Ähnlichkeit. Er riss die Seite aus dem Buch und reichte sie dem Jungen. Das Kind schaute ihn erstaunt und dankbar an, legte die Skizze auf den Tisch, nahm Wadsworths Zeichenhand und küsste sie. Ich sollte immer Kinder malen, dachte der Portraitist, während er dem Jungen in die Augen sah. Fast hätte er nicht bemerkt, welch ein Tumult und Gelächter ausbrach, als die beiden anderen die Zeichnung betrachteten, und welche Stille eintrat, als der Zolleinnehmer, von dem plötzlichen Lärm angelockt, in die Küche kam.

Der Portraitist sah zu, wie Tuttle dort stand, einen Fuß vorgeschoben wie auf seinem Portrait, und sein Mund sich auf eine Art öffnete und schloss, die keine Würde erkennen ließ. Er sah zu, wie die Köchin und das Hausmädchen eine schicklichere Haltung einnahmen. Er sah zu, wie der Junge auf einen Blick seines Herrn hin die Zeichnung nahm und sie ihm bescheiden und stolz aushändigte. Er sah zu, wie Tuttle das Blatt ruhig entgegennahm, es betrachtete, erst den Jungen, dann Wadsworth ansah, nickte, die Zeichnung bedächtig in vier Teile riss, sie ins Feuer legte, wartete, bis dieses auflohderte, noch etwas sagte, wobei er dem Portraitisten im Viertelprofil erschien, und die Küche verließ. Er sah zu, wie der Junge weinte.

Das Portrait war vollendet: Das Klavier aus Rosenholz glänzte ebenso wie der Zolleinnehmer. In dem Fenster an Mr Tuttles Seite war das kleine weiße Zollhaus zu sehen – nicht, dass da ein wirkliches Fenster gewesen wäre, und selbst in dem Fall hätte man dort kein Zollhaus gesehen. Doch diese bescheidene Überhöhung der Realität leuchtete jedermann ein. Und vielleicht hatte der Zoll-einnehmer gemeint, er verlange nur eine entsprechende Überhöhung der Realität, als er mehr Würde forderte. Er stand noch immer über Wadsworth gebeugt und deutete auf die Darstellung seines Gesichts, seiner Brust, seines Beins. Es war ganz unwichtig, dass der Portraitist nicht hö-ren konnte, was er sagte. Er wusste genau, was gemeint war, und auch, wie wenig es ihm bedeutete. Ja, es war ein Vorteil, nichts zu hören, denn die Einzelheiten hätten zweifellos noch größeren Zorn in ihm aufsteigen lassen, als er ohnehin empfand.

Er griff nach seinem Notizbuch. »Sir«, schrieb er, »wir haben fünf Tage für meine Arbeit ausgemacht. Ich muss morgen früh bei Tagesanbruch abreisen. Wir haben aus-gemacht, dass Sie mich heute Abend bezahlen. Bezah-len Sie mich, geben Sie mir drei Kerzen, und ich werde bis zum Morgen die gewünschten Verbesserungen aus-führen.«

Es war selten, dass er einem Kunden so wenig Ehrerbie-tung erwies. Das würde seinem Ruf in diesem Landkreis schaden; aber das kümmerte ihn nicht mehr. Er hielt Mr Tuttle die Feder entgegen, doch dieser geruhte nicht, sie entgegenzunehmen. Stattdessen ging er hinaus. Der Por-traitist wartete und betrachtete derweil seine Arbeit. Sie war gut gelungen: die Proportionen gefällig, die Farben harmonisch abgestimmt, und die Ähnlichkeit hielt sich in den Grenzen der Ehrlichkeit. Der Zolleinnehmer sollte zu-frieden sein, die Nachwelt beeindruckt und sein Schöp-fer – immer vorausgesetzt, er würde in den Himmel kom-men – nicht allzu vorwurfsvoll.

Tuttle kehrte zurück und händigte ihm sechs Dollar – das halbe Honorar – und zwei Kerzen aus. Die Kosten für die Kerzen würden zweifellos von der zweiten Hälfte des Honorars abgezogen werden, wenn dieses zur Auszahlung käme. Falls es zur Auszahlung käme. Wadsworth betrachtete lange das Portrait, das für ihn schon eine ebensolche Realität angenommen hatte wie das Modell aus Fleisch und Blut, und dann traf er mehrere Entscheidungen.

Er nahm sein Abendessen wie gewöhnlich in der Küche ein. Am vorigen Abend waren seine Gefährten in die Schranken gewiesen worden. Er glaubte nicht, dass sie ihm die Schuld an dem Vorfall mit dem Gärtnerburschen gaben; im äußersten Fall dachten sie, sein Auftreten habe zu ihrem eigenen Fehlurteil geführt, und nun waren sie geläutert. Jedenfalls verstand Wadsworth es so, und er glaubte nicht, dass er klarer sähe, wenn er Gesprochenes hören oder von den Lippen lesen könnte; ja, vielleicht eher im Gegenteil. Nach seinem Notizbuch mit den Gedanken und Beobachtungen der Menschen zu urteilen, war es mit der Selbsterkenntnis der Welt, so sie ausgesprochen und niedergeschrieben wurde, nicht weit her.

Dieses Mal wählte er sein Kohlenstück mit größerer Sorgfalt und schabte mit seinem Taschenmesser daran herum, bis das Ende annähernd spitz war. Als ihm der Junge dann eher aus Angst denn aus dem Pflichtgefühl eines Modells reglos gegenüber saß, zeichnete der Portraitist ihn noch einmal. Als er fertig war, riss er das Blatt heraus, stellte, während der Junge ihn ansah, pantomimisch dar, er solle es unter seinem Hemd verbergen, und reichte es dann über den Tisch. Der Junge tat sofort, was er gesehen hatte, und lächelte zum ersten Mal an diesem Abend. Danach zeichnete Wadsworth, vor jeder neuen Aufgabe sein Kohlenstück anspitzend, die Köchin und das Hausmädchen. Beide nahmen das Blatt und versteckten es, ohne es anzuschauen. Dann erhob er sich, gab ihnen die Hand, umarmte den Gärtnerburschen und machte sich an seine nächtliche Arbeit.

Mehr Würde, wiederholte er im Innern, während er die Kerzen anzündete und seinen Pinsel zur Hand nahm. Nun gut, ein würdevoller Mann ist ein Mann, dessen Erscheinung von lebenslangem Denken kündet; ein Mann, dessen Stirn das zum Ausdruck bringt. Ja, hier war eine Verbesserung vonnöten. Er maß den Abstand zwischen Augenbraue und Haaransatz und formte in der Mitte, direkt über dem rechten Augapfel, die Stirn weiter aus: eine Schwellung, ein kleiner Hügel, fast so, als beginne dort etwas zu wachsen. Dann tat er das Gleiche über dem linken Auge. Ja, das war besser. Doch Würde erschloss sich auch aus der Beschaffenheit des Kinns. Nicht, dass an Tuttles Kieferpartie geradezu etwas auszusetzen gewesen wäre. Aber vielleicht könnten die erkennbaren Anfänge eines Bartes nützlich sein – einige wenige Tupfer auf jeden Punkt des Kinns. Nichts, was unmittelbar ins Auge fallen, geschweige denn Anstoß erregen würde; nur eine Andeutung.

Und vielleicht war noch eine weitere Andeutung erforderlich. Er blickte an dem kräftigen und würdigen Bein des Zolleinnehmers hinab, von der bestrumpften Wade bis zum Schnallenschuh. Dann blickte er am parallelen Bein des Klaviers hinab, vom geschlossenen Deckel bis zu der goldenen Klaue, die ihn so aufgehalten hatte. Vielleicht hätte sich diese Mühe vermeiden lassen? Der Zolleinnehmer hatte nicht eigens bestimmt, dass das Klavier exakt wiedergegeben werden sollte. Wenn beim Fenster und beim Zollhaus ein wenig Überhöhung betrieben wurde, warum nicht auch beim Klavier? Umso mehr, als der Anblick einer Klaue neben einem Zollamtmann auf ein habsüchtiges und raubgieriges Wesen hindeuten könnte, und das würde kein Kunde sich wünschen, ob es nun Beweise dafür gab oder nicht. Daher übermalte Wadsworth die Katzenpfote und ersetzte sie durch einen eher unauffälligen Huf, von grauer Farbe und leicht gegabelt.

Gewohnheit und Besonnenheit mahnten ihn, die zwei Kerzen zu löschen, die man ihm gewährt hatte; doch der Portraitist beschloss, sie brennen zu lassen. Sie gehörten jetzt ihm – oder zumindest hätte er bald für sie bezahlt. Er wusch seine Pinsel in der Küche aus, packte seinen Malkasten, sattelte seine Stute und spannte sie vor den kleinen Karren. Sie schien ebenso froh wie er, dass es nun fortging. Als sie ein paar Schritte vom Stall entfernt waren, sah er vom Kerzenschein erhellte Fensterkonturen. Er schwang sich in den Sattel, die Stute setzte sich in Bewegung, und bald spürte er kalte Luft auf dem Gesicht. Bei Tagesanbruch, in einer Stunde, würde das Hausmädchen sein vorletztes Portrait betrachten und dabei die verschwenderischen Kerzen ausdrücken. Er hoffte, dass es im Himmel Malerei geben würde, aber mehr noch hoffte er, dass es im Himmel Taubheit geben würde. Die Stute, die bald das Motiv seines letzten Portraits werden sollte, fand ihren Weg von allein. Nach einer Weile, als Mr Tuttles Haus schon weit hinter ihnen lag, schrie Wadsworth in die Waldesstille hinein.

Komplizen

——

Wenn ich als Kind einen Schluckauf hatte, holte meine
Mutter den Schlüssel zur Hintertür, zog mir den Kragen
vom Hals und ließ das kalte Metall an meinem Rücken
hinuntergleiten. Damals hielt ich das für eine normale me-
dizinische – oder mütterliche – Prozedur. Erst später fragte ich mich, ob dieses Heilverfahren nur durch Ablenkung
funktionierte, oder ob es vielleicht auch eine klinische Erklärung dafür gab, ob zwischen den Sinnen eine direkte
Wechselbeziehung bestand.

Als ich zwanzig war und hoffnungslos verliebt in eine
verheiratete Frau, die keine Ahnung von meiner Zuneigung und meinem Begehren hatte, bekam ich eine Haut-
krankheit, deren Namen ich nicht mehr weiß. Mein Körper färbte sich von den Handgelenken bis zu den Knöcheln
scharlachrot; erst juckte es so, dass selbst Galmeilotion
nichts dagegen ausrichten konnte, dann schuppte sich die
Haut, dann schälte sie sich ganz ab, und am Ende hatte ich
mich gehäutet wie ein Reptil. Stückchen von mir fielen in
Hemd und Hose, in die Bettwäsche, auf den Teppich. Die
einzigen Körperteile, die nicht brannten und sich schälten,
waren Gesicht, Hände und Füße sowie die Leistengegend.
Ich fragte den Arzt nicht, warum das so war, und ich gestand der Frau nie meine Liebe.

Als ich geschieden wurde, ließ sich mein Freund Ben, ein Arzt, meine Hände zeigen. Ich fragte ihn, ob die moderne Medizin jetzt nicht nur wieder bei Blutegeln, sondern auch bei der Chiromantie angekommen sei; und wenn ja, ob dann bald Astrologie und Magnetismus und die Lehre von den Körpersäften folgen würden. Er antwortete, er sehe an der Farbe meiner Hände und Fingerspitzen, dass ich zu viel trinke.

Später überlegte ich, ob er mich mit diesem Trick dazu gebracht hatte, meinen Alkoholkonsum einzuschränken, und fragte ihn, ob er sich einen Scherz erlaubt oder einfach nur geraten habe. Er drehte meine Handflächen nach oben, nickte beifällig und sagte, jetzt werde er sich nach ungebundenen Medizinerinnen umsehen, die mich nicht allzu abstoßend fänden.

Das zweite Mal trafen wir uns auf einer Party bei Ben; sie hatte ihre Mutter mitgebracht. Hast du mal Mütter und Töchter zusammen auf einer Party beobachtet – und herauszufinden versucht, wer sich da um wen kümmert? Die Tochter sorgt dafür, dass Mama ein bisschen unter Leute kommt, die Mama will sehen, was für Männer um ihre Tochter herumschwirren. Oder beides zugleich. Selbst wenn sie so tun, als wären sie beste Freundinnen, flackert in ihrem Verhältnis oft eine zusätzliche Förmlichkeit auf. Missbilligung wird entweder gar nicht zum Ausdruck gebracht oder in übertriebener Form, mit Augenrollen und theatralischem Schmollen und dem Spruch: »Auf mich hört sie ja sowieso nicht.«

Wir bildeten einen engen Kreis mit einem vierten Menschen, der meinem Gedächtnis entfallen ist. Sie stand mir gegenüber und ihre Mutter links von mir. Ich versuchte, mich ganz natürlich zu geben, was immer das heißen mag, und gleichzeitig einen guten Eindruck zu machen, wenn nicht gar regelrecht zu gefallen. Das heißt, der Mutter zu gefallen; ich erkühnte mich nicht, ihr direkt gefallen zu wollen – jedenfalls nicht vor anderen Leuten. Worüber wir sprachen, weiß ich nicht mehr, aber anscheinend lief es ganz gut; vielleicht war der vergessene Vierte dabei eine Hilfe. An eins aber erinnere ich mich genau: Sie ließ den rechten Arm nach unten hängen, und als sie merkte, dass ich ungefähr in ihre Richtung sah, machte sie unauffällig das Raucherzeichen – du weißt schon, Zeige- und Mittelfinger ausgestreckt und leicht gespreizt, die anderen Finger und der Daumen verborgen. Ich dachte: Eine Ärztin, die raucht, das ist ein gutes Zeichen. Während die Unterhaltung weiter dahinplätscherte, holte ich meine Schachtel Marlboro Lights hervor und zog ohne hinzusehen – auch ich agierte auf Taillenhöhe – eine einzelne Zigarette heraus, steckte die Packung wieder ein, fasste die Zigarette am Filter an, reichte sie hinter dem Rücken der Mutter herum und spürte, wie mir die Zigarette aus den Fingern genommen wurde. Als ich auf der anderen Seite ein leichtes Zögern bemerkte, fasste ich noch einmal in die Tasche, holte ein Streichholzbriefchen heraus, hielt es an der Reibfläche fest, spürte, wie es mir aus den Fingern genommen wurde, sah zu, wie sie die Zigarette anzündete, Rauch ausblies, den Deckel des Streichholzbriefchens schloss und es hinter dem Rücken der Mutter zurückreichte. Ich nahm es vorsichtig am selben Ende entgegen, an dem ich es hingereicht hatte.

Ich sollte hinzufügen, dass ihrer Mutter völlig klar war, was wir da trieben. Aber sie sagte nichts und fing auch nicht an zu seufzen, affektierte Blicke um sich zu werfen oder mich zu rügen, weil ich mich als Drogendealer betätigte. Das machte sie mir auf der Stelle sympathisch,

190

denn ich nahm an, dass sie diese Komplizenschaft zwischen mir und ihrer Tochter billigte. Vermutlich hätte sie ihre Missbilligung aus strategischen Gründen bewusst zurückhalten können. Aber darüber dachte ich nicht weiter nach, besser gesagt, ich wollte nicht weiter darüber nachdenken, weil ich lieber von ihrer Billigung ausging. Doch das wollte ich dir gar nicht erzählen. Es geht mir nicht um ihre Mama. Es geht mir um diese drei Momente, in denen ein Gegenstand von den einen Fingerspitzen zu den anderen übergegangen war.

Näher kam ich ihr an diesem Abend nicht und auch nicht in den folgenden Wochen.

Hast du je dieses Spiel gespielt, wo man mit geschlossenen oder verbundenen Augen in einem Kreis sitzt und einen Gegenstand erraten muss, den man nur befühlen darf? Und dann reicht man ihn an den Nächsten weiter, und der muss auch wieder raten. Oder man behält seine Vermutung für sich, bis sich jeder entschieden hat, und alle geben ihre Antwort gleichzeitig bekannt.

Ben behauptet, einmal wäre bei diesem Spiel ein Mozzarella-Käse herumgereicht worden, und drei Leute hätten ihn für ein Brustimplantat gehalten. Na ja, kannst du sagen, das waren eben Medizinstudenten; aber irgendwie fühlt man sich mit geschlossenen Augen schutzloser, oder man stellt sich alle möglichen gruseligen Dinge vor – vor allem, wenn der herumgereichte Gegenstand weich und wabbelig ist. Als ich das Spiel spielte, war der geheimnisvolle Gegenstand, der am meisten Furore machte und bei dem garantiert jemand ausflippte, eine geschälte Litschi.

Vor einigen Jahren – zehn, fünfzehn Jahren? – sah ich eine Aufführung von *König Lear* in einer brutalistischen Inszenierung vor einer Kulisse von nacktem Mauerwerk.

Ich weiß nicht mehr, wer der Regisseur war und wer die Titelrolle spielte; aber an die Blendung Gloucesters erinnere ich mich noch gut. Im Allgemeinen wird der Graf dabei gefesselt und auf einem Stuhl nach hinten gekippt. Cornwall sagt zu seinen Dienern: »Haltet fest den Stuhl« und dann zu Gloucester: »Auf deine Augen setz' ich meinen Fuß.« Ein Auge wird ausgestochen, und Regan bemerkt kühl: »Eins wird das andre höhnen; jenes auch.« Kurz darauf kommt dann das berühmte »Heraus, du schnöder Gallert«, Gloucester wird aufgerichtet, und von seinem Gesicht tropft Theaterblut.

In der Inszenierung, die ich sah, wurde die Blendung hinter der Bühne vollzogen. Ich meine mich zu erinnern, dass Gloucesters Beine aus den Backsteinkulissen hervorzappelten, aber das kann ich mir im Nachhinein eingebildet haben. An sein Geschrei erinnere ich mich jedoch genau, und dass ich es umso entsetzlicher fand, als es von hinter der Bühne kam: Was man nicht sehen kann, macht einem vielleicht mehr Angst als das, was man sieht. Und als dann das erste Auge ausgestochen war, wurde es in hohem Bogen auf die Bühne geworfen. In meiner Erinnerung – vor meinem geistigen Auge – sehe ich es mit leichtem Glitzern über die Bühnenschräge rollen. Weitere Schreie, und ein zweites Auge wurde aus den Kulissen geschleudert.

Es waren – du hast es erraten – geschälte Litschis. Und dann geschah Folgendes: Cornwall stampfte, schlaksig und brutal, auf die Bühne zurück, lief den kullernden Litschis nach und setzte seinen Fuß ein zweites Mal auf Gloucesters Augen.

Ein anderes Spiel aus jener fernen Zeit, als ich ein Grundschüler mit Schluckauf war. In der großen Pause veranstalteten wir auf dem Asphalt des Schulhofs Wettrennen mit Modellautos. Die Autos waren etwa zehn Zentimeter lang, bestanden aus Gusseisen und hatten echte Gummireifen, die man von den Rädern abziehen konnte, wenn man einen Boxenstopp simulieren wollte. Sie waren in den leuchtenden Farben der Rennställe jener Zeit angemalt: ein knallroter Maserati, ein grüner Vanwall, ein blauer ... irgendein Franzose vielleicht.

Das Spiel war einfach: Das Auto, das am weitesten kam, hatte gewonnen. Man drückte den Daumen mitten auf die lange Motorhaube, zog die Finger zu einer lockeren Faust zusammen und dann, auf ein Signal hin, verlagerte man den Druck blitzartig von abwärts nach vorwärts, und das Auto schnellte davon. Um den optimalen Anschub zu bewirken, brauchte man eine bestimmte Technik; dabei bestand die Gefahr, dass der Knöchel des dicht über dem Boden gehaltenen Mittelfingers auf den Asphalt schrappte, sodass die Haut aufschürfte und das Rennen verloren war. Die Wunde verschorfte, also musste man die Hand entsprechend verrenken, und dann geriet der Knöchel des Ringfingers in die Gefahrenzone. Aber so konnte man nie dieselbe Geschwindigkeit erzielen, also kehrte man zu der üblichen Mittelfingertechnik zurück und riss dabei oft den frischen Schorf wieder ab.

Eltern warnen ihre Kinder doch nie vor den richtigen Gefahren, stimmt's? Vielleicht können sie auch nur vor den unmittelbaren Gefahren am jeweiligen Ort warnen. Sie verbinden dir den Knöchel des rechten Mittelfingers und warnen dich, dass er sich entzünden könnte. Sie erklären dir, was der Zahnarzt macht, und dass der Schmerz hinterher nachlässt. Sie bringen dir die Verkehrsregeln bei – zumindest die, die für jüngere Fußgänger gelten. Einmal wollten mein Bruder und ich eine Straße überqueren, da befahl unser Vater in strengem Ton: »Am Bordstein anhalten!« Wir waren in dem Alter, in dem sich ein primitives Sprachverständnis mit einer Art Taumel mischt, was die Möglichkeiten der Sprache angeht. Wir sahen uns an, riefen »Am Bordstein anhalten!«, hockten uns hin und krallten uns mit den Händen an der Bordsteinkante fest. Unser Vater fand das total albern; wahrscheinlich rechnete er sich schon aus, wie lange dieser Scherz andauern würde.

Die Natur hat uns gewarnt, unsere Eltern haben uns gewarnt. Wir haben gelernt, auf den Schorf am Knöchel und auf den Verkehr zu achten. Wir haben gelernt, uns vor einem losen Treppenläufer vorzusehen, weil Großmutter einmal fast gestürzt wäre, als eine der Messingstangen zum alljährlichen Putzen abgenommen und nicht richtig wieder eingesetzt worden war. Wir haben gelernt, uns vor dünnem Eis und Frostbeulen zu hüten und vor bösen Jungs, die Kieselsteine und manchmal sogar Rasierklingen in Schneebälle stecken – auch wenn keine dieser Warnungen je durch ein wirkliches Ereignis gerechtfertigt wurde. Wir haben gelernt, was es mit Nesseln und Disteln auf sich hat und dass Gras, das doch so harmlos erscheint, plötzlich die Haut aufreißen kann wie Sandpapier. Man hat uns vor Messern und Scheren gewarnt und vor den Gefahren loser Schnürsenkel. Man hat uns vor fremden Männern gewarnt, die uns in Autos oder Lastwagen locken wollen; allerdings brauchten wir Jahre, um zu begreifen, dass »fremd« nicht »abnorm« oder »aus einem anderen Land kommend« bedeutete – oder was immer wir unter Fremdartigkeit verstanden hatten –, sondern einfach nur »uns unbekannt«. Man hat uns vor schlimmen Jungs und, später, vor schlimmen Mädchen gewarnt. Ein verlegener

Biolehrer warnte uns vor Geschlechtskrankheiten mit der missverständlichen Information, sie kämen von »häufig wechselndem Verkehr«. Man hat uns vor Völlerei und Müßiggang gewarnt und vor der Gefahr, unserer Schule Schande zu machen, vor Habsucht und Gier und vor der Gefahr, unserer Familie Schande zu machen, vor Neid und Zorn und vor der Gefahr, unserem Land Schande zu machen.

Vor einem gebrochenen Herzen hat man uns nie gewarnt.

Ich habe vorhin das Wort »Komplizenschaft« gebraucht. Das Wort gefällt mir. Eine stillschweigende Übereinkunft zwischen zwei Menschen, eine Art Vorgefühl, wenn man so will. Das erste Anzeichen, dass man zueinander passen könnte, noch vor dem ängstlich-mühsamen Erkunden, ob man »gemeinsame Interessen« hat, ob die Chemie stimmt, ob man sexuell zueinanderpasst, ob beide Kinder wollen oder welche bewussten Begründungen wir sonst für unsere unbewussten Entscheidungen finden. Später, im Rückblick, fetischisieren und feiern wir die erste Verabredung, den ersten Kuss, die erste gemeinsame Urlaubsreise; dabei geschah das, was wirklich zählt, vor dieser öffentlichen Geschichte: jener Moment, der eher einem Impuls als einer Überlegung folgt, und der da sagt: Ja, die könnte es sein, und: Ja, der könnte es sein.

Das habe ich Ben ein paar Tage nach seiner Party zu erklären versucht. Ben ist ein Mensch, der Kreuzworträtsel löst und Wörterbücher liebt, ein Pedant. Er sagte, »Komplizenschaft« bedeute die gemeinsame Beteiligung an einem Verbrechen, einer Sünde oder einer schändlichen Tat. Es bedeute, dass man etwas Schlechtes im Schilde führt.

Ich verwende den Begriff lieber weiterhin so, wie ich ihn verstehe. Für mich bedeutet er, dass man etwas Gutes im Schilde führt. Sie und ich waren erwachsene unabhängige und zu eigenen Entscheidungen fähige Menschen. Und in dem Moment führt doch niemand etwas Schlechtes im Schilde, oder?

Wir gingen zusammen ins Kino. Ich hatte noch keine klare Vorstellung von ihrer Wesensart und ihren Gewohnheiten. Ob sie pünktlich oder unpünktlich war, gelassen oder reizbar, tolerant oder streng, fröhlich oder depressiv, normal oder verrückt. Das hört sich vielleicht grobschlächtig an; außerdem begreift man einen anderen Menschen wohl kaum, indem man Kästchen mit feststehenden Antworten ankreuzt. Es ist durchaus möglich, dass jemand fröhlich *und* depressiv, gelassen *und* reizbar ist. Ich will damit sagen, dass ich noch kein klares Bild von den Standardeinstellungen ihres Charakters hatte.

Es war ein kalter Dezembernachmittag; wir waren in getrennten Autos zum Kino gefahren, weil sie Bereitschaftsdienst hatte und ins Krankenhaus zurückgepiept werden konnte. Ich saß da und schaute mir den Film an, achtete aber zugleich auf ihre Reaktionen: Lächeln, Schweigen, Tränen, ein Zurückschrecken vor Gewalt – alles war so etwas wie ein stummer Piepton zu meiner Information. Das Kino war unzulänglich geheizt, und als wir so dasaßen, Ellbogen an Ellbogen auf der Armlehne, dachte ich unwillkürlich auswärts von mir zu ihr. Hemdärmel, Pullover, Jackett, Regenmantel, Cabanjacke, Pulli – und was dann? Nichts weiter, gleich das Fleisch? Also sechs Schichten zwischen uns, vielleicht auch sieben, falls sie etwas mit Ärmeln unter dem Pulli trug.

Der Film lief weiter; ihr Handy vibrierte nicht; ich mochte ihr Lachen. Als wir herauskamen, war es schon dunkel. Auf halbem Weg zu unseren Autos blieb sie stehen und hob die linke Hand hoch, die Handfläche mir zugekehrt.

»Schau mal«, sagte sie.

Ich wusste nicht, wonach ich schauen sollte: nach Anzeichen von Alkoholismus, nach ihrer Lebenslinie? Ich trat näher heran und erkannte mit Hilfe ab und zu vorüberhuschender Autoscheinwerfer, dass sich die Spitzen ihres Zeige-, Mittel- und Ringfingers blassgelb verfärbt hatten.

»Zwanzig Meter ohne Handschuhe«, sagte sie. »Und schon ist es passiert.« Sie nannte mir den Namen des Syndroms. Es hat etwas mit schlechter Durchblutung zu tun – bei Kälte konzentriert sich das Blut in wichtigeren Körperbereichen und zieht sich aus den Gliedmaßen zurück.

Sie fand ihre Handschuhe: dunkelbraune Handschuhe, das weiß ich noch. Sie zog sie etwas unkonzentriert an und verschränkte dann die Finger, um die Wolle jeweils bis zum Handteller herunterzudrücken. Wir gingen weiter, redeten über den Film, blieben stehen, lächelten, blieben stehen, verabschiedeten uns; mein Wagen war zehn Meter weiter geparkt als ihrer. Als ich ihn eben aufschließen wollte, warf ich einen Blick zurück. Sie stand immer noch auf dem Bürgersteig und hatte den Kopf gesenkt. Ich wartete einen Moment, meinte dann, da könne etwas nicht stimmen, und ging zurück.

»Die Autoschlüssel«, sagte sie, ohne mich anzusehen. Es war ziemlich dunkel, und sie kramte in ihrer Tasche, wo sie die Schlüssel eher tastend suchte. Dann sagte sie mit jäher Heftigkeit: »Nun mach schon, du Idiot.«

Zuerst dachte ich, sie spreche mit mir. Dann begriff ich, dass sie sich nur über sich selbst ärgerte, sich für sich selbst schämte, und das umso mehr, als ich ihre Unfähigkeit, die Schlüssel zu finden, – und vielleicht auch ihre Wut – miterlebte. Dabei hätte ich ihr das wohl kaum angekreidet. Während ich so dastand und zusah, wie sie sich abmühte, passierte zweierlei: Ich empfand etwas, was ich als Zärtlichkeit bezeichnen würde, wenn es nicht so ein ungestümes Gefühl gewesen wäre; und mein Schwanz bekam einen jähen Wachstumsschub.

Ich erinnerte mich an meine erste Spritze beim Zahnarzt; während die Betäubung zu wirken begann, ging er hinaus, kam dann munter zurück, schob mir den Finger in den Mund, fuhr damit unten um den zu plombierenden Zahn herum und wollte wissen, ob ich etwas spüre. Ich erinnerte mich an das Taubheitsgefühl, wenn man zu lange mit übereinandergeschlagenen Beinen sitzt. Ich erinnerte mich an Geschichten, wie Ärzte einem Patienten mit einer Stecknadel ins Bein stechen, ohne dass der Patient irgendeine Reaktion zeigt.

Ich hätte gern die Antwort auf folgende Frage gewusst: Wenn ich kühner gewesen wäre, wenn ich meine rechte Hand an ihre linke gehoben, zärtlich Handfläche an Handfläche, Finger an Finger gelegt hätte, wie wenn Liebende sich abklatschen, und wenn ich dann die Spitzen meines Zeige-, Ring- und Mittelfingers gegen die ihren gedrückt hätte – ob sie dann etwas gespürt hätte? Wie fühlt sich das an, wenn es da kein Gefühl gibt – für sie und für mich? Sie sieht, dass meine Finger an ihren liegen, spürt aber nichts; ich sehe, dass meine Finger an ihren liegen und spüre sie, weiß aber, dass sie nichts spürt?

Und natürlich stellte ich mir diese Frage auch in einem weiteren, beängstigenderen Sinn.

Ich überlegte, wie das ist, wenn einer Handschuhe trägt und der andere nicht; wie sich Fleisch an Wolle anfühlt und Wolle an Fleisch.

Ich versuchte mir alle Handschuhe vorzustellen, die sie tragen könnte, jetzt und in Zukunft – falls es eine Zukunft geben sollte, in der auch ich vorkäme.

Ich hatte ein Paar braune Wollhandschuhe gesehen. Ich beschloss, sie würde angesichts ihrer Veranlagung noch mehrere andere Paare in verschiedenen Farben besitzen. Dazu noch wärmere aus Wildleder, für kältere Tage und Nächte: schwarz, stellte ich mir vor (passend zu ihren Haaren), mit einer dicken weißen Naht an den Fingern und einem Futter aus weißlichem Kaninchenfell. Und dann vielleicht noch ein Paar von diesen Handschuhen, die wie Pfoten aussehen, nur mit einem Daumen und einem breiten Beutel für die Finger.

Bei der Arbeit trug sie vermutlich Operationshandschuhe aus dünnem Latex, die nur eine ganz geringe Barriere zwischen Arzt und Patient bilden – und doch macht jede Barriere das grundlegende Gefühl von Fleisch an Fleisch zunichte. Chirurgen tragen eng anliegende Handschuhe, bei anderem medizinischen Personal sitzen sie eher locker, so wie die, die man in Feinkostläden sieht, wenn man Schinken kauft und zusieht, wie die Scheiben von dem rotierenden Messer abgenommen werden.

Ich überlegte, ob sie im Garten arbeitete oder je arbeiten würde. Dann könnte sie bei leichten Arbeiten in gut bestelltem Boden, beim Sortieren von Wurzeln und Sämlingen und feinem Laub Gummihandschuhe tragen. Aber sie würde auch ein festeres Paar brauchen – ich stellte mir eine Oberseite aus gelber Baumwolle vor und graues Leder an Innenfläche und Fingern – für gröbere Arbeiten: das Beschneiden von Bäumen und Sträuchern, das Lockern des Bodens, das Ausreißen der Wurzeln von Winden und Nesseln.

Ich überlegte, ob sie für Halbhandschuhe Verwendung hätte. Ich selbst habe nie verstanden, wozu die gut sein sollten. Wer trug so was schon, außer russischen Schlittenführern und Geizhälsen in Dickens-Verfilmungen im Fernsehen? Und wenn man bedachte, was mit ihren Fingerspitzen passiert war, kam das erst recht nicht in Frage.

Ich überlegte, ob auch die Durchblutung ihrer Füße gestört war, und das hieße dann: Bettsocken. Wie würden die aussehen? Groß und wollig – vielleicht die Rugbystutzen eines Exfreunds, die ihr beim Aufstehen locker um die Knöchel fallen würden? Oder eng anliegend und weiblich? In einem Lifestylemagazin hatte ich knallbunte Bettsocken mit einzelnen Zehen gesehen. Ich überlegte, ob ich dieses Accessoire neutral finden würde, komisch oder irgendwie erotisch.

Was noch? War sie vielleicht Skiläuferin und hatte ein Paar bauschige Handschuhe, passend zu einer bauschigen Jacke? Ach, und Spülhandschuhe natürlich: die hatten alle Frauen. Und immer in denselben, unglaublich grellen Farben – gelb, rosa, hellgrün, hellblau. Man müsste schon pervers sein, um Spülhandschuhe erotisch zu finden. Meinetwegen konnten sie die noch so exotisch machen – magenta, ultramarin, teakholzfarben, mit Nadelstreifen oder Glencheckmuster –, mich würden die immer kaltlassen.

Es sagt doch niemand: »Fühl mal dieses Stück Parmesan«. Außer Parmesanherstellern, vielleicht.

Manchmal, wenn ich in einem Fahrstuhl allein bin, lasse ich meine Finger leicht über die Knöpfe gleiten. Nicht so stark, dass ich ein anderes Stockwerk drücke, nur um die höckerigen Braillepunkte zu spüren. Und mir zu überlegen, wie das sein muss.

Als ich das erste Mal jemanden mit einer Daumenkappe sah, konnte ich nicht glauben, dass ein richtiger Daumen darin steckte.

Wenn der unwichtigste Finger nur ganz leicht beschädigt ist, zieht das die ganze Hand in Mitleidenschaft. Schon die einfachsten Handlungen – einen Strumpf anziehen, einen Knopf schließen, die Gangschaltung betätigen – werden verkrampft und unsicher. Die Hand geht in keinen Handschuh hinein, man muss beim Waschen aufpassen, darf nachts nicht darauf liegen und so weiter.

Nun stell dir vor, du hast einen gebrochenen Arm und willst Sex haben.

Ich hatte den jähen, brennenden Wunsch, dass ihr nie etwas Schlechtes zustoßen möge.

Einmal habe ich im Zug einen Mann gesehen. Ich war elf oder zwölf und allein in meinem Abteil. Er kam den Flur entlang, schaute hinein, sah, dass es besetzt war, und ging weiter. Mir fiel auf, dass der Arm an seiner Seite in einem Haken endete. Damals dachte ich nur an Piraten und drohende Gefahr; später an all das, was man dann nicht tun kann; noch später an den Phantomschmerz nach Amputationen.

Unsere Finger müssen zusammenarbeiten, unsere Sinnesorgane auch. Sie agieren für sich, aber auch als Vorläufer für die anderen. Wir betasten eine Frucht, um ihre Reife festzustellen; wir drücken unsere Finger in einen Braten, um zu testen, ob er gar ist. Unsere Sinnesorgane arbeiten zum Wohle aller zusammen: Sie sind Komplizen, wie ich gern sage.

An jenem Abend waren ihre Haare aufgesteckt und wurden von zwei Perlmuttkämmen gehalten und oben von einer goldenen Nadel. Die Haare waren nicht ganz so schwarz wie ihre Augen, aber schwärzer als ihre Leinenjacke, die etwas verblichen und verknittert war. Wir saßen in einem chinesischen Restaurant, und die Kellner schenkten ihr die gebührende Aufmerksamkeit. Vielleicht sahen ihre Haare ein bisschen chinesisch aus, oder vielleicht wussten die Kellner, dass es wichtiger war, sie zufriedenzustellen als mich – dass es mich zufriedenstellen würde, wenn sie zufrieden war. Sie überließ mir die Bestellung, und ich wählte das Übliche. Meeressalat, Frühlingsrollen, grüne Bohnen in Sojasoße, knusprig gebratene Ente, geschmorte Auberginen, einfachen gekochten Reis. Eine Flasche Gewürztraminer und Leitungswasser.

An dem Abend waren meine Sinne schärfer als sonst. Als ich ihr vom Auto aus gefolgt war, hatte ich ihr leicht blumiges Parfüm bemerkt; doch das wurde bald von Restaurantgerüchen überdeckt, da ein Berg glänzender Spareribs an unserem Tisch vorüberschwebte. Und als das Essen kam, entspann sich der bekannte friedliche Wettstreit von Geschmack und Konsistenz. Das Papierene der gehackten Blätter, die sie Meeressalat nennen; das Knackige der Bohnen in ihrer heißen Soße; das Seidige der Pflaumensoße im Zusammenspiel mit dem Biss der Frühlingszwiebeln und dem festen Entenfleisch, alles von dem Pergament des Pfannkuchens umhüllt.

Die Hintergrundmusik bot einen milderen Kontrast von Konsistenzen: von eingängig chinesisch bis zu unaufdringlich westlich. Meist konnte man darüber hinweghören, außer wenn sich eine bis zum Überdruss vertraute Filmmusik in die Gehörgänge bohrte. Ich schlug vor, wenn jetzt die Erkennungsmelodie aus *Doktor Schiwago* käme, sollten wir beide rausrennen und vor Gericht seelischen Zwang geltend machen. Sie wollte wissen, ob seelischer Zwang tatsächlich als Gewalt im Sinne des Strafgesetzes anerkannt sei. Ich ging vielleicht etwas zu ausführlich auf diese Frage ein, dann redeten wir darüber, wo sich unsere Berufsfelder überschnitten: wo Juristisches in der Medizin eine Rolle spielte und Medizinisches in Recht und Gesetz. Dabei kamen wir aufs Rauchen und wann genau wir uns gern eine anstecken würden, wenn es nicht verboten wäre. Nach dem Hauptgang und vor dem Nachtisch, da waren wir uns einig. Wir bezeichneten uns beide als Gelegenheitsraucher, und jeder schenkte dem anderen so halbwegs Glauben. Dann sprachen wir ein bisschen, aber ganz vorsichtig, über unsere Kindheit. Ich fragte, wie alt sie gewesen sei, als sie zum ersten Mal merkte, dass ihre Fingerspitzen bei Kälte gelb wurden, und ob sie viele Handschuhe habe, was sie aus irgendeinem Grund zum Lachen brachte. Vielleicht hatte ich ein Geheimnis ihrer Garderobe aufgedeckt. Fast hätte ich sie gebeten, mir ihre Lieblingshandschuhe zu beschreiben, aber dann dachte ich, das könnte sie womöglich missverstehen.

Während wir weiteraßen, meinte ich dann, es werde schon alles gut laufen – aber mit »alles« meinte ich nur diesen Abend; weiter konnte ich nicht denken. Und sie fand das wahrscheinlich auch, denn als der Kellner fragte, ob wir noch einen Nachtisch wollten, schaute sie nicht entschuldigend auf die Uhr, sondern sagte, sie könne gerade noch etwas bewältigen, sofern es nicht klebrig und reichhaltig sei, und entschied sich deshalb für die Litschis. Und ich beschloss, ihr nichts von dem Spiel aus längst vergangenen Zeiten zu erzählen und auch nichts von dieser Aufführung von *König Lear*. Und dann wagte ich mich für einen Moment an eine Zukunft heran und dachte, wenn wir später einmal wiederkämen, dann könnte ich es ihr erzählen. Außerdem hoffte ich, dass sie dieses Spiel nie mit Ben gespielt und einen Mozzarella in die Hand gedrückt bekommen hatte.

Gerade als ich das dachte, quoll die Erkennungsmelodie von *Doktor Schiwago* aus den Lautsprechern. Wir sahen uns an und lachten, und sie machte eine Handbewegung, als wollte sie ihren Stuhl zurückschieben und aufstehen. Vielleicht sah sie meinen entsetzten Blick, denn sie lachte noch einmal und warf dann, zum Schein auf meinen Vorschlag eingehend, ihre Serviette auf den Tisch. Bei dieser Bewegung geriet ihre Hand über die Mitte des Tischtuchs. Sie stand aber nicht auf und schob auch den Stuhl nicht zurück, sie lächelte einfach weiter und ließ die Hand mit erhobenen Knöcheln auf der Serviette liegen.

Und dann berührte ich sie.

Harmonie

——

Man hatte gut gespeist in der Landstraße 261 und begab
sich nun erwartungsvoll ins Musikzimmer. M---s engs-
te Freunde hatten bisweilen das große Glück gehabt, ein
Vorspiel von Gluck, Haydn oder dem Wunderkind Mozart
zu erleben; aber sie waren es ebenso zufrieden, wenn sich
der Gastgeber an sein Violoncello setzte und einen aus ihrem Kreise heranwinkte, auf dass er ihn begleite. Diesmal
jedoch war der Clavierdeckel geschlossen und das Violoncello nirgends zu sehen. Stattdessen erblickten sie einen
länglichen Kasten aus Rosenholz, dessen Beine zu beiden
Seiten die Form einer Lyra bildeten; an einer Seite befand
sich ein Rad und unten ein Pedal. M--- schlug den gewölbten Deckel des Apparats zurück, und es kamen drei
Dutzend gläserne Halbkugeln zum Vorschein, in der Mitte durch eine Spindel verbunden und zur Hälfte in eine
Rinne mit Wasser versenkt. Er nahm davor Platz und zog
rechts und links eine flache Schublade auf. Die eine ent-
hielt eine niedrige Schale mit Wasser, die andere einen
Teller voll feiner Kreide.

»Wenn ich einen Vorschlag machen dürfte«, sagte M---
mit einem Blick auf seine Gäste. »Diejenigen unter Ihnen,
die Miss Davies' Instrument noch nicht gehört haben,
könnten zum Zwecke des Experiments die Augen schlie-

ßen.« Er war ein groß gewachsener, gut gebauter Mann in einem blauen Gehrock mit flachen Messingknöpfen; seine markanten Züge mit dem ausgeprägten Kinn waren die eines wackeren Schwaben, und hätten Haltung und Stimme nicht erkennbar von Adel gezeugt, so hätte man ihn für einen wohlhabenden Landwirt halten können. Doch sein höflicher und zugleich eindringlicher Appell bewog manche, die ihn bereits hatten spielen hören, gleichfalls die Augen zu schließen.

M--- benetzte die Fingerspitzen mit Wasser, schüttelte sie trocken und tunkte sie in die Kreide. Während er mit dem rechten Fuß das Pedal betätigte, drehte sich die Spindel um die glänzenden Messingzapfen. Er legte die Finger auf die rotierenden Gläser und rief damit einen hohen, tremolierenden Ton hervor. Es war allgemein bekannt, dass das Instrument fünfzig Golddukaten gekostet hatte, und die Skeptiker im Publikum fragten sich zunächst, warum ihr Gastgeber so viel Geld ausgegeben hatte, um das Jammern einer verliebten Katze nachzuahmen. Doch als sie sich an den Klang gewöhnten, wurden sie anderen Sinnes. Allmählich war eine klare Melodie zu erkennen: vielleicht eine Eigenkomposition von M---, vielleicht eine freundliche Huldigung an oder gar eine Anleihe bei Gluck. Nie zuvor hatten sie eine solche Musik gehört, und dass sie blind waren gegen die Art ihrer Erzeugung, trug noch zur Fremdartigkeit dieser Klänge bei. Man hatte ihnen nicht gesagt, was sie zu erwarten hatten, und so konnten sie sich allein von ihrem Denken und Fühlen leiten lassen, als sie sich fragten, ob diese überirdischen Klänge nicht genau das waren – überirdisch.

Als M--- für einen Moment innehielt und sich mit einem kleinen Schwämmchen an den Halbkugeln zu schaffen machte, bemerkte ein Gast, ohne die Augen zu öffnen: »Das ist Sphärenmusik.«

M--- lächelte. »Musik strebt nach Harmonie«, antwortete er, »wie auch der menschliche Körper nach Harmonie strebt.« Dies war eine Antwort und zugleich keine Antwort; statt zu führen, ließ er andere lieber in seinem Beisein ihren eigenen Weg finden. Sphärenmusik erklang, wenn alle Planeten sich in Harmonie durchs Firmament bewegten. Irdische Musik erklang, wenn alle Instrumente eines Orchesters zusammenspielten. Die Musik des menschlichen Körpers erklang, wenn auch dieser sich in Harmonie befand, wenn zwischen den Organen Frieden herrschte, das Blut ungehindert strömte und die Nerven an den richtigen und dafür bestimmten Bahnen ausgerichtet waren.

Die Begegnung von M--- und Maria Theresia von P--- fand zwischen dem Winter 177- und dem Sommer des folgenden Jahres in der Kaiserstadt W--- statt. Das Verschweigen solch kleiner Details wäre zur damaligen Zeit ein geläufiger literarischer Manierismus gewesen; es ist aber auch ein taktvolles Eingeständnis der Unvollkommenheit unseres Wissens. Hätte ein Philosoph behauptet, er habe sein Gebiet vollständig erfasst und dem Leser werde eine perfekte, harmonische Synthese der Wahrheit vorgelegt, so hätte man ihn einen Scharlatan geschimpft; und auch die Philosophen des menschlichen Herzens, die sich mit dem Erzählen von Geschichten befassen, wären klug genug gewesen – und sollten es weiterhin sein –, keinen solchen Anspruch zu erheben.

So können wir zum Beispiel wissen, dass M--- und Maria Theresia von P--- sich schon früher, ein Dutzend Jahre zuvor, begegnet waren; doch wir können nicht wissen, ob

Maria Theresia irgendeine Erinnerung an dieses Ereignis hatte. Wir können wissen, dass sie die Tochter der Rosalia Maria von P--- war und diese die Tochter des Thomas Cajetan Levassori della Motta, Ballettmeister am kaiserlichen Hof; und dass Rosalia Maria am 9. November 175- im Stephansdom mit dem Reichssekretär und Hofrat Joseph Anton von P--- getraut wurde. Doch wir können nicht wissen, was die Mischung solch verschiedenartigen Blutes mit sich brachte, und ob das womöglich die Ursache der Katastrophe war, von der Maria Theresia heimgesucht wurde.

Wir wissen wiederum, dass sie am 15. Mai 175- getauft wurde und dass sie beinah zur selben Zeit lernte, ihre Finger auf eine Tastatur zu legen, wie sie lernte, die Füße auf den Boden zu stellen. Dem Vater zufolge war das Kind von normaler Gesundheit, bis es am Morgen des 9. Dezember 176- blind erwachte; das Kind war damals dreieinhalb Jahre alt. Der Fall galt als Musterbeispiel einer Amaurosis: Das heißt, am Organ selbst war kein Defekt festzustellen, und doch war das Augenlicht gänzlich verloren. Man ließ das Mädchen untersuchen, und die Erblindung wurde auf die Auswirkungen eines Fluidums oder aber auf einen Schrecken zurückgeführt, den das Mädchen des Nachts erlebt hatte. Jedoch konnten weder die Eltern noch die Dienerschaft ein solches Ereignis bestätigen.

Da das Kind zärtlich geliebt wurde und aus vornehmem Hause stammte, war es nicht vernachlässigt worden. Sein musikalisches Talent wurde gefördert, die Kaiserin höchstselbst war auf das Mädchen aufmerksam geworden und wurde zu seiner Gönnerin. Den Eltern der Maria Theresia von P--- wurde eine Gnadenpension von zweihundert Golddukaten ausgesetzt und darüber hinaus gesondert Sorge getragen für die Ausbildung der Tochter. Sie erlernte das Cembalo und Pianoforte bei Koželuh und bekam Gesangsunterricht von Righini. Mit vierzehn Jahren gab sie bei Salieri ein Orgelkonzert in Auftrag; mit sechzehn war sie eine Zierde der Salons wie der Konzertgesellschaften.

Für manchen, der die Tochter des Reichssekretärs bei ihren Auftritten angaffte, hatte ihre Blindheit einen ganz besonderen Reiz. Doch die Eltern wollten das Mädchen nicht als Jahrmarktsattraktion für die bessere Gesellschaft behandelt sehen. Sie hatten von Anfang an immer wieder Heilung für ihre Tochter gesucht. Professor Stoerk, Hofarzt und Dekan der Medizinischen Fakultät, kam regelmäßig zu ihr, und auch der berühmte Starstecher Professor Barth wurde konsultiert. Ein Heilverfahren nach dem anderen wurde erprobt, doch da keines den Zustand des Mädchens bessern konnte, entwickelte es eine Neigung zu Reizbarkeit und Melancholie und wurde von Anfällen heimgesucht, bei denen die Augäpfel aus den Höhlen hervortraten. Es war wohl abzusehen, dass das Zusammenspiel von Musik und Medizin dann die zweite Begegnung zwischen M--- und Maria Theresia herbeiführen würde.

M--- wurde 173- in Iznang am Bodensee geboren. Der Sohn eines bischöflichen Försters studierte Theologie in Dillingen und Ingolstadt und machte dann seinen Doktor in Philosophie. Er ging nach W--- und wurde Doktor der Jurisprudenz, bevor er sich der Medizin zuwandte. Diese Geistesumschwünge zeugten jedoch nicht von Wankelmut, geschweige denn von einem dilettantischen Gemüt. Vielmehr strebte M--- wie Doktor Faustus danach, sämtliche Arten menschlichen Wissens zu beherrschen; und wie so viele vor ihm verfolgte er letztlich das Ziel – oder den

Traum –, einen Generalschlüssel zu einem vollkommenen Verständnis dessen zu finden, was Himmel und Erde, Körper und Geist und alles mit allem zusammenhält.

Im Sommer des Jahres 177- weilte ein vornehmer Ausländer mit seiner Frau zu Besuch in der Kaiserstadt. Die Dame erkrankte, und ihr Gatte beauftragte den Astronomen (und Angehörigen der Gesellschaft Jesu) Maximilian Hell – ganz so, als wäre das ein gewöhnliches Heilverfahren –, einen Magneten vorzubereiten, der auf den befallenen Körperteil angesetzt werden sollte. Hell war mit M--- befreundet und hielt ihn über seinen Auftrag auf dem Laufenden; und als es hieß, die Dame sei von ihrem Leiden geheilt, eilte M--- an ihr Bett, um sich über das Verfahren kundig zu machen. Kurz darauf begann er mit eigenen Experimenten. Er ließ zahlreiche Magneten unterschiedlicher Größe anfertigen: Die einen sollten auf den Magen, andere auf das Herz, wieder andere auf die Kehle gelegt werden. Zu seinem eigenen Erstaunen und zur Dankbarkeit seiner Patienten entdeckte M---, dass sich bisweilen Heilungen erzielen ließen, die über ärztliches Können hinausgingen; besondere Aufmerksamkeit fanden die Fälle des Fräuleins Österlin und des Mathematikers Professor Bauer.

Wäre M--- ein Jahrmarktsquacksalber gewesen und seine Patienten leichtgläubige Bauern, die sich in einer stinkenden Marktbude drängten, um sich ebenso bereitwillig von ihren Ersparnissen wie von ihren Schmerzen befreien zu lassen, hätte die Gesellschaft dem keinerlei Aufmerksamkeit geschenkt. Doch M--- war ein Mann der Wissenschaft, von weitgespannter Wissbegier statt offenkundiger Anmaßung, und stellte keine Behauptungen auf, für die er nicht geradestehen konnte.

»Es wirkt«, hatte Professor Bauer bemerkt, als sein Atem

leichter ging und er die Arme über die Horizontale hinaus anheben konnte. »Aber wie wirkt es?«

»Ich weiß es noch nicht«, hatte M--- erwidert. »Wenn man in früheren Zeiten Magneten einsetzte, wurde das damit begründet, dass sie die Krankheit ebenso an sich zögen wie Eisenspäne. Doch diese Argumentation lässt sich heute nicht mehr aufrechterhalten. Wir leben nicht mehr im Zeitalter des Paracelsus. Unser Denken wird vom Verstand geleitet, und hier muss der Verstand zum Einsatz kommen, zumal wir es mit Erscheinungen zu tun haben, die unter der Oberfläche verborgen liegen.«

»Sofern Sie nicht vorhaben, mich zu sezieren, um es herauszufinden«, antwortete Professor Bauer.

In jenen ersten Monaten war die Magnetkur ebenso eine Angelegenheit der wissenschaftlichen Erforschung wie der medizinischen Praxis. M--- experimentierte mit Anordnung und Anzahl der Magneten, die bei einem Patienten zum Einsatz kamen. Er selbst trug zur Verstärkung seiner Influenz oft einen Magneten in einem ledernen Beutel um den Hals und benutzte einen Stock oder Stab, um die gewünschte Ausrichtung von Nerven, Blut und Organen aufzuzeigen. Er magnetisierte Wasserbecken und ließ die Patienten Hände, Füße und bisweilen den ganzen Körper in die Flüssigkeit eintauchen. Er magnetisierte die Tassen und Gläser, aus denen sie tranken. Er magnetisierte ihre Kleider, ihre Bettlaken, ihre Spiegel. Er magnetisierte Musikinstrumente, auf dass sich beim Spielen eine doppelte Harmonie ergebe. Er magnetisierte Katzen, Hunde und Bäume. Er konstruierte einen *baquet*, einen Zuber aus Eichenholz, in dem sich zwei Reihen von Flaschen mit magnetisiertem Wasser befanden. Aus dem Deckel ragende Stahlstäbe wurden auf die befallenen Körperteile gelegt. Bisweilen sollten sich die Patienten an den Händen fassen und einen Kreis um den *baquet* bilden, da M--- annahm, es erhöhe die Kraft des Magnetstroms, wenn er durch mehrere Körper zugleich hindurchfloss.

»Natürlich erinnere ich mich an das gnädige Fräulein aus meiner Zeit als Student der Medizin, als ich manchmal Professor Stoerk begleiten durfte.« Jetzt gehörte M--- selbst der Fakultät an, und das Mädchen war fast eine Frau: mollig, mit einem Mund, dessen Winkel sich nach unten bogen, und einer Nase, die sich nach oben bog. »Und obgleich ich noch weiß, wie Ihr Zustand damals beschrieben wurde, würde ich dennoch gern Fragen stellen, die Sie, wie ich fürchte, schon oft beantwortet haben.«

»Selbstverständlich.«

»Es ist ausgeschlossen, dass das Fräulein von Geburt an blind war?«

M--- merkte, dass die Mutter sogleich antworten wollte, sich aber zurückhielt.

»Ausgeschlossen«, sagte ihr Gatte. »Sie sah so klar wie ihre Brüder und Schwestern.«

»Und sie war nicht krank, bevor sie erblindete?«

»Nein, sie war immer gesund.«

»Und erlitt sie irgendeinen Schock, als das Unglück sie traf, oder kurz zuvor?«

»Nein. Das heißt keinen, den wir oder andere bemerkt hätten.«

»Und danach?«

Diesmal antwortete die Mutter. »Wir haben sie stets so gut vor jedem Schock bewahrt, wie wir nur konnten. Ich würde mir die eigenen Augen ausreißen, wenn ich glaubte, das würde Maria Theresia das Augenlicht wiedergeben.«

M--- sah das Mädchen an, das keine Reaktion zeigte. Es war anzunehmen, dass es diese unwahrscheinliche Lösung schon oft gehört hatte.

»Ihr Zustand war also konstant?«

»Ihre Blindheit war konstant« – das war wieder der Vater – »aber zuweilen zucken ihre Augen krampfhaft und unaufhörlich. Und wie Sie sehen, treten die Augäpfel hervor, als wollten sie den Höhlen entfliehen.«

»Sind Sie sich dieser Zuckungen bewusst, Fräulein?«

»Natürlich. Es ist ein Gefühl, als ströme langsam Wasser in mich ein und wolle meinen Kopf ausfüllen, als werde ich in Ohnmacht fallen.«

»Und hinterher hat sie Beschwerden an Leber und Milz. Sie arbeiten nicht richtig.«

M--- nickte. Er müsste bei einem solchen Anfall zugegen sein, um Vermutungen über dessen Ursachen anzustellen und den Verlauf zu beobachten. Er überlegte, wie sich das am besten einrichten ließe.

»Darf ich dem Herrn Doktor eine Frage stellen?« Maria Theresia hatte den Kopf leicht zu ihren Eltern hin erhoben.

»Natürlich, mein Kind.«

»Bringt Ihr Verfahren Schmerzen mit sich?«

»Keine, die ich selbst zufüge. Wenngleich es oft so ist, dass der Patient an einen bestimmten ... Punkt geführt werden muss, bevor sich die Harmonie wiederherstellen lässt.«

»Ich meine, lösen Ihre Magneten einen elektrischen Schock aus?«

»Nein, das kann ich Ihnen versprechen.«

»Aber wenn Sie keine Schmerzen verursachen, wie können Sie dann heilen? Jeder weiß, dass man keinen Zahn ziehen kann ohne Schmerzen, keine Gliedmaßen einrenken kann ohne Schmerzen, Wahnsinn nicht heilen kann

213

ohne Schmerzen. Ein Arzt verursacht Schmerzen, das weiß alle Welt. Und ich weiß es auch.«

Seit sie ein kleines Kind war, hatten die besten Ärzte die probatesten Methoden angewandt. Sie wurde mit Zugpflastern und Kauterisation und Blutegeln behandelt. Zwei Monate lang lag ihr Kopf in Gips, um eine Eiterbildung auszulösen und das Gift aus ihren Augen zu ziehen. Man hatte ihr zahllose abführende und harntreibende Mittel verabreicht. Zuletzt hatte man elektrischen Strom eingesetzt und ihren Augen übers Jahr an die dreitausend Elektroschocks verabreicht, manchmal bis zu hundert bei einer einzigen Behandlung.

»Sind Sie ganz sicher, dass der Magnetismus mir keine Schmerzen bereiten wird?«

»Ganz sicher.«

»Wie kann er mich dann heilen?«

M--- erkannte mit Freuden den Verstand hinter den blinden Augen. Ein passiver Patient, der nur darauf wartete, dass ein allmächtiger Arzt an ihm tätig wurde, war langweilig und uninteressant; er hatte lieber Patienten wie diese junge Frau, die nach außen wohlerzogen, aber doch energisch aufzutreten wusste.

»Ich möchte es so ausdrücken. Sie haben seit Ihrer Erblindung viele Schmerzen durch die besten Ärzte der Stadt erduldet?«

»Ja.«

»Und Sie sind dennoch nicht geheilt?«

»Nein.«

»Dann ist Schmerz vielleicht nicht der einzige Weg, der zur Heilung führt.«

M--- praktizierte die magnetische Heilung nun schon zwei Jahre und hatte sich dabei unablässig gefragt, wie und warum diese Kur wirken könne. Vor zehn Jahren hatte er in seiner Dissertation *De planetarum influxu* dargelegt, dass die Planeten Einfluss nähmen auf die Handlungsweisen und Körper des Menschen vermittels des Mediums eines unsichtbaren Gases oder einer unsichtbaren Flüssigkeit, worin alle Körper eingebettet seien und die er in Ermangelung eines besseren Begriffs als »*gravitas universalis*« bezeichnete. Von Zeit zu Zeit könne der Mensch die alles überspannende Verbindung erhaschen und sich befähigt fühlen, die über jeden hier und da herrschenden Missklang hinausgehende allumfassende Harmonie zu erkennen. Im vorliegenden Fall war magnetisches Eisen in Form und Gestalt eines vom Himmel gefallenen Meteors auf die Erde gelangt. Und hier entfaltete es nun seine einzigartige Eigenschaft, die Kraft zur Neuausrichtung. War daher nicht zu vermuten, dass der Magnetismus die große allumfassende Kraft war, welche die Harmonie der Gestirne zusammenhielt? Und war dann nicht vernünftigerweise anzunehmen, dass der Magnetismus in der irdischen Welt die Fähigkeit hatte, gewisse körperliche Disharmonien zum Abklingen zu bringen?

Es lag natürlich auf der Hand, dass der Magnetismus nicht jedes körperliche Gebrechen heilen konnte. Am wirksamsten hatte er sich bei Magenbeschwerden, Gicht, Schlaflosigkeit, Ohrenkrankheiten, Leber- und Menstruationsstörungen, Krämpfen und sogar Lähmungserscheinungen erwiesen. Knochenbrüche, Schwachsinn und Syphilis konnte die Magnetkur nicht heilen. Hingegen ließ sich bei Nervenleiden oft eine erstaunliche Besserung erzielen. Dann wiederum richtete die Kur nichts aus, wenn ein Patient in Skeptizismus und Ungläubigkeit verharrte oder wenn Pessimismus und Melancholie die Möglichkeit einer Rückkehr zur Gesundheit zunichtemachten. Es musste eine Bereitschaft vorhanden sein, die Auswirkungen des Verfahrens anzunehmen und zu begrüßen.

Daher wollte M--- in seiner Praxis an der Landstraße 261 eine Atmosphäre schaffen, die dieser Akzeptanz günstig war. Schwere Vorhänge schlossen die Sonne und Geräusche von außen aus; dem Dienstpersonal war es verboten, jähe Bewegungen zu machen; überall war Ruhe und Kerzenschein. Bisweilen hörte man sanfte Musik aus einem anderen Zimmer; manchmal spielte M--- selbst auf Miss Davies' Glasharmonika und gemahnte so Körper und Seele an die allumfassende Harmonie, die er, in diesem kleinen Teil der Welt, wiederherzustellen versuchte.

M--- begann die Behandlung am 20. Januar 177-. Eine äußerliche Untersuchung bestätigte, dass Maria Theresias Augen schwere Missbildungen aufwiesen: Sie hatten ihre normale Ausrichtung verloren, waren stark geschwollen und hervorgetreten. Innerlich schien das Mädchen an einem Wendepunkt angelangt, wo die vorübergehenden Phasen der Hysterie zu einer chronischen Geistesgestörtheit führen konnten. Da sie nunmehr vierzehn Jahre enttäuschter Hoffnung und vierzehn Jahre unveränderter Blindheit erduldet hatte, war das keine unvernünftige Reaktion eines jungen Körpers und jungen Geistes. Daher hob M--- eingangs noch einmal hervor, wie sehr sich sein Heilverfahren von allen anderen unterschied; hier solle nicht durch äußere Gewalt wieder Ordnung geschaffen werden, sondern es handele sich um ein Zusammenwirken von Arzt und Patient mit dem Ziel, die natürliche Ausrichtung des Körpers wiederherzustellen. M--- drückte sich allgemein aus; nach seiner Erfahrung war es nicht günstig, wenn der Patient sich ständig bewusst war, was er zu erwarten hatte. Er sprach nicht von der Krisis, die er auszulösen hoffte, und traf auch keine Vorhersagen darüber, in welchem Maße er eine Heilung für möglich hielt. Selbst den Eltern des Mädchens gegenüber äußerte er nur den bescheidenen Ehrgeiz, das starke Hervortreten der Augäpfel zu mildern.

Er erläuterte seine ersten Maßnahmen sorgfältig, damit sie keine Überraschung auslösten. Dann wandte er sich den empfänglichen Punkten auf Maria Theresias Kopf zu. Er legte seine gewölbten Hände um ihre Ohren; er strich ihr vom Nackenansatz bis zur Stirn über den Schädel; er legte ihr die Daumen direkt unter den Augen auf die Wangen und machte kreisende Bewegungen um die krankhaft veränderten Augäpfel. Dann berührte er die Brauen nacheinander sanft mit seinem Stock oder Stab. Dabei ermunterte er Maria Theresia leise, ihm alle Veränderungen oder Bewegungen in ihrem Innern zu vermelden. Danach legte er je einen Magneten an ihre Schläfen. Er verspürte sofort eine jähe Hitze auf den Wangen, was ihm das Mädchen bestätigte; er bemerkte auch eine Rötung der Haut und ein Zittern der Glieder. Maria Theresia schilderte ihm dann eine immer stärker werdende Kraft im Nacken, die ihren Kopf aufwärts und nach hinten zog. Als diese Bewegungen auftraten, bemerkte M---, dass die Zuckungen in den Augen ausgeprägter und zuweilen konvulsivisch waren. Nachdem diese kurze Krisis vorüber war, verschwand die Rötung der Wangen, der Kopf nahm wieder die normale Haltung an, das Zittern hörte auf, und M--- hatte den Eindruck, die Augen hätten eine bessere Ausrichtung gefunden und seien auch weniger geschwollen.

Er wiederholte die Prozedur jeden Tag zur gleichen Zeit, und jeden Tag führte die kurze Krisis zu einer merklichen Besserung, bis am Ende des vierten Tages die Augen in die richtige Ausrichtung zurückgekehrt waren und kein Hervorquellen mehr zu beobachten war. Das linke Auge schien kleiner zu sein als das rechte, doch im weiteren Verlauf der Behandlung glich sich die Größe der Augen allmählich an. Die Eltern des Mädchens waren verblüfft: M---s Versprechen hatte sich erfüllt, und ihre Tochter wies keine Entstellungen mehr auf, die bei den Zuschauern ihrer Auftritte Schrecken verbreiten könnten. Doch M--- widmete sich bereits dem inneren Zustand der Patientin, von dem er meinte, er bewege sich auf die nötige Krisis zu. Während er seine täglichen Anwendungen fortsetzte, berichtete ihm die Patientin von dem Auftreten stechender Schmerzen am Hinterkopf, die den gesamten Kopf durchdrängen. Der Schmerz ziehe sich dann am Sehnerv entlang und rufe fortwährende Stiche hervor, während er über die Retina wandere und dabei stetig zunehme. Diese Symptome gingen mit einem nervösen Zucken des Kopfes einher.

Maria Theresia hatte schon seit Jahren jeden Geruchssinn verloren, und ihre Nase sonderte keinen Schleim ab. Nun trat plötzlich ein deutliches Anschwellen der Nasengänge auf sowie ein kräftiger Ausfluss einer grünen zähflüssigen Substanz. Kurz darauf gab es zur großen Verlegenheit der Patientin weitere Ausflüsse, diesmal in Form einer ausgiebigen Diarrhö. Die Schmerzen in den Augen hielten an, und sie berichtete von Schwindelgefühlen. M--- erkannte, dass sie ein Stadium äußerster Verletzlichkeit erreicht hatte. Eine Krisis war nie neutral: Sie konnte gutartig oder bösartig sein – nicht ihrem Wesen, wohl aber ihren Folgen nach, die in eine Progression oder aber eine Regression münden konnten. Daher machte er den Eltern des Mädchens den Vorschlag, es für kurze Zeit in der Landstraße 261 einzuquartieren. M---s Frau würde sich um Maria Theresia kümmern, doch könne sie gegebenenfalls auch ein eigenes Dienstmädchen mitbringen. Es seien bereits zwei junge Patientinnen im Hause untergebracht, sodass sich die Frage der Schicklichkeit nicht stelle. Dieser neue Plan fand rasch Zustimmung.

Maria Theresia weilte zwei Tage im Hause, als M--- die Patientin noch im Beisein des Vaters, nachdem er wie zuvor ihr Gesicht und ihren Schädel berührt hatte, vor einen Spiegel stellte. Er nahm seinen Stab und deutete damit auf ihr Spiegelbild. Als er dann den Stab bewegte, drehte das Mädchen leicht den Kopf, als folge es den Bewegungen im Spiegel. M--- spürte, dass Herr von P--- seinem Erstaunen Ausdruck verleihen wollte, und gebot ihm mit einer Handbewegung Schweigen.

»Sind Sie sich bewusst, dass Sie Ihren Kopf bewegen?«

»Ja.«

»Gibt es einen Grund, warum Sie den Kopf bewegen?«

»Es ist, als folge ich etwas.«

»Folgen Sie einem Geräusch?«

»Nein, keinem Geräusch.«

»Folgen Sie einem Geruch?«

»Ich habe noch immer keinen Geruchssinn. Ich ... folge nur. Mehr kann ich nicht sagen.«

»Das ist genug.«

M--- versicherte Herrn von P---, sein Haus stehe ihm und seiner Frau stets offen, doch seien in den folgenden Tagen nur wenige Fortschritte zu erwarten. In Wirklichkeit hielt er eine Heilung des Mädchens für wahrscheinlicher, wenn er es behandeln konnte, ohne dass ein Vater zugegen war, der ihm ein Tyrann zu sein schien, und eine Mutter, die, vielleicht aufgrund ihres italienischen Blutes, anscheinend zur Hysterie neigte. Es bestand noch immer die Möglichkeit, dass Maria Theresias Blindheit auf einer Verkümmerung des Sehnervs beruhte, und in dem Fall konnte der Magnetismus so wenig ausrichten wie jedes andere be-

219

kannte Verfahren. Aber M--- bezweifelte das. Die von ihm beobachteten Konvulsionen und die Symptome, die ihm berichtet worden waren – all das deutete auf eine Störung des gesamten Nervensystems infolge eines starken Schocks hin. Da es weder Zeugen aus der damaligen Zeit noch Erinnerungen der Patientin gab, war nicht zu ermitteln, welcher Art dieser Schock gewesen sein mochte. Das bereitete M--- keine übermäßigen Sorgen: Er behandelte die Auswirkungen, nicht die Ursache. Ja, vielleicht war es ein Glück, dass das Fräulein sich nicht erinnern konnte, welches Ereignis genau das alles ausgelöst hatte.

In den zwei Jahren zuvor hatte M--- immer klarer erkannt, dass die Berührung der menschlichen Hand von wesentlicher, anregender Bedeutung war, wenn er einen Patienten an die notwendige Krisis heranführen wollte. Anfangs sollte eine Berührung des Patienten während des Magnetisierens beruhigend oder im besten Falle unterstützend wirken. Wurden Magneten zum Beispiel seitlich am Ohr angelegt, schien es eine natürliche Geste zu sein, über das Ohr zu streichen und damit die gewünschte Neuausrichtung zu bekräftigen. Doch war M--- nicht entgangen, dass, wenn alle günstigen Bedingungen für die Heilung geschaffen waren und ein Kreis von Patienten im sanften Kerzenschein um den *baquet* saß, Patienten oft augenblicklich zur Krisis gebracht wurden, wenn er als Musiker seine Finger von der rotierenden Glasharmonika nahm und sie dann als Arzt auf den betroffenen Körperteil legte. M--- sann zuweilen darüber nach, wie viel der Einfluss des Magnetismus und wie viel der des Magnetiseurs selbst bewirken mochte. Von diesen weitergehenden Überlegungen wurde Maria Theresia nicht unterrichtet, wie sie auch nicht aufgefordert wurde, sich zu anderen Patienten um den Eichenzuber zu gesellen.

»Ihre Behandlung verursacht Schmerzen.«

»Nein. Die Schmerzen werden davon verursacht, dass Sie allmählich zu sehen beginnen. Wenn Sie in den Spiegel schauen, sehen Sie den Stab, den ich halte, und wenden den Kopf, um ihm zu folgen. Sie sagen selbst, dass sich da ein Umriss bewegt.«

»Aber Sie behandeln mich. Und ich empfinde Schmerzen.«

»Die Schmerzen sind Zeichen einer heilsamen Reaktion auf die Krisis. Die Schmerzen zeugen davon, dass Ihr Sehnerv und Ihre Retina, die so lange nicht in Gebrauch waren, wieder aktiv werden.«

»Andere Ärzte haben mir gleichfalls gesagt, die Schmerzen, die sie mir zufügten, seien notwendig und heilsam. Sie sind auch Doktor der Philosophie?«

»Das ist richtig.«

»Philosophen finden für alles eine Erklärung.«

M--- nahm das nicht übel, ja, diese Einstellung gefiel ihm.

Maria Theresias neue Lichtempfindlichkeit war derart, dass er ihr die Augen mit einem dreifach gefalteten Tuch verbinden musste, das ständig angelegt blieb, wenn sie nicht behandelt wurde. Er hatte damit begonnen, dass er ihr in einer gewissen Entfernung gleichartige Gegenstände vorstellte, die entweder weiß oder schwarz waren. Die schwarzen Gegenstände nahm sie ohne unangenehme Empfindungen wahr, doch bei den weißen zuckte sie zusammen und berichtete, der Schmerz, den sie in ihren Augen hervorriefen, sei wie das Streichen einer weichen Bürste über die Retina; auch lösten sie ein Schwindelgefühl in ihr aus. Daher entfernte M--- alle weißen Gegenstände.

Als Nächstes machte er die Patientin mit den Zwischenfarben bekannt. Maria Theresia konnte sie unterscheiden, aber nicht beschreiben, wie sie auf sie wirkten – mit Ausnahme der Farbe Schwarz, die, wie sie sagte, das Abbild ihrer früheren Blindheit war. Als den Farben Namen zugeteilt wurden, nannte sie oft nicht den richtigen Namen, wenn ihr die Farbe das nächste Mal gezeigt wurde. Ebenso wenig konnte sie abschätzen, in welcher Entfernung sich ein Gegenstand von ihr befand, und meinte, alles sei in ihrer Reichweite; so streckte sie die Hände aus, um nach Dingen zu greifen, die gut sechs Meter entfernt waren. Auch hielt der Eindruck eines Gegenstands auf ihrer Retina in diesen frühen Tagen bis zu einer Minute an. Daher musste sie die Augen mit den Händen bedecken, bis der Eindruck nachließ, sonst hätte sie ihn nicht von dem nächsten ihr gezeigten Gegenstand unterscheiden können. Des Weiteren hatte sie, da die Augenmuskeln seit Langem nicht betätigt worden waren, keine Übung darin, den Blick wandern zu lassen, nach Gegenständen zu suchen, sich auf diese zu konzentrieren und ihre Lage zu erkennen.

Es war auch nicht so, dass das Hochgefühl, das M--- wie die Eltern des Mädchens empfanden, als Maria Theresia erstmals Licht und Konturen wahrnahm, von der Patientin selbst geteilt wurde. Was da in ihr Leben trat, war nicht, wie sie erwartet hatte, ein Panorama der Welt, die so lange vor ihr verborgen gewesen und ihr so lange von anderen geschildert worden war; geschweige denn, dass es ein Verständnis dieser Welt gab. Stattdessen häufte sich eine größere Verwirrung auf die ohnehin schon bestehende Verwirrung – ein Zustand, den die Augenschmerzen und Schwindelgefühle noch verschärften. Die Melancholie, welche die Kehrseite ihrer natürlichen Fröhlichkeit bildete, kam nun immer mehr zum Vorschein.

M--- bemerkte dies und beschloss, die Behandlung langsamer fortzuführen und die Stunden der Muße und Ruhe so angenehm wie möglich zu gestalten. Er förderte den vertrauten Umgang mit den beiden anderen jungen Frauen, die im Hause wohnten: Fräulein Ossine, die achtzehnjährige Tochter eines Armeeoffiziers, die an eitriger Phthisis und nervöser Melancholie litt, und die neunzehnjährige Zwelferine, die mit zwei Jahren erblindet war und die M--- in einem Waisenhaus gefunden hatte und auf eigene Kosten behandelte. Jede hatte etwas mit einer der anderen gemein: Maria Theresia wie Fräulein Ossine stammten aus guter Familie und bezogen eine kaiserliche Pension; Maria Theresia und Zwelferine waren blind; Zwelferine und Fräulein Ossine neigten beide zu periodisch auftretendem Blut-Erbrechen.

Dieser Umgang war eine nützliche Ablenkung; doch M--- meinte, Maria Theresia brauche auch mehrere Stunden am Tag, die friedlichen und vertrauten Angelegenheiten gewidmet waren. Daher gewöhnte er sich an, sich zu ihr zu setzen, über Themen zu sprechen, die von ihren unmittelbaren Sorgen weit entfernt waren, und ihr aus Büchern aus seiner Bibliothek vorzulesen. Manchmal musizierten sie zusammen, sie mit verbundenen Augen am Clavier, er am Violoncello.

Er nutzte diese Zeit auch, um seine Patientin besser kennenzulernen, sich ein Bild von ihrer Aufrichtigkeit, ihrem Gedächtnis und ihrer Wesensart zu machen. Er bemerkte, dass sie auch in guter Stimmung nie eigenwillig war; sie zeigte weder die Arroganz ihres Vaters noch den Starrsinn der Mutter.

So fragte er etwa: »Was möchten Sie heute Nachmittag gern tun?«

Und sie antwortete: »Was schlagen Sie vor?«

Oder er fragte: »Was möchten Sie spielen?«

Und sie antwortete: »Was möchten Sie hören?«

Als sie diese Höflichkeiten hinter sich gebracht hatten, entdeckte er, dass sie klare Meinungen hatte, zu denen sie durch den Einsatz des Verstandes gelangt war. Doch er befand auch, dass Maria Theresia über den üblichen Gehorsam eines Kindes hinaus gewöhnt war, den Anweisungen anderer zu folgen: denen der Eltern, der Lehrer, der Ärzte. Sie spielte wunderschön und mit einem glänzenden Gedächtnis, und M--- hatte den Eindruck, sie fühle sich nur am Clavier und in ein ihr vertrautes Stück versunken wahrhaft frei und erlaube sich, ausgelassen, emphatisch, nachdenklich zu sein. Während er ihr Profil betrachtete, ihre verbundenen Augen und ihre feste aufrechte Haltung, kam ihm in den Sinn, dass sein Unterfangen nicht ohne Gefahr war. Konnte es sein, dass ihr Talent und die Freude, die sie offenbar daran hatte, mit ihrer Blindheit in einem Zusammenhang stand, den er nicht ganz verstand? Und dann, während er den geübten, leichten Bewegungen ihrer Hände folgte, bisweilen kraftvoll und federnd, dann wieder so sachte wie ein Farn, der sich in einem Lufthauch wiegt, ertappte er sich bei der Überlegung, wie der erste Anblick einer Tastatur auf sie wirken könnte. Ob die weißen Tasten sie in Aufruhr versetzen, die schwarzen sie nur an die Blindheit erinnern würden?

Die tägliche gemeinsame Arbeit ging weiter. Bislang war Maria Theresia nur eine Reihe statischer Gegenstände vorgeführt worden: Sein Ziel war, Form, Farbe, Lage und Entfernung einzuführen und sie damit vertraut zu machen. Nun wollte er ihr den Begriff der Bewegung und zugleich auch die Realität des menschlichen Antlitzes vorstellen. Sie war zwar an M---s Stimme gewöhnt, aber aus ihrem Gesichtsfeld hatte er sich bisher stets ferngehalten. Jetzt nahm er behutsam die Binden ab und ließ Maria Theresia sofort ihre Augen mit den Händen bedecken. Dann trat er nach vorn und stellte sich in einiger Entfernung vor sie hin. Er sagte ihr, sie solle die Hände fortnehmen, und drehte dann langsam seinen Kopf so, dass sie ihn erst von der einen und dann von der anderen Seite sah.

Sie lachte. Und dann schlug sie die Hände, die sie von den Augen genommen hatte, vor ihren Mund. M---s ärztliches Interesse musste angesichts dieser Reaktion erst seine männliche Eitelkeit bezwingen. Dann nahm Maria Theresia die Hände vom Mund, legte sie über die Augen, löste sie wenige Sekunden darauf und schaute ihn wiederum an. Und lachte wiederum.

»Was ist das?«, fragte sie und deutete mit dem Finger.

»Das?«

»Ja, das.« Sie kicherte in sich hinein auf eine Art, die er unter anderen Umständen als ungehörig empfunden hätte.

»Das ist eine Nase.«

»Das ist lächerlich.«

»Nur Sie besitzen die Grausamkeit, so eine Bemerkung zu machen«, sagte er und tat, als sei er gekränkt. »Andere finden diese Nase akzeptabel, ja sogar hübsch.«

»Sind alle ... Nasen so?«

»Es gibt Unterschiede, aber, mein reizendes Fräulein, ich muss Sie warnen – als Nase ist sie keinesfalls ungewöhnlich.«

»Dann werde ich viel Grund zum Lachen haben. Ich muss Zwelferine von den Nasen erzählen.«

Er entschloss sich zu einem weiteren Experiment. Maria Theresia hatte sich stets an der Gesellschaft und der Zuneigung des Haushunds erfreut, eines großen gutmütigen Tiers unbestimmter Rasse. Nun ging M--- zu der mit einem Vorhang verhängten Tür, öffnete sie einen Spalt und pfiff.

Zwanzig Sekunden darauf sagte Maria Theresia: »Oh, ein Hund ist ein viel erfreulicherer Anblick als ein Mensch.«

»Mit dieser Ansicht stehen Sie leider nicht allein.«

Nun folgte eine Zeit, in der Maria Theresias zunehmendes Sehvermögen zu vermehrter Fröhlichkeit führte, während ihr Ungeschick und ihre Irrtümer angesichts dieser neu entdeckten Welt sie in die Melancholie hinabzogen. Eines Abends führte M--- sie nach draußen in den dunklen Garten und schlug vor, sie möge den Kopf nach hinten neigen. In jener Nacht strahlte der Himmel. M--- musste unwillkürlich denken: wiederum Schwarz und Weiß, doch zum Glück weitaus mehr Schwarz als Weiß. Aber die Reaktion des Mädchens nahm ihm jede Furcht. Es stand verwundert da, mit zurückgelehntem Kopf und offenem Mund, drehte sich ab und zu um, deutete mit dem Finger, sagte kein einziges Wort. Maria Theresia ging nicht auf sein Angebot ein, ihr die Sternbilder zu zeigen; sie wollte nicht, dass Worte sich in ihr Staunen mischten, und schaute weiter, bis ihr Nacken schmerzte. Von diesem Abend an wurden visuelle Erscheinungen jeglicher Art automatisch mit einem Sternenhimmel verglichen – und für minderwertig befunden.

Obwohl M--- die Behandlung jeden Morgen auf genau dieselbe Weise fortführte, tat er das jetzt mit einer Art vorgetäuschter Konzentration. In seinem Innern herrschte ein Widerstreit zweier Denkweisen und zweier Seiten seiner geistigen Disposition. Der Doktor der Philosophie behauptete, nun sei das allem zugrunde liegende universale Element doch gewiss in Form des Magnetismus offenbart. Der Doktor der Medizin behauptete, der Magnetismus habe weniger zur Besserung der Patientin beigetragen als die Kraft der Berührung, und selbst das Handauflegen sei lediglich ein symbolischer Akt, genau wie das Auflegen der Magneten und des Stabs. In Wahrheit bestehe hier eine Kollaboration oder Komplizenschaft zwischen Arzt und Patientin, sodass seine Gegenwart und Autorität der Patientin erlaube, sich selbst zu heilen. Von dieser zweiten Erklärung sprach er zu niemandem, und zu seiner Patientin schon gar nicht.

Maria Theresias Eltern staunten ebenso über die weitere Besserung ihrer Tochter wie diese über den Sternenhimmel. Als sich die Kunde davon verbreitete, fanden sich Freunde und Gratulanten in der Landstraße 261 ein, um Zeugen dieses Wunders zu werden. Oft blieben Passanten vor dem Haus stehen in der Hoffnung, einen Blick auf die berühmte Patientin zu erhaschen; und jeden Tag kamen Briefe an, die den Arzt an ein Krankenbett in allen Teilen der Stadt baten. Anfangs ließ M--- Maria Theresia freudig ihre Fähigkeit zur Unterscheidung von Farben und Formen demonstrieren, auch wenn sie diese noch nicht immer fehlerfrei zu benennen vermochte. Doch da sie solche Auftritte erkennbar ermüdeten, grenzte er die Zahl der Besucher strikt ein. Diese plötzliche Entscheidung hatte zur Folge, dass die Gerüchte von einer Wunderheilung ebenso zunahmen wie der Argwohn einiger Kollegen an der Medizinischen Fakultät. Obendrein sah die Kirche den Fall nun mit Unbehagen, da M--- dem allgemeinen Verständnis nach nur den befallenen Körperteil eines Kranken zu berühren brauchte, und schon war die Krankheit geheilt. Dass ein anderer als Jesus Christus durch Handauflegen heilen könne, empfanden viele Angehörige des Klerus als Blasphemie.

M--- wusste von diesen Gerüchten, war aber zuversichtlich, da er die Unterstützung von Professor Stoerk hatte, der in die Landstraße 261 gekommen war und sich offiziell von der Wirkung des neuen Verfahrens beeindruckt gezeigt hatte. Was konnte es da schon bedeuten, wenn andere Mitglieder der Fakultät gegen ihn murrten oder gar die Verleumdung verbreiteten, die neu erworbene Fähigkeit seiner Patientin zum Benennen von Farben und Gegenständen sei in Wirklichkeit das Ergebnis gründlicher Schulung? Rückständige, Begriffsstutzige und Neider gab es in jedem Beruf. Auf lange Sicht würde man seine Methoden verstehen, die Heilungen würden zunehmen, und jeder vernünftige Mensch müsste ihm Glauben schenken.

Als Maria Theresia einmal ausgesprochen ruhigen Gemüts war, lud M--- ihre Eltern auf den Nachmittag ein. Dann schlug er vor, seine Patientin möge sich an ihr Instrument setzen und ohne Begleitung und ohne Augenbinde spielen. Sie stimmte begeistert zu, und alle vier begaben sich ins Musikzimmer. Für Herrn von P--- und seine Frau wurden Stühle aufgestellt, während M--- seinen Schemel nahe ans Clavier rückte, um Maria Theresias Hände, ihre Augen und ihre seelische Verfassung besser beobachten zu können. Sie holte mehrmals tief Luft, und dann, nach einer fast unerträglichen Pause, waren die ersten Töne einer Haydn-Sonate zu hören.

Es war ein Fiasko. Man hätte meinen können, Maria Theresia sei eine Anfängerin und die Sonate ein Stück, das sie noch nie gespielt hatte. Der Einsatz der Finger war unbeholfen, die Rhythmik fehlerhaft; es war eine Musik ohne Anmut, Esprit und Zartgefühl. Als der erste Satz holpernd und verworren zu Ende ging, trat eine Stille ein, in der M--- spürte, wie die Eltern Blicke wechselten. Dann setzte die Musik plötzlich von Neuem ein, diesmal sicher, strahlend und perfekt. Er schaute die Eltern an, doch diese hatten nur Augen für ihre Tochter. Als M--- sich dem Clavier zuwandte, erkannte er den Grund für diese plötzliche Bril-

228

lanz: Das Mädchen hatte die Augen fest geschlossen und das Kinn hoch über die Tasten erhoben.

Als Maria Theresia ans Ende des Satzes kam, öffnete sie die Augen, senkte den Blick und begann wieder von vorn. Das Ergebnis war wiederum Chaos, und diesmal meinte M---, den Grund erraten zu können: Sie beobachtete wie gebannt ihre Hände. Und just dieses Beobachten machte offenbar ihre Fähigkeiten zunichte. Von den eigenen Fingern und deren Bewegungen über die Tasten fasziniert, war sie nicht imstande, die Finger vollständig zu beherrschen. Sie verfolgte deren Ungehorsam bis ans Ende des Satzes, dann stand sie auf und lief zur Tür.

Wieder trat Stille ein.

Schießlich sagte M---: »Das war zu erwarten.«

Herr von P--- erwiderte zornesrot: »Es ist ein Fiasko.«

»So etwas braucht seine Zeit. Es wird mit jedem Tag besser werden.«

»Es ist ein Fiasko. Wenn das bekannt wird, ist es das Ende ihrer Karriere.«

Törichterweise stellte M--- die Frage: »Was wäre Ihnen lieber, dass Ihre Tochter sehen oder spielen kann?«

Herr von P--- war wutentbrannt aufgesprungen, seine Frau stand neben ihm. »Mein Herr, ich kann mich nicht entsinnen, dass Sie uns vor diese Wahl gestellt hätten, als wir unsere Tochter zu Ihnen brachten.«

Als sie gegangen waren, fand M--- das Mädchen in einem beklagenswerten Zustand vor. Um es zu beruhigen, sagte er, es sei nicht verwunderlich, dass der Anblick der Finger ihr Spiel verwirrt habe.

»Wenn es nicht verwunderlich ist, warum haben Sie mich dann nicht gewarnt?«

Er erinnerte sie daran, dass ihr Sehvermögen sich beinahe täglich verbessert habe, und daher müsse sich ihr Spiel unweigerlich gleichfalls verbessern, wenn sie sich einmal an die Erscheinung ihrer Finger auf den Tasten gewöhnt habe.

»Darum habe ich das Stück ein drittes Mal gespielt. Und es war noch schlimmer als beim ersten Mal.«

M--- widersprach nicht. Er wusste aus eigener Erfahrung um die entscheidende Rolle der Nerven in künstlerischen Dingen. Spielte man schlecht, dann drückte das aufs Gemüt; war man bedrückt, dann spielte man noch schlechter – und so, unaufhaltsam, immer weiter. Stattdessen verwies er auf die allgemeine Besserung von Maria Theresias Zustand. Auch damit gab sie sich nicht zufrieden.

»In meiner Dunkelheit war die Musik mein ganzer Trost. Ins Licht hinaus geführt zu werden und dann die Fähigkeit zu spielen zu verlieren, das wäre ein grausamer Tausch.«

»Das wird nicht geschehen. Es ist ausgeschlossen. Sie müssen mir vertrauen, dass dies nicht eintreten wird.«

Er sah sie an und beobachtete, wie sich ein Stirnrunzeln zeigte und wieder verschwand. Schließlich antwortete sie: »Von der Frage des Schmerzes abgesehen, waren Sie stets meines Vertrauens würdig. Sie sagten, was eintreten könne, und es ist eingetreten. Darum, ja, ich vertraue Ihnen.«

In den folgenden Tagen musste M--- erkennen, dass seine frühere Gleichgültigkeit gegen die Meinung der Außenwelt naiv gewesen war. Gewisse Angehörige der Medizinischen Fakultät stellten den Antrag, die Praxis der Magnetkur nur dann anzuerkennen, wenn M--- deren Wirkung bei einem anderen Patienten erneut erzielen könne, und das bei voller Beleuchtung und in Anwesenheit von sechs Gutachtern der Fakultät – Bedingungen, die, wie M--- wusste, die Wirkung der Kur zunichtemachen würden. Satirische Stimmen fragten bereits, ob künftig alle Ärzte mit

230

Zauberstäben ausgestattet werden sollten. Gefährlicher noch, manch einer stellte die moralische Klugheit des Verfahrens in Frage. Ob es dem Status und Ansehen der Profession zuträglich sei, wenn einer der ihren junge Frauen in sein Haus hole, sie zu einem Klosterleben hinter geschlossenen Vorhängen zwinge und ihnen dann zwischen Töpfen mit magnetisiertem Wasser und zum Jaulen einer Glasharmonika die Hände auflege?

Am 29. April 177- wurde Frau von P--- in M---s Arbeitszimmer geführt. Sie war offenkundig erregt und weigerte sich, Platz zu nehmen.

»Ich bin hier, um Ihnen meine Tochter zu entziehen.«

»Hat sie zu erkennen gegeben, dass sie die Behandlung abzubrechen wünscht?«

»Ob *sie* wünscht ... Diese Frage, mein Herr, ist eine Unverschämtheit. Was *sie* wünscht, hat sich dem unterzuordnen, was ihre Eltern wünschen.«

M--- sah sie ruhig an. »Dann werde ich sie holen.«

»Nein. Läuten Sie einem Diener. Mir liegt nicht daran, dass Sie ihr Anweisung geben, wie sie zu antworten hat.«

»Nun gut.« Er läutete; Maria Theresia wurde geholt; sie schaute ängstlich zwischen den beiden hin und her.

»Ihre Mutter wünscht, dass Sie die Behandlung abbrechen und nach Hause zurückkehren.«

»Was meinen Sie dazu?«

»Ich meine, wenn Sie dies wünschen, kann ich mich dem nicht widersetzen.«

»Danach habe ich nicht gefragt. Ich habe gefragt, was Sie als Arzt dazu meinen.«

M--- warf einen Blick auf die Mutter. »Als ... Arzt meine ich, dass Ihr Zustand noch immer labil ist. Ich halte es für durchaus möglich, dass eine vollständige Heilung erzielt werden kann. Ebenso ist es durchaus möglich, dass jede

231

Besserung, die einmal verloren ging, nie wiedererlangt werden kann.«

»Das ist sehr deutlich. Dann möchte ich bleiben. Ich wünsche zu bleiben.«

Die Mutter brach augenblicklich in ein Geschrei und Ge-trampel aus, wie M--- es in der Kaiserstadt W--- noch nie erlebt hatte. Dieser Ausbruch ging weit über die natürliche Äußerung von Frau von P---s italienischem Blut hinaus, und er hätte sogar komisch sein können, hätte ihre nervöse Raserei bei ihrer Tochter nicht einen entsprechenden An-fall konvulsivischer Zuckungen ausgelöst.

»Meine Dame, ich muss Sie bitten, sich zu beherrschen«, sagte er ruhig.

Doch dies brachte die Mutter nur noch mehr in Rage, und angesichts zweier Quellen der Provokation fuhr sie fort, von der Frechheit, Halsstarrigkeit und Undankbarkeit ihrer Tochter zu keifen. Als M--- ihr die Hand auf den Arm legen wollte, fiel Frau von P--- über Maria Theresia her, packte sie und stieß sie kopfüber gegen die Wand. Unter dem Geschrei der Frauen rief M--- seine Dienerschaft her-bei, um die Megäre im Zaum zu halten, die sich eben auf den Arzt selbst stürzen wollte. Plötzlich mischte sich eine weitere Stimme in den Tumult.

»Geben Sie meine Tochter heraus! Wer mir in den Weg tritt, ist ein toter Mann!«

Die Tür wurde gewaltsam aufgerissen, und dann erschien Herr von P--- selbst, eine eingerahmte Gestalt mit erhobe-nem Säbel. Er stürzte ins Arbeitszimmer und drohte, jeden in Stücke zu schlagen, der ihm Widerstand leisten würde.

»Mein Herr, dann müssen Sie mich in Stücke schlagen«, antwortete M--- mit fester Stimme. Herr von P--- hielt in-ne, unsicher, ob er über den Doktor herfallen, seine Toch-ter retten oder seine Frau trösten sollte. Da er sich nicht

entscheiden konnte, begnügte er sich mit einer Wiederholung seiner Drohungen. Die Tochter weinte, die Mutter
schrie, der Arzt versuchte, vernünftig zu argumentieren,
der Vater versprach lärmend Chaos und Tod. M--- bewahr-
te soweit kühlen Kopf, um darüber zu sinnieren, dass der
junge Mozart dieses opernhafte Quartett sicherlich mit
Vergnügen vertont hätte.

Am Ende konnte der Vater beschwichtigt und anschlie-
ßend entwaffnet werden. Er ging unter Verwünschungen
ab und hatte seine Frau offenbar vergessen, die noch einen Moment stehen blieb und zwischen M--- und ihrer
Tochter hin- und herschaute, ehe sie sich selbst davon-
machte. M--- war sofort und den ganzen restlichen Tag
über bemüht, Maria Theresia zu beruhigen. Dabei kam er
zu dem Schluss, seine ursprüngliche Vermutung habe sich
bestätigt: Maria Theresias Blindheit war zweifellos eine
hysterische Reaktion auf das ebenso hysterische Betragen
von Vater, Mutter oder beiden zugleich. Dass ein empfind-
sames, künstlerisch veranlagtes Kind sich angesichts der-
artiger emotionaler Attacken instinktiv vor der Welt ver-
schloss, erschien nur vernünftig, ja unausweichlich. Und
nun machten die tobenden Eltern, die den Zustand des
Mädchens erst verschuldet hatten, diesen noch schlimmer.

Was mochte diesen plötzlichen, verderblichen Ausbruch
ausgelöst haben? Gewiss mehr als eine bloße Missach-
tung des elterlichen Willens. Daher versuchte M---, sich
die Situation aus der Perspektive der Eltern vorzustellen.
Ein Kind erblindet, alle bekannten Heilmittel versagen, bis
nach vielen Jahren ein neuer Arzt das Mädchen mit einem
neuartigen Verfahren allmählich wieder sehend macht.
Die Prognose ist optimistisch, und endlich werden die Eltern für ihre Liebe, Klugheit und ihren medizinischen Mut

belohnt. Doch dann beginnt das Mädchen zu spielen, und plötzlich steht für die Eltern die Welt Kopf. Vordem hatten sie eine blinde Virtuosin in ihrer Obhut; nun hatte das Augenlicht ihre Tochter zu einer mittelmäßigen Künstlerin gemacht. Wenn sie weiterhin so spielte, wäre ihre Karriere beendet. Doch selbst angenommen, sie würde all ihr früheres Können wiedererlangen, so fehlte ihr doch die Einzigartigkeit der Blindheit. Sie wäre nur eine Pianistin unter vielen anderen. Und die Kaiserin hätte keinen Grund, ihr weiterhin eine Gnadenpension auszusetzen. Zweihundert Golddukaten waren eine hübsche Summe, und wie sollten sie ohne dieses Geld Werke bei führenden Komponisten in Auftrag geben?

M--- verstand dieses Dilemma, aber es konnte nicht seine oberste Sorge sein. Er war Arzt und kein Musikimpresario. Auf jeden Fall war er überzeugt, wenn Maria Theresia sich erst an den Anblick ihrer Hände auf den Tasten gewöhnt hätte und die Wahrnehmung sich nicht mehr auf ihren Vortrag auswirkte, dann würde ihr Können nicht nur wiederkehren, sondern sich weiter entwickeln und verbessern. Denn wie sollte Blindheit von Vorteil sein? Außerdem hatte sich das Mädchen den Eltern offen widersetzt und wollte die Behandlung fortführen. Wie konnte er Maria Theresias Hoffnungen enttäuschen? Er würde ihr Recht verteidigen, unter seinem Dach zu leben, selbst wenn er dazu Knüppel an seine Diener verteilen müsste.

Doch Gefahr drohte nicht nur von den tobenden Eltern. Die Meinung bei Hofe und in der Gesellschaft hatte sich gegen den Arzt gewendet, der eine junge Frau eingesperrt hatte und sich jetzt weigerte, sie ihren Eltern zurückzugeben. Dass auch das Mädchen selbst sich weigerte, zu ihnen zurückzukehren, machte die Sache für M--- nicht besser: Manche sahen darin nur die Bestätigung, dass er ein Zauberer war, ein Hexer, dessen hypnotische Kräfte vielleicht nicht heilen, aber ganz sicher andere zu seinen Sklaven machen konnten. Moralische Verfehlung paarte sich mit medizinischer Verfehlung, und so wurde ein Skandal geboren. In der Kaiserstadt erhob sich ein solcher Brodem dunkler Andeutungen, dass er Professor Stoerk zum Handeln bewog. Er zog seine frühere Anerkennung von M---s Wirken zurück und verfasste nunmehr, am zweiten Mai 177-, ein Schreiben mit der Forderung, M--- solle seine »Betrügereien« einstellen und das Mädchen zurückgeben.

Wieder weigerte sich M---. Maria Theresia von P---, so antwortete er, leide an Krämpfen und Wahnvorstellungen. Man schickte einen Hofarzt, der sie untersuchte und Stoerk berichtete, seiner Meinung nach lasse der Zustand der Patientin eine Rückkehr nicht zu. Damit hatte M--- vorerst Ruhe und widmete sich in den folgenden Wochen ausschließlich diesem Fall. Mit Worten, mit Magnetismus, mit der Berührung seiner Hände und mit dem Vertrauen der Patientin gelang es ihm, innerhalb von neun Tagen ihre nervöse Hysterie unter Kontrolle zu bekommen. Besser noch, binnen Kurzem zeigte sich, dass ihr Wahrnehmungsvermögen jetzt schärfer war als je zuvor, was darauf hindeutete, dass die Leitungsbahnen von Auge und Gehirn gekräftigt waren. Er fragte Maria Theresia vorerst nicht, ob sie spielen wolle; und auch sie schlug das nicht vor.

M--- wusste, dass es nicht möglich sein würde, Maria Theresia von P--- bis zu ihrer vollständigen Heilung bei sich zu behalten, doch er wollte sie nicht gehen lassen, bevor sie nicht stark genug war, sich der Welt zu erwehren. Nach fünfwöchigen Gefechten wurde ein Abkommen erzielt: M--- würde das Mädchen wieder in die Obhut der Eltern geben, und sie würden M--- erlauben, ihre Tochter weiterhin zu behandeln, wann immer es nötig wäre. Als dieser Friedensvertrag besiegelt war, wurde Maria Theresia am 8. Juni 177- übergeben.

An diesem Tag sah M--- sie zum letzten Mal. Die von P---s brachen unverzüglich ihr Wort, hielten ihre Tochter unter strenger Bewachung und verboten ihr jeden Kontakt zu M---. Wir können nicht wissen, was in jenem Haus gesagt und getan wurde, wir können nur wissen, was die vorhersehbare Folge war: Maria Theresia fiel umgehend wieder in die Blindheit zurück und sollte in ihren verbleibenden siebenundvierzig Lebensjahren nicht wieder aus diesem Zustand hinauskommen.

Über Maria Theresias Qualen, über ihr seelisches Leid und ihre geistigen Betrachtungen liegen uns keine Berichte vor. Doch zumindest war ihr die Welt fortwährender Dunkelheit vertraut. Wir dürfen annehmen, dass sie jede Hoffnung auf Heilung und auch auf ein Entkommen von ihren Eltern aufgab; wir wissen allerdings, dass sie ihre Karriere wieder aufnahm, zunächst als Pianistin und Sängerin, dann als Komponistin und schließlich als Lehrerin. Sie erlernte den Gebrauch eines Notensetzbretts, das ihr Sekretär und Librettist Johann Riedinger für sie erfunden hatte; des Weiteren besaß sie eine Handdruckpresse für ihre Korrespondenz. Ihr Ruhm verbreitete sich in ganz Europa; sie kannte sechzig Konzerte auswendig und trat damit in Prag, London und Berlin auf.

M--- aber wurde von der Medizinischen Fakultät und der Sittenkommission aus der Kaiserstadt W--- vertrieben, eine Kombination, die dafür sorgte, dass er dort halb als Scharlatan, halb als Verführer in Erinnerung blieb. Er zog sich erst in die Schweiz zurück und ließ sich dann in Paris nieder. 178-, sieben Jahre nach ihrer letzten Begegnung, kam Maria Theresia von P--- zu einem Auftritt in die französische Hauptstadt. In den Tuilerien stellte sie in Anwesenheit von Ludwig XVI. und Marie Antoinette das Konzert vor, das Mozart für sie geschrieben hatte. Sie traf nicht mit M--- zusammen; wir wissen auch nicht, ob einer von beiden dies gewünscht hätte. Maria Theresia lebte weiter in Dunkelheit, verdienstvoll und gefeiert bis zu ihrem Tod im Jahre 182-.

M--- war neun Jahre zuvor im Alter von einundachtzig Jahren verstorben, ohne dass seine Geisteskraft und seine Leidenschaft für die Musik nachgelassen hätten. Als er in Meersburg am Ufer des Bodensees im Sterben lag, schickte er nach seinem jungen Freund F---, einem Seminaristen, damit er ihm auf der Glasharmonika vorspiele, die ihn seit seinem Auszug aus der Landstraße 261 auf allen seinen Reisen begleitet hatte. Einem Bericht zufolge wurden seine Todesqualen gelindert, als er ein letztes Mal der Sphärenmusik lauschen durfte. Einem anderen Bericht zufolge wurde der junge Seminarist aufgehalten, und M--- starb, bevor F--- seine Kreidefinger auf das rotierende Glas legen konnte.

Carcassonne

——

Im Sommer 1839 hebt ein Mann ein Teleskop an das Auge und betrachtet die brasilianische Küstenstadt Laguna. Er ist ein ausländischer Guerillaführer, dessen jüngster Erfolg die Kapitulation der kaiserlichen Flotte herbeigeführt hat. Der Freiheitskämpfer steht an Bord des gekaperten Flaggschiffs, eines Schoners namens *Itaparica* mit Toppsegel und sieben Kanonen, der nun in der Lagune vor Anker liegt, die der Stadt ihren Namen gab. Das Teleskop gewährt den Blick auf einen hügeligen Stadtteil, der allgemein die Barra heißt und einige schlichte, aber malerische Gebäude umfasst. Vor einem dieser Gebäude sitzt eine Frau. Bei ihrem Anblick gibt der Mann, wie er später schreiben wird, »umgehend Befehl, das Boot auslaufen zu lassen, da ich an Land zu gehen wünschte.«

Anita Riberas war achtzehn Jahre alt, ein Mischling portugiesischer und indianischer Abstammung mit dunklem Haar, großen Brüsten, einer »männlichen Haltung und entschlossenen Miene«. Sie muss den Namen des Guerilleros gekannt haben, da er zur Befreiung ihrer Heimatstadt beigetragen hatte. Doch seine Suche nach der jungen Frau und ihrem Haus blieb vergeblich, bis er durch Zufall einen ihm bekannten Ladenbesitzer traf, der ihn auf einen Kaffee hereinbat. Und dort, als habe sie auf ihn gewartet, war sie. »Wir standen beide verzückt und stumm, starrten einander an wie zwei Menschen, die sich nicht zum ersten Mal begegnen und im Gesicht des anderen nach etwas suchen, was die Erinnerung an die vergessene Vergangenheit erleichtern kann.« So drückt er es, viele Jahre später, in seiner Autobiografie aus, in der er auch einen weiteren Grund für das verzückte Schweigen nennt: Er sprach sehr wenig Portugiesisch und sie kein Italienisch. Darum begrüßte er sie schließlich in seiner eigenen Sprache: »*Tu devi esser mia*« – Du musst die Meine sein. Seine Worte gingen über das Problem unmittelbarer Verständigung hinaus: »Ich hatte ein Band geknüpft, ein Urteil verkündet, das allein der Tod aufheben kann.«

Gibt es eine romantischere Begegnung als diese? Und da Garibaldi einer der letzten romantischen Helden der europäischen Geschichte war, wollen wir uns nicht bei nebensächlichen Details aufhalten. Zum Beispiel muss er leidlich portugiesisch gesprochen haben, schließlich hatte er jahrelang in Brasilien gekämpft; zum Beispiel war Anita trotz ihres jugendlichen Alters keine scheue Jungfer, sondern eine bereits seit mehreren Jahren mit einem einheimischen Schuster verheiratete Frau. Wir wollen auch über das Herz eines Ehemanns und die Ehre einer Familie hinwegsehen und uns nicht weiter fragen, ob Gewalt angewendet wurde oder Geld die Hände wechselte, als Garibaldi einige Abende später an Land kam und Anita mit sich nahm. Stattdessen wollen wir uns einfach darauf einigen, dass dies dem innigen und unmittelbaren Verlangen beider Parteien entsprach, und dass, wo eine eher annähernde Gerichtsbarkeit waltet, Besitz gewöhnlich Recht schafft.

Sie heirateten drei Jahre später in Montevideo, nachdem sie gehört hatten, der Schuster sei vermutlich tot. Dem Historiker G. M. Trevelyan zufolge verbrachten sie »ihre

Flitterwochen mit amphibischer Kriegsführung an der Küste und in der Lagune, wo sie aus nächster Nähe gegen einen übermächtigen Feind kämpften«. Zehn Jahre lang war sie, die ebenso gut zu Pferde und ebenso tapfer war wie er, ihm Kampf- und Ehegefährtin; für seine Truppen fungierte sie als Glücksbringerin, Anspornerin und Krankenschwester. Die Geburt von vier Kindern tat ihrer Hingabe an die Sache der Republikaner, erst in Brasilien, dann in Uruguay und schließlich in Europa, keinen Abbruch. An Garibaldis Seite kämpfte sie für die Römische Republik und schlug sich, als diese besiegt war, mit ihm über den Kirchenstaat an die Adriaküste durch. Während der Flucht erkrankte sie auf Leben und Tod. Garibaldi blieb, trotz dringender Bitten, seine Flucht allein fortzusetzen, bei seiner Frau; gemeinsam entgingen sie den österreichischen Weißröcken in den Sümpfen um Ravenna. An ihren letzten Tagen hielt Anita unbeirrt an »der undogmatischen Religion ihres Mannes« fest, was Trevelyan zu einem gewaltigen romantischen Tusch bewegt: »Sie starb an Garibaldis Brust und brauchte darum keinen Priester.«

Vor einigen Jahren kam ich auf einer Buchhändlerkonferenz in Glasgow mit zwei Australierinnen ins Gespräch, einer Schriftstellerin und einer Köchin. Genauer gesagt, ich hörte ihrem Gespräch zu, denn sie erörterten die Wirkung verschiedener Nahrungsmittel auf den Geschmack des männlichen Spermas. »Zimt«, sagte die Schriftstellerin sachkundig. »Nein, nicht nur«, erwiderte die Köchin. »Man braucht Erdbeeren, Brombeeren und Zimt, das ist das Beste.« Dann sagte sie noch, einen Fleischesser könne sie immer erkennen. »Glaub mir, ich kenne mich da aus. Ich habe einmal eine Blindverkostung gemacht.« Un-

schlüssig, ob ich etwas dazu beitragen sollte, erwähnte ich
Spargel. »Ja«, sagte die Köchin. »Der zeigt sich im Urin,
aber er zeigt sich auch im Ejakulat.« Wenn ich diesen Mei-
nungsaustausch nicht gleich danach aufgeschrieben hätte,
hätte ich ihn womöglich für eine Erinnerung aus einem
feuchten Traum gehalten.

Ein Freund von mir ist Psychiater und behauptet, es gebe einen direkten Zusammenhang zwischen dem Interesse am Essen und dem Interesse an Sex. Der wollüsti-
ge Schlemmer ist fast schon ein Klischee, während eine
Aversion gegen Essen oft mit erotischem Desinteresse ein-
hergeht. Was den normalen mittleren Teil des Spektrums
betrifft: Ich kenne Leute, die aufgrund der Kreise, in denen
sie sich bewegen, ihr Interesse am Essen übertrieben darstellen; oft geben solche Leute (wiederum aufgrund des
Gruppenzwangs) womöglich auch mehr Interesse an Sex
vor, als sie tatsächlich haben. Mir fallen auch Gegenbei-
spiele ein: Paare, bei denen der Appetit auf Essen, Kochen
und Mahlzeiten im Restaurant den Appetit auf Sex ver-
drängt hat und bei denen das Bett nach dem Essen ein Ort
der Ruhe statt der Aktivität ist. Doch im Großen und Ganzen würde ich sagen, an der Theorie ist etwas dran.

Die Erwartung eines Erlebnisses beherrscht und verzerrt
das eigentliche Erlebnis. In der Spermaverkostung kenne
ich mich vielleicht nicht aus, in der Weinverkostung aber
sehr wohl. Wenn man ein Glas Wein vorgesetzt bekommt,
kann man das nicht unvoreingenommen beurteilen. Zunächst mal mag man das Zeug im Grunde vielleicht gar
nicht. Doch selbst wenn man es mag, kommen noch vor
dem ersten Schluck viele unterschwellige Komponenten
ins Spiel. Welche Farbe der Wein hat, wie er riecht, in was

für einem Glas er serviert wird, was er kostet, wer ihn bezahlt, wo man sich befindet, wie man aufgelegt ist, ob man diesen Wein schon einmal getrunken hat oder nicht. Dieses Vorwissen lässt sich einfach nicht ausschließen. Es lässt sich nur durch radikale Maßnahmen umgehen. Wenn man die Augen verbunden und eine Wäscheklammer auf der Nase hat und dann ein Glas Wein gereicht bekommt, kann selbst der größte Weinkenner der Welt nicht die elementarsten Eigenschaften des Weins erkennen. Nicht einmal, ob es ein roter oder ein weißer ist.

Von allen unseren Sinnen hat dieser den breitesten Anwendungsbereich, von einem kurzen Eindruck auf der Zunge bis zur akademisch-ästhetischen Betrachtung eines Gemäldes. Außerdem ist es der Sinn, der uns am genauesten kennzeichnet. Wir mögen ein besserer oder schlechterer Mensch sein, glücklich oder traurig, erfolgreich oder ein Versager, doch was wir – innerhalb dieser breiteren Kategorien – *sind*, wie wir uns im Unterschied zu unserer genetischen Bestimmung selbst bestimmen, das bezeichnen wir als »Geschmack«. Aber das Wort führt – vielleicht wegen seiner Spannbreite – leicht in die Irre. »Geschmack« kann ruhige Überlegung bedeuten, während uns seine Ableitungen – geschmackvoll, Geschmacksfrage, geschmacklos, Geschmacklosigkeit – in eine Welt feinster Differenzierungen, von Snobismus, gesellschaftlichen Werten und Heimtextilien führen. Wahrer Geschmack, eigentlicher Geschmack ist viel instinktiver und unreflektierter. Er sagt ich, hier, jetzt, dies, du. Er sagt, lasst das Boot herab und rudert mich an Land. Dowell, der Erzähler in Ford Madox Fords *Die allertraurigste Geschichte*, sagt über Nancy Rufford: »Ich wollte sie einfach heiraten, wie manche Leute nach Carcassonne fahren wollen.« Sich zu verlieben ist der heftigste Ausdruck von Geschmack, den wir kennen.

Und doch stellt die englische Sprache diesen Moment anscheinend nicht sehr gut dar. Wir haben keine Entsprechung für den *coup de foudre*, den Blitzschlag und Donnerhall der Liebe. Wir reden davon, dass es zwischen einem Paar »gefunkt« hat – aber das ist ein häuslicher und kein kosmischer Vergleich, als sollte das Paar praktisch denken und Schuhe mit Gummisohlen tragen. Wir sprechen von »Liebe auf den ersten Blick«, und die gibt es tatsächlich, sogar in England, aber der Ausdruck klingt nach einer recht höflichen Angelegenheit. Wir sagen, ihre Blicke hätten sich über die wimmelnde Menge in einem Raum hinweg getroffen. Ach, wie gesellig das wieder klingt. Über die wimmelnde Menge in einem Raum hinweg. Über die wimmelnde Menge in einem Hafen hinweg.

Anita Riberas starb in Wirklichkeit nicht »an Garibaldis Brust«, sondern prosaischer und nicht ganz so wie auf einer Lithografie. Sie starb, während der Freiheitskämpfer und drei seiner Anhänger sie, jeder eine Ecke ihrer Matratze haltend, von einem Karren in ein Bauernhaus trugen. Und dennoch sollten wir den Moment mit dem Teleskop und alles, was er zur Folge hatte, feiern. Denn das ist der Moment – der Moment des leidenschaftlich bewegten Geschmacks –, den wir suchen. Nur wenigen von uns steht ein Teleskop und ein Hafen zur Verfügung, und beim Zurückspulen der Erinnerungen entdecken wir vielleicht, dass auch die innigsten und längsten Liebesbeziehungen nur selten mit einer vollständigen Erkenntnis, mit einem in einer fremden Sprache verkündeten »Du musst die Meine sein« beginnen. Der Moment selbst mag sich als etwas anderes tarnen: Bewunderung, Mitleid, Bürokamerad-

schaft, eine gemeinsame Gefahr, ein geteilter Gerechtig-
keitssinn. Vielleicht ist der Moment zu erschreckend, um
ihm auf der Stelle ins Gesicht zu sehen; daher tut die englische Sprache vielleicht recht daran, gallischen Pomp zu
meiden. Ich habe einmal einen lange und glücklich verheirateten Mann gefragt, wo er seine Frau kennengelernt
habe. »Auf einer Bürofeier«, antwortete er. Und was war
sein erster Eindruck von ihr? »Ich fand sie sehr nett«, antwortete er.

Woher wissen wir dann, dass wir dem Moment leidenschaftlich bewegten Geschmacks trauen können, wie auch
immer er sich tarnt? Wir wissen es nicht, auch wenn wir
meinen, wir müssten es wissen, denn das ist unser einziger
Anhaltspunkt. Eine Freundin von mir sagte einmal: »Du
kannst mich in einen Raum voller Menschen führen, und
wenn da ein Mann ist, dem das Wort ›Spinner‹ auf die
Stirn geschrieben steht, würde ich direkt auf ihn zulau-
fen.« Ein anderer, zweimal verheirateter Mann gestand:
»Ich habe schon daran gedacht, aus meiner Ehe auszubre-
chen, aber ich treffe immer eine so schlechte Wahl, dass
ich nicht sicher sein kann, ob ich es beim nächsten Mal
besser hinkriege, und das wäre doch eine sehr deprimie-
rende Erfahrung.« Wer oder was kann uns in dem Moment
eine Hilfe sein, wenn sich der stürmische Widerhall er-
hebt? Auf was vertrauen wir: den Anblick weiblicher Füße
in Wanderstiefeln, den ungewohnten Reiz eines ausländischen Akzents, die mangelnde Durchblutung von Fingerspitzen gefolgt von wütender Selbstkritik? Einmal war
ich bei einem jungverheirateten Paar zu Besuch, in dessen
neuem Haus erstaunlich wenig Möbel standen. »Das Problem ist«, erläuterte die Frau, »dass er überhaupt keinen
Geschmack hat und ich nur einen schlechten.« Wer sich
eines schlechten Geschmacks bezichtigt, geht vermutlich

von der latenten Existenz irgendeines guten Geschmacks aus. Doch bei der Liebeswahl wissen nur wenige von uns, ob sie am Ende in einem Haus ohne Möbel sitzen.

Als ich Teil eines Paares wurde, schaute ich mir die Entwicklung und das Schicksal anderer Paare mit gesteigertem Eigeninteresse an. Ich war damals schon Anfang dreißig, und einige meiner Altersgenossen, die sich zehn Jahre früher zusammengefunden hatten, begannen sich bereits zu trennen. Mir fiel auf, dass die zwei Paare, deren Beziehung anscheinend der Zeit standhielt, deren Partner weiterhin ein fröhliches Interesse aneinander zeigten, jeweils – alle vier – schwule Männer über sechzig waren. Vielleicht war das nur ein statistisches Kuriosum; aber ich fragte mich doch, ob es einen Grund dafür gebe. Lag es daran, dass sie sich die lange Mühsal der Elternschaft erspart hatten, die heterosexuelle Beziehungen häufig zermürbt? Mag sein. War es etwas, was in ihrem Schwulsein begründet lag? Wahrscheinlich nicht, wenn ich mir schwule Paare meiner eigenen Generation ansehe. Ein Merkmal, das diese beiden Paare von den anderen unterschied, war, dass ihre Beziehung über eine lange Zeit und in vielen Ländern verboten gewesen wäre. Es kann gut sein, dass eine unter solchen Bedingungen eingegangene Bindung tiefer ist: Ich lege meine Sicherheit in deine Hände, und das an jedem Tag unseres gemeinsamen Lebens. Vielleicht gibt es einen Vergleich mit der Literatur: Bücher, die unter einem repressiven Regime geschrieben wurden, werden oft höher geschätzt als Bücher, die in einer Gesellschaft geschrieben werden, in der alles erlaubt ist. Nicht, dass Schriftsteller sich deshalb nach Unterdrückung sehnen sollten oder Liebespaare nach einem gesetzlichen Verbot.

»Ich wollte sie einfach heiraten, wie manche Leute nach Carcassonne gehen wollen«. Das erste Paar, T und H, lernte sich in den 1930er-Jahren kennen. T kam aus der englischen oberen Mittelschicht, sah gut aus, war begabt und bescheiden. H stammte aus einer jüdischen Familie in Wien, der es wirtschaftlich so schlecht ging, dass seine Mutter ihn als Kind (während sein Vater im Ersten Weltkrieg war) für mehrere Jahre ins Armenhaus gab. Als junger Mann lernte er später die Tochter eines englischen Textilmagnaten kennen, die ihm vor dem Zweiten Weltkrieg zur Ausreise aus Österreich verhalf. In England arbeitete er im Familienunternehmen und verlobte sich mit der Tochter. Dann lernte er T kennen; die näheren Umstände wollte T, etwas verschämt, nicht näher erläutern, doch die Begegnung veränderte schlagartig sein ganzes Leben. »Das alles war«, erzählte T mir nach Hs Tod, »natürlich vollkommen neu für mich – ich war überhaupt noch nie mit jemandem ins Bett gegangen.«

Und was ist, könnte man fragen, mit der verlassenen Verlobten von H? Aber dies ist eine glückliche Geschichte: T erzählte mir, sie habe »einen sehr feinen Instinkt« dafür gehabt, was hier vor sich ging; sie habe sich zur rechten Zeit in einen anderen verliebt; und alle vier seien gute und lebenslange Freunde geworden. H machte als Modedesigner bei einer großen Bekleidungskette Karriere, und dieser Arbeitgeber erwies sich als so liberal, dass T, der jahrzehntelang mit seinem »österreichischen Freund« immer wieder gegen das Gesetz verstoßen hatte, bei Hs Tod in den Genuss einer Hinterbliebenenrente kam. Als er mir, nicht lange vor seinem eigenen Tod, das alles erzählte, fiel mir zweierlei auf. Erstens, wie leidenschaftslos er seine eigene Geschichte erzählte; starke Gefühle weckten bei ihm allein die Schicksalsschläge und Ungerechtigkeiten in Hs

Leben, bevor sie sich kennengelernt hatten. Und zweitens eine Formulierung, die er bei der Schilderung des Eintritts von H in sein Leben gebrauchte. T sagte, er sei sehr verwirrt gewesen – »Aber eins wusste ich genau: Ich wollte H unbedingt heiraten«.

Das andere Paar, D und D, kam aus Südafrika. D1 war konventionell, schüchtern, hochgebildet; D2 pompöser, offensichtlicher schwul und liebte Neckereien und Anzüglichkeiten. Sie wohnten in Kapstadt, besaßen ein Haus auf Santorin und reisten viel. Sie hatten ihr Zusammenleben bis ins kleinste Detail durchgeplant: Ich erinnere mich, wie sie mir in Paris erzählten, in Europa würden sie als Erstes immer einen großen Panettone für ihr Frühstück im Hotelzimmer kaufen. (Ich dachte schon immer, die erste Aufgabe für ein Paar sei die Lösung des Frühstücksproblems; wenn das einvernehmlich geklärt werden könne, ließen sich auch die meisten anderen Schwierigkeiten einvernehmlich klären.) Einmal kam D2 allein nach London. Spätabends, als wir nach einigen Gläsern über die französische Provinz sprachen, gestand er mir plötzlich: »Das beste Ficki-Ficki meines Lebens hatte ich in Carcassonne.« So einen Spruch vergisst man nicht leicht, zumal er mir schilderte, dass ein Gewitter aufgezogen war und in dem Augenblick, den die Franzosen *le moment suprême* nennen, ein gewaltiger Donnerschlag ertönte – ein wahrer *coup de foudre*. Er sagte nicht, dass er damals mit D1 zusammen gewesen war, und weil er das nicht tat, nahm ich an, dass er es nicht gewesen war. Nach seinem Tod verwendete ich seinen Spruch in einem Roman, wenn auch mit einem gewissen Zögern hinsichtlich der meteorologischen Begleitumstände, was das geläufige literarische Problem des *vrai* gegenüber dem *vraisemblable* aufwarf. Was uns im Leben erstaunt, ist in der Literatur oft ein Klischee. Einige Jahre später telefonierte ich mit D1, und er kam auf diesen Satz zu sprechen und wollte wissen, woher ich den habe. Voller Sorge um einen möglichen Verrat gestand ich, dass meine Quelle D2 gewesen war. »Ach«, sagte D1 mit plötzlicher Wärme, »das war eine *wunderbare* Zeit in Carcassonne«. Ich war erleichtert; außerdem verspürte ich so etwas wie stellvertretende Nostalgie, weil sie zusammen gewesen waren.

Für manche fängt das Teleskop dort draußen in der Lagune das Sonnenlicht ein, für andere nicht. Wir wählen, wir werden gewählt, wir bleiben ungewählt. Ich sagte zu meiner Freundin, die sich immer die Spinner aussucht, vielleicht sollte sie nach einem netten Spinner Ausschau halten. Sie antwortete: »Aber wie erkenne ich den?« Wie die meisten Menschen glaubte sie, was ihr Partner ihr erzählte, bis sie einen berechtigten Grund hatte, ihm nicht zu glauben. Sie war jahrelang mit einem Spinner zusammen, der immer pünktlich ins Büro ging; erst gegen Ende der Beziehung fand sie heraus, dass er jeden Tag als Erstes einen Termin bei seinem Psychiater hatte. Ich sagte: »Du hast einfach Pech gehabt.« Sie sagte: »Ich will nicht, dass das Pech war. Wenn es Pech ist, kann ich nichts dagegen tun.« Man sagt ja, letzten Endes bekomme man immer, was man verdient habe, aber dieser Spruch gilt auch anders herum. Man sagt, in den modernen Städten gebe es zu viele umwerfende Frauen und zu viele entsetzliche Männer. Die Stadt Carcassonne macht einen soliden und beständigen Eindruck, aber was wir dort bewundern, sind meist Rekonstruktionen aus dem neunzehnten Jahrhundert. Vergessen wir die Spekulation, ob etwas »von Dauer sein wird« und ob Dauerhaftigkeit überhaupt eine Tugend, Belohnung, Anpassung oder wieder nur Glück ist. In welchem Maß handeln wir selbst, und in welchem Maß sind wir ein passives Objekt in jenem Moment leidenschaftlich bewegten Geschmacks?

Wir sollten auch nicht vergessen, dass Garibaldi noch eine zweite Frau hatte (und eine dritte – aber die können wir vernachlässigen). Auf seine zehnjährige Ehe mit Anita Riberas folgte eine zehnjährige Witwerschaft. Im Sommer 1859 kämpfte er dann während seines Alpenfeldzugs bei Varese, als ihn durch die österreichischen Linien eine Botschaft erreichte; die Überbringerin war ein siebzehnjähriges Mädchen, das allein in einem offenen Einspänner fuhr. Das war Giuseppina Raimondi, die uneheliche Tochter des Grafen Raimondi. Garibaldi verliebte sich auf der Stelle in sie, schrieb ihr einen leidenschaftlichen Brief, erklärte ihr auf Knien seine Liebe. Er gestand die Schwierigkeiten, die sich jeder Verbindung zwischen ihnen in den Weg stellten: Er war fast dreimal so alt wie sie, hatte schon ein weiteres Kind von einer Bäuerin und fürchtete, Giuseppinas aristokratische Abstammung könne seinem politischen Image abträglich sein. Doch er konnte sich selbst (und sie) so weit überzeugen, dass sie am dritten Dezember 1859 nach den Worten eines anderen und jüngeren Historikers als Trevelyan »ihre Bedenken beiseiteschob und in sein Zimmer trat. Die Tat war vollbracht!« Wie Anita war sie ersichtlich kühn und tapfer; am 24. Januar 1860 wurden sie getraut – diesmal nach allen Regeln der katholischen Kirche.

Tennyson traf vier Jahre später auf der Isle of Wight mit Garibaldi zusammen. Der Dichter brachte dem Freiheitskämpfer große Bewunderung entgegen, bemerkte aber auch, dass er »die göttliche Dummheit eines Helden« besaß. Diese zweite Ehe – besser gesagt, Garibaldis Illusionen darüber – hatte (je nachdem, welcher Quelle man

Glauben schenkt) entweder ein paar Stunden oder ein paar Tage Bestand, bis zu dem Moment, als der frischgebackene Ehemann einen Brief mit ausführlichen Details aus dem früheren Leben seiner neuen Ehefrau erhielt. Wie sich herausstellte, hatte sich Giuseppina seit ihrem elften Lebensjahr Liebhaber genommen; sie hatte Garibaldi nur auf Drängen ihres Vaters geheiratet; sie hatte die Nacht vor der Hochzeit mit ihrem letzten Liebhaber verbracht, von dem sie schwanger war; und sie hatte das sexuelle Geschehen mit ihrem künftigen Ehemann vorangetrieben, damit sie ihm am ersten Januar schreiben und behaupten konnte, sie trage sein Kind unter dem Herzen.

Garibaldi verlangte nicht nur die sofortige Trennung, sondern eine Annullierung. Der romantische Held begründete das mit dem zutiefst unromantischen Argument, da er nur vor der Hochzeit und nicht danach mit Giuseppina geschlafen habe, sei die Ehe formal nicht vollzogen worden. Diese Sophisterei konnte das Gericht nicht überzeugen, und auch Garibaldis Appell an höhere Stellen bis hin zum König zeigte keinen Erfolg. Der Freiheitskämpfer blieb für die nächsten zwanzig Jahre an Giuseppina gekettet.

Letzten Endes kann überhaupt nur ein Jurist Recht und Gesetz überlisten; statt des romantischen Teleskops regiert das juristische Mikroskop. Als das befreiende Argument schließlich gefunden wurde, lautete es so: Da Garibaldis Trauung auf einem formal unter österreichischer Herrschaft stehendem Gebiet vollzogen wurde, könne man die Auffassung vertreten, dass dies nach österreichischem bürgerlichen Recht geschehen sei, und nach diesem Recht sei eine Annullierung möglich (und vielleicht immer möglich gewesen). So wurde der Held und Liebhaber von eben der Nation gerettet, gegen deren Herrschaft er seinerzeit gekämpft hatte. Der bedeutende Jurist, der auf diese geniale Lösung kam, hatte im Jahre 1860 die rechtlichen Grundlagen der Einigung Italiens ausgearbeitet; jetzt hatte er erwirkt, dass der eheliche Bund des Einigers der Nation zerschlagen wurde. Ein Hoch auf Pasquale Stanislao Mancini.

Pulse

Vor etwa drei Jahren wanderten meine Eltern in Italien einen Feldweg entlang. Ich stelle mir oft vor, dass ich ihnen zuschaue, immer von hinten. Meine Mutter hat das grau werdende Haar stramm zurückgebunden und trägt vermutlich eine weit geschnittene, gemusterte Bluse zu einer bequemen Hose und vorne offenen Sandalen; mein Vater hat ein kurzärmeliges Hemd, Kakihosen und blank geputzte braune Schuhe an. Sein Hemd ist ordentlich gebügelt und hat zwei Taschen mit Knöpfen sowie Aufschläge, wenn man das so nennt, an den Ärmeln. Er besitzt ein halbes Dutzend solcher Hemden; sie weisen ihn als einen Mann im Urlaub aus. Sie wirken aber überhaupt nicht sportlich; bestenfalls würden sie auf einen Bowlingrasen passen.

Möglicherweise halten die beiden Händchen; das taten sie immer unbefangen, ob ich nun hinter ihnen ging und sie beobachtete oder nicht. Sie wandern diesen Weg irgendwo in Umbrien entlang, weil sie einem ungelenk mit Kreide geschriebenen Schild folgen, das *vino novello* verheißt. Und sie gehen zu Fuß, weil sie sich die tiefen harten Lehmfurchen angeschaut haben und die ihrem Leihwagen nicht zumuten wollen. Ich hätte eingewandt, genau dazu sei ein Leihwagen doch da; aber meine Eltern waren in vielerlei Hinsicht ein vorsichtiges Paar.

Der Weg verläuft zwischen Weingärten. Als er eine Biegung nach links macht, kommt eine rostige hangarähnliche Scheune in Sicht. Davor steht ein Betongebilde, das wie ein überdimensionaler Kompostbehälter aussieht: fast zwei Meter hoch und drei Meter breit, ohne Dach oder Vorderfront. Als sie auf etwa dreißig Meter herangekommen sind, guckt meine Mutter meinen Vater an und zieht eine Grimasse. Vielleicht sagt sie sogar »Igitt« oder etwas in der Art. Mein Vater runzelt die Stirn und antwortet nicht. Da passierte es zum ersten Mal, oder, um genau zu sein, bemerkte er es zum ersten Mal.

Wir wohnen in einer ehemaligen Marktstadt rund dreißig Meilen nordwestlich von London. Mum arbeitet in der Krankenhausverwaltung; Dad ist seit jeher als Anwalt in einer hiesigen Kanzlei tätig. Er sagt, er habe bis an sein Lebensende genug zu tun, aber in Zukunft werde es Anwälte wie ihn – die nicht nur Fachleute sind und sich mit Urkunden auskennen, sondern ganz allgemein Rat erteilen – nicht mehr geben. Der Arzt, der Pfarrer, der Anwalt, vielleicht noch der Lehrer – das waren in den alten Zeiten die Persönlichkeiten, an die man sich nicht nur ihrer beruflichen Kompetenz wegen wandte. Heutzutage, sagt mein Vater, fertigen die Leute ihre Kaufverträge selbst aus, setzen ihr Testament selbst auf, einigen sich im Voraus über die Regelung ihrer Scheidung und beraten sich selbst. Wenn sie eine zweite Meinung hören wollen, holen sie die eher bei einer Briefkastentante als bei einem Anwalt ein und am liebsten im Internet. Mein Vater nimmt das mit philosophischer Gelassenheit hin, selbst wenn sich die Leute einbilden, sie könnten sich vor Gericht selbst verteidigen. Er lächelt dann nur und zitiert den alten Juristenspruch: Wer sich vor Gericht selbst vertritt, dessen Mandant ist ein Idiot.

Dad hat mir davon abgeraten, in seine juristischen Fußstapfen zu treten, darum habe ich Pädagogik studiert und unterrichte jetzt an einem fünfzehn Meilen entfernten Oberstufenzentrum. Aber ich habe keinen Grund gesehen, aus der Stadt wegzuziehen, in der ich aufgewachsen bin. Ich gehe zum Training in die hiesige Sporthalle, und freitags jogge ich mit einer Gruppe, die mein Freund Jake leitet; da habe ich auch Janice kennengelernt. Sie wäre in einer Stadt wie dieser immer aufgefallen, weil sie so ein Londoner Flair verbreitet. Ich glaube, sie hat gehofft, ich würde in die Großstadt ziehen wollen, und war dann enttäuscht, als ich das nicht wollte. Nein, das glaube ich nicht; ich weiß es.

Mum ... wer kann schon seine Mutter beschreiben? Das ist so, wie wenn ein Interviewer ein Mitglied des Königshauses fragt, wie es ist, ein Mitglied des Königshauses zu sein; dann lacht der Gefragte und sagt, er weiß nicht, wie es ist, kein Mitglied des Königshauses zu sein. Ich weiß nicht, wie es wäre, wenn meine Mum nicht meine Mum wäre. Denn wenn sie das nicht wäre, dann wäre ich ja nicht ich, könnte ich gar nicht ich sein, oder?

Anscheinend war ich eine schwere Geburt. Vielleicht gibt es deshalb nur mich; ich habe aber nie gefragt. In unserer Familie spricht man nicht über Gynäkologie. Auch nicht über Religion, weil wir nämlich keine haben. Manchmal reden wir über Politik, aber wir streiten selten, weil wir meinen, eine Partei sei so schlecht wie die andere. Dad tendiert vielleicht ein bisschen mehr nach rechts als Mum, aber im Grunde heißt unser Prinzip: Vertraue dir selbst, hilf anderen und erwarte nicht, dass der Staat von der Wiege bis zur Bahre für dich sorgt. Wir zahlen unsere Steuern und unsere Rentenbeiträge und haben eine Lebensversicherung; wir nutzen den staatlichen Gesundheitsdienst und spenden nach unseren Möglichkeiten für Wohlfahrtsverbände. Wir sind ganz normale, vernünftige Mittelständler.

Und ohne Mum wären wir das alles nicht. Als ich klein war, hatte Dad ein leichtes Alkoholproblem, aber das hat Mum ihm ausgetrieben und dafür gesorgt, dass er jetzt ausschließlich in Gesellschaft trinkt. Ich galt in der Schule als »Störer«, aber das hat Mum mir mit Geduld und Liebe ausgetrieben und dabei genau klargestellt, welche Grenzen ich nicht überschreiten durfte. Vermutlich hat sie bei Dad dasselbe gemacht. Sie organisiert uns. Sie hat ihren Lancashire-Akzent nie ganz verloren, aber dieses alberne Nord-Süd-Getue machen wir in unserer Familie nicht mit, nicht mal im Scherz. Ich glaube, es macht auch etwas aus, dass nur ein Kind da ist, weil sich dann Kinder und Erwachsene nicht von Natur aus wie zwei Mannschaften gegenüberstehen. Man ist nur zu dritt, und ich wurde vielleicht mehr verhätschelt, aber ich habe von klein auf gelernt, mich in einer Erwachsenenwelt zu bewegen, weil etwas anderes nicht auf dem Programm stand. Vielleicht täusche ich mich da. Wenn du Janice fragen würdest, ob sie mich für richtig erwachsen halte, kann ich mir ihre Antwort lebhaft vorstellen.

Meine Mutter zieht also eine Grimasse, und mein Vater runzelt die Stirn. Sie gehen weiter, bis der Inhalt des Betonsilos deutlicher wird: eine gewölbte Halde von einer purpurroten Pampe. Jetzt sagt meine Mutter – und hier kann ich nur raten, obwohl mir ihr Wortschatz vertraut ist – etwas wie:

»Das riecht ja ziemlich streng.«

Mein Vater sieht, worauf sich die Bemerkung meiner Mutter bezieht: einen Haufen Trester. Das ist offenbar die Bezeichnung für das, was nach dem Auspressen von Trauben übrig bleibt – die Rückstände an Schalen, Stängeln, Kernen und so weiter. Meine Eltern kennen sich da aus; sie sind auf ihre nichtfanatische Art sehr daran interessiert, was sie essen und trinken. So waren sie ja überhaupt auf diesen Feldweg gekommen – sie wollten ein paar Flaschen neuen Wein mit nach Hause nehmen. Mir ist Essen und Trinken nicht gleichgültig, ich habe nur eine eher pragmatische Einstellung dazu. Ich weiß, welche Nahrungsmittel am gesündesten sind und zugleich die meiste Energie liefern. Und ich weiß genau, mit wie viel Alkohol ich mich entspannen und fröhlich sein kann und wie viel zu viel ist. Jake, der fitter und gleichzeitig hedonistischer ist als ich, hat mir einmal erzählt, was man über Martinis sagt: »Einer ist perfekt. Zwei sind zu viel. Und drei sind nicht genug.« Bei mir ist das allerdings anders: Ich habe mir einmal einen Martini bestellt – und ein halber war gerade richtig.

Mein Vater geht also auf diesen großen Abfallhaufen zu, bleibt etwa drei Meter davor stehen und schnüffelt bewusst. Nichts. Anderthalb Meter – immer noch nichts. Erst als er die Nase fast in den Trester steckt, nimmt er etwas wahr. Und selbst dann ist es nur eine schwache Form des durchdringenden Gestanks, der da sein muss, wie seine Augen – und seine Frau – ihm sagen. Mein Vater nimmt das eher neugierig als beunruhigt auf. Den restlichen Urlaub lang überprüft er, wie sehr ihn seine Nase im Stich lässt. Benzindämpfe beim Tanken – nichts. Ein doppelter Espresso in einem Dorflokal – nichts. Blumenbüschel, die über einer bröckeligen Mauer hängen – nichts. Der

Fingerbreit Wein, den ein herumscharwenzelnder Kellner ihm einschenkt – nichts. Seife, Shampoo – nichts. Deodorant – nichts. Das war überhaupt das Merkwürdigste, wie Dad mir sagte: Man benutzt ein Deodorant und kann etwas nicht riechen, was man benutzt, um etwas anderes zu verhindern, was man ebenso wenig riechen kann.

Sie waren sich einig, dass es nicht viel Sinn hätte, etwas zu unternehmen, bis sie wieder zu Hause waren. Mum war darauf gefasst, dass sie Dad ständig ermahnen müsste, damit er im Gesundheitszentrum anruft. Beiden widerstrebte es, einen Arzt zu bemühen, wenn es nichts Ernstes war. Aber wenn es den anderen betraf, hielt jeder es für ernster, als wenn es ihn selbst betraf. Daher die Notwendigkeit ständigen Ermahnens. Am Ende rief einfach einer an und machte einen Termin für den anderen aus.

Diesmal rief mein Vater selbst an. Ich fragte ihn, was ihn dazu gebracht habe. Er zögerte. »Nun ja, wenn du es wissen willst, mein Sohn, es war, als ich merkte, dass ich deine Mum nicht riechen konnte.«

»Du meinst, ihr Parfüm?«

»Nein, nicht ihr Parfüm. Ihre Haut. Ihre ... Person.«

Sein Blick war zärtlich und abwesend, als er das sagte. Ich fand das überhaupt nicht peinlich. Er genierte sich einfach nicht für seine Gefühle zu seiner Frau. Manche Eltern stellen ihre ehelichen Gefühle vor ihren Kindern zur Schau: Guck uns an, sieh nur, wie jung und fesch wir noch sind, sind wir nicht ein Paar wie aus dem Bilderbuch? Meine Eltern waren da ganz anders. Und ich beneidete sie umso mehr, weil sie es nicht nötig hatten, sich so aufzuspielen.

Wenn wir in der Gruppe joggen, gibt der Leiter, Jake, das Tempo vor und sorgt auch dafür, dass niemand zu weit zurückbleibt. Ganz vorne läuft die harte Truppe; die haben immer den Kopf unten, checken ihre Uhren und Pulsmesser, und wenn sie überhaupt reden, dann über Flüssigkeitsverlust und wie viele Kalorien sie schon verbrannt haben. Hinten kommen die, die nicht fit genug sind, um gleichzeitig zu laufen und zu reden. Und dazwischen ist der Rest, für den das Geplauder ebenso wichtig ist wie die sportliche Betätigung. Es gibt aber eine Regel: Niemand darf einen anderen monopolisieren, nicht mal, wenn die beiden ein Paar sind. Darum richtete ich es an einem Freitagabend so ein, dass ich mit Janice Schritt hielt, unserem jüngsten Neuzugang. Ihr Jogginganzug stammte erkennbar nicht aus dem Laden hier, in dem wir anderen einkaufen; er war weiter geschnitten und seidiger und mit unnötigen Paspeln besetzt.

»Was führt dich denn in unsere Stadt?«

»Eigentlich bin ich schon zwei Jahre hier.«

»Was hat dich denn in unsere Stadt geführt?«

Sie lief ein paar Meter. »Mein Freund.« Ah, so. Dann noch ein paar Meter. »Exfreund.« Ah, schon besser – vielleicht joggt sie, um ihn zu vergessen. Aber ich wollte dem nicht auf den Grund gehen. Außerdem gibt es noch eine Regel in der Gruppe: nur leichte Unterhaltung beim Laufen. Keine britische Außenpolitik und auch nichts, was große Gefühle auslöst. Daher hören wir uns manchmal an wie ein Friseurverein, aber es ist eine nützliche Regel.

»Nur noch ein paar Kilometer.«

»Soll mir recht sein.«

»Gehen wir hinterher was trinken?«

Sie schaute mich von schräg unten an. »Soll mir recht sein«, wiederholte sie mit einem Lächeln.

Wir kamen leicht ins Gespräch, vor allem, weil ich den Zuhörer spielte. Und meistens auch den Zuschauer. Sie war schlank, gepflegt, schwarzhaarig, hatte manikürte Hände und eine etwas schief stehende Nase, die ich sofort sexy fand. Sie bewegte sich viel, gestikulierte, zupfte an ihren Haaren, schaute weg, schaute wieder her; ich fand das erfrischend. Sie erzählte mir, sie arbeite in London als persönliche Assistentin der Ressortleiterin einer Frauenzeitschrift, von der ich gerade mal gehört hatte.

»Kriegst du da viele Gratisproben?«

Sie verstummte und sah mich an; ich kannte sie nicht gut genug, um zu entscheiden, ob sie wirklich entgeistert war oder nur so tat. »Nicht zu fassen, dass das die erste Frage ist, die du mir über meine Arbeit stellst.«

Mir war die Frage ganz vernünftig vorgekommen. »Okay«, antwortete ich. »Tun wir so, als hätte ich dir schon vierzehn annehmbare Fragen über deine Arbeit gestellt. Frage Nummer 15: Kriegst du da viele Gratisproben?«

Sie lachte. »Machst du immer alles in der falschen Reihenfolge?«

»Nur, wenn ich damit jemanden zum Lachen bringen kann«, antwortete ich.

Meine Eltern waren pummelig und eine gute Werbung für Pummeligkeit. Sie trieben wenig Sport, und wenn sie mittags viel gegessen hatten, legten sie sich hin und hielten einen Verdauungsschlaf. Mein Fitnessprogramm war für sie eine Marotte der Jugend: Es war das einzige Mal, dass sie sich benahmen, als wäre ich fünfzehn und nicht dreißig. In ihren Augen war ernsthaftes Training nur etwas für Leute wie Soldaten, Feuerwehrmänner und Polizisten. Einmal waren sie in London vor eines der Fitnessstudios geraten, die einen Blick darauf gewähren, was drinnen vor sich geht. Das soll verführerisch wirken, aber meine Eltern waren entsetzt.

»Die sahen alle so *ernsthaft* aus«, sagte meine Mutter.

»Und die meisten hatten Kopfhörer auf und hörten sich Musik an. Oder sie haben auf Fernsehmonitore geguckt. Als könnte man sich nur auf seine Fitness konzentrieren, wenn man sich nicht darauf konzentriert.«

»Sie wurden von diesen Maschinen beherrscht, regelrecht beherrscht.«

Ich versuchte gar nicht erst, meinen Eltern die Freuden und Belohnungen sportlicher Betätigung nahezubringen, von erhöhter geistiger Klarheit bis zu gesteigertem sexuellen Leistungsvermögen. Das ist jetzt keine Prahlerei, glaub mir. Es stimmt, es ist vielfältig belegt. Jake, der mit einer Freundin nach der anderen auf Wanderurlaub geht, hat mir von einer paradoxen Entdeckung erzählt. Wenn man drei bis vier Stunden wandert, sagt er, hat man ordentlich Appetit, lässt sich ein gutes Abendessen schmecken und schläft in aller Regel ein, sobald man im Bett liegt. Wenn man jedoch sieben oder acht Stunden lang wandert, hat man weniger Hunger, aber wenn man ins Bett geht, bringt man erstaunlicherweise mehr – und zwar beide. Vielleicht gibt es eine wissenschaftliche Erklärung dafür. Oder das Herunterschrauben der Erwartungen auf nahezu null setzt die Libido frei.

Ich will hier keine Spekulationen über das Liebesleben meiner Eltern anstellen. Ich habe keinen Grund zu der Annahme, dass es irgendwie anders war, als sie wollten – was eine etwas verdrehte Aussage ist, das ist mir klar. Ich weiß auch nicht, ob sie es noch fröhlich trieben, ob das Begehren zu beider Zufriedenheit abnahm, oder ob Sex für sie eine Erinnerung war, der sie nicht nachtrauerten. Wie gesagt, meine Eltern hielten Händchen, wann immer ihnen danach war. Sie tanzten miteinander mit einer Art konzentrierter Anmut, bewusst altmodisch. Und im Grunde brauchte ich keine Antwort auf eine Frage, die ich sowieso nicht stellen wollte. Weil ich den Blick meines Vaters gesehen hatte, als er davon sprach, dass er seine Frau nicht mehr riechen könne. Es war völlig egal, ob sie tatsächlich noch Sex hatten. Weil ihre Vertrautheit noch lebendig war.

Als Janice und ich erst kurz zusammen waren, gingen wir immer schnurstracks zu ihr, wenn wir mit dem Joggen fertig waren. Sie wollte, dass ich meine Schuhe und Socken auszog und mich aufs Bett legte, während sie schnell unter die Dusche ging. Da ich schon wusste, was dann kam, hatte ich meist eine Beule in meinen Shorts, wenn Janice in ein Handtuch gewickelt wieder auftauchte. Kennst du das, wie die meisten Frauen das Handtuch knapp über dem Busen mit einer Art Falte feststecken, die alles zusammenhält? Janice hatte einen anderen Trick: Sie steckte das Handtuch knapp unter dem Busen fest.

»Schau mal an, was da auf *meinem* Bett liegt«, sagte sie, und um ihre Lippen zuckte ein Lächeln. »Was ist das für ein großes wildes Tier auf meinem Bett?«

So hatte mich noch nie jemand genannt, und ich bin genauso empfänglich für Schmeichelei wie jeder andere auch.

Dann kniete sie sich aufs Bett und tat, als würde sie mich untersuchen. »Was für ein großes verschwitztes Tier wir hier haben.« Sie griff durch die Shorts nach meinem Schwanz und schnüffelte an mir herum, an der Stirn, dann am Hals, dann an den Achselhöhlen, dann zog sie mein Unterhemd hoch und leckte meine Brust ab und atmete mich ein, während sie ständig weiter an meinem Schwanz zog. Beim ersten Mal kam ich sofort. Später habe ich gelernt, mich zurückzuhalten.

Und der Punkt war, dass sie nicht nur nach der Dusche roch. Sie tupfte sich Parfüm auf die Brüste und hielt sie mir übers Gesicht.

»Da sind deine Gratisproben«, sagte sie dabei.

Dann schob sie mir einen Busen entgegen, bis die Brustwarze meine Nasenspitze kitzelte, und neckte mich, indem sie mich den Namen des Parfüms raten ließ. Ich wusste die Antwort nie, aber da ich sowieso im siebten Himmel war, dachte ich mir meist eine alberne Marke aus. Du weißt schon, Chanel No. 69 oder so.

Wo wir gerade beim Thema sind. Nachdem sie meine Nase gereizt hatte, drehte sie sich manchmal über mir um, und dann fiel das Handtuch runter, und sie ließ sich auf mein Gesicht herunter und zog meine Shorts weg. »Was haben wir denn da?«, flüsterte sie dann vernehmlich. »Da haben wir ein großes, verschwitztes, stinkendes Biest, oh ja.« Und dann nahm sie meinen Schwanz in den Mund.

Der Arzt guckte meinem Vater in die Nasenlöcher und sagte, so was gebe sich mit der Zeit oft von allein wieder. Vielleicht seien es nur die Nachwirkungen eines Virus, den Dad sich eingefangen habe, ohne es überhaupt zu merken. Warten wir noch etwa sechs Wochen ab. Dad wartete noch sechs Wochen ab, ging wieder hin und bekam ein Rezept für ein Nasenspray. Morgens und abends je zwei Spritzer in jedes Nasenloch. Am Ende der Behandlung war alles unverändert. Der Arzt wollte ihn an einen Spezialisten überweisen; Dad wollte natürlich keinen bemühen.

»Eigentlich ist das ganz interessant.«

»Ach ja?« Ich war bei meinen Eltern zu Besuch und roch den Vormittags-Nescafé. Ich konnte mir nicht vorstellen, dass es »interessant« sein sollte, wenn mit dem Körper etwas nicht stimmt. Schmerzhaft, ärgerlich, beängstigend, zeitraubend, aber nicht »interessant«. Darum achtete ich so gut auf meinen eigenen Körper.

»Man denkt immer an das Naheliegende – Rosen, Bratensoße, Bier. Ich hab mir aber nie viel daraus gemacht, an Rosen zu riechen.«

»Aber wenn man nichts riecht, kann man doch auch nichts schmecken?«

»So heißt es – dass der Geschmack in Wirklichkeit nur Geruch ist. Aber in meinem Fall trifft das offenbar nicht zu. Ich kann Essen und Wein genauso schmecken wie vorher.« Er dachte kurz nach. »Nein, das stimmt nicht ganz. Manche Weißweine kommen mir säurehaltiger vor als früher. Keine Ahnung, warum.«

»Ist es das, was so interessant ist?«

»Nein. Es ist genau umgekehrt. Es geht nicht darum, was man vermisst, sondern was man nicht vermisst. Zum Beispiel ist es wohltuend, den Verkehr nicht zu riechen. Man geht am Marktplatz an einem Bus vorbei, der da mit laufendem Motor rumsteht und Öldämpfe ausspuckt. Früher hätte man die Luft angehalten.«

»Das würde ich auch weiterhin tun, Dad.« Giftige Dämpfe einatmen, ohne es auch nur zu merken? Es hatte schließlich einen Sinn, dass man eine Nase hatte.

»Man nimmt keinen Zigarettengeruch wahr, das ist wieder ein Vorteil. Oder den Geruch davon an jemandem – das war mir immer zuwider. Körpergeruch, Imbisswagen, die Kotze auf dem Bürgersteig von Samstagnacht ...«

»Hundescheiße«, warf ich ein.

»Komisch, dass du davon sprichst. Das hat mir immer den Magen umgedreht. Aber neulich bin ich in einen Haufen getreten, und ich hatte überhaupt kein Problem damit, das abzuputzen. Früher hätte ich den Schuh vor die Hintertür gestellt und ein paar Tage draußen gelassen. Ach ja, und ich schneide jetzt die Zwiebeln für Mum. Macht mir gar nichts aus. Keine Tränen, nichts. Das ist ein Vorteil.«

»Das ist wirklich interessant«, sagte ich halb im Ernst. Eigentlich fand ich es typisch, dass mein Vater fast allem etwas Positives abgewinnen konnte. Er hätte gesagt, als Jurist sei er es gewöhnt, jede Angelegenheit von allen Seiten zu betrachten. Für mich war er ein unverbesserlicher Optimist.

»Aber andererseits ... Zum Beispiel morgens vor die Tür zu treten und die Luft zu schnuppern. Jetzt merke ich nur, ob es warm oder kühl ist. Und Möbelpolitur, die vermisse ich. Schuhcreme auch. Darüber hatte ich noch nie nachgedacht. Schuhe putzen, ohne etwas riechen zu können – stell dir das mal vor.«

Das brauchte ich nicht und wollte es auch nicht. Da wird jemand total elegisch wegen einer Dose Schuhcreme – hoffentlich würde ich nicht mal so enden.

»Und dann natürlich deine Mum.«

Ja, meine Mum.

Meine Eltern trugen beide eine Brille, und manchmal stellte ich mir vor, wie sie im Bett saßen und lasen, und dann legten sie ihr Buch oder ihre Zeitschrift weg und knipsten die Nachttischlampe aus. Wann sagten sie sich gute Nacht? Bevor sie die Brille abnahmen oder danach? Bevor sie das Licht ausknipsten oder danach? Aber jetzt dachte ich plötzlich: Soll Geruch nicht ein wesentlicher Faktor bei der sexuellen Erregung sein? Pheromone, diese Primitivlinge, die uns genau dann herumkommandieren, wenn wir glauben, jetzt wären wir der Herr und Meister. Mein Vater beklagte sich, er könne meine Mutter nicht riechen. Vielleicht meinte er – von Anfang an – mehr damit.

Jake sagte immer, ich hätte eine Nase dafür, mir Ärger ein-
zuhandeln. Mit Frauen, meinte er. Darum sei ich mit dreißig noch unverheiratet. Du doch auch, erwiderte ich. Ja,
aber mir gefällt das so, sagte er. Jake ist ein großer Kerl mit
langen Beinen und lockigem Haar, der bei Frauen als sanft
und ungefährlich ankommt. Als würde er sagen, Guck mal,
hier bin ich, mit mir kannst du Spaß haben, ich bin nichts
für die Dauer, aber wahrscheinlich hast du dein Vergnügen
an mir, und hinterher können wir immer noch Freunde
sein. Ich hab keine Ahnung, wie genau er das schafft, so
eine komplizierte Botschaft mit nicht viel mehr als einem
Grinsen und einer hochgezogenen Augenbraue rüberzu-
bringen. Vielleicht liegt es an diesen Pheromonen.

Jakes Eltern haben sich getrennt, als er zehn war. Darum
hat er keine großen Erwartungen, sagt er. Genieße den
Tag, sagt er, immer schön locker bleiben. Als würde er die
Regeln seiner Jogginggruppe auch auf sein übriges Leben
anwenden. Ein bisschen imponiert mir diese Einstellung,
aber im Grunde will ich sie nicht und bin nicht neidisch
darauf.

Als Janice und ich uns das erste Mal getrennt hatten,
nahm Jake mich in eine Weinbar mit, und während ich an
meiner täglichen Höchstmenge von einem einzigen Glas
nippte, erklärte er mir, ganz teilnahmsvoll und umständ-
lich, er halte Janice für unaufrichtig, manipulierend und
womöglich psychopathisch. Ich erwiderte, sie sei quirlig,
sexy, aber ein kompliziertes Mädchen, bei dem ich manchmal nicht durchblicke, vor allem jetzt. Jake fragte, auf noch
umständlichere Art, ob ich wisse, dass sie sich in der Küche an ihn rangemacht habe, als er drei Wochen zuvor bei
uns zum Essen war. Ich erklärte ihm, er habe einfach ihre
freundliche Art missverstanden. Eben darum sei sie eine
Psychopathin, antwortete er.

Aber Jake bezeichnete Leute oft als Psychopathen, wenn sie einfach nur zielgerichteter waren als er, darum nahm ich ihm das nicht weiter übel, und ein paar Wochen später waren Janice und ich wieder zusammen. In der ersten Begeisterung des Neubeginns mit Sex und Erregung und Aufrichtigkeit hätte ich ihr fast erzählt, was Jake gesagt hatte, aber dann ließ ich es lieber bleiben. Dafür fragte ich sie, ob sie je daran gedacht habe, mit einem anderen abzuziehen, und sie sagte ja, etwa dreißig Sekunden lang, darum rechnete ich ihr das als Ehrlichkeit an und fragte mit wem, und sie sagte, den würde ich nicht kennen, und damit gab ich mich zufrieden, und bald darauf waren wir verlobt.

Ich sagte zu meiner Mutter: »Du magst Janice doch, oder?«

»Natürlich. Solange sie dich glücklich macht.«

»Das klingt ... wie ein Vorbehalt.«

»Nun ja, das ist es auch. Das muss so sein. Mutterliebe ist vorbehaltlos. Die Liebe einer Schwiegermutter steht unter Vorbehalt. Das war schon immer so.«

»Und wenn sie mich unglücklich macht?«

Meine Mutter antwortete nicht.

»Und wenn ich sie unglücklich mache?«

Sie lächelte. »Dann leg ich dich übers Knie.«

Wie es sich ergab, wäre es fast nicht zur Hochzeit gekommen. Wir haben beide einmal um Aufschub gebeten und mussten sogar eine offizielle Rüge von Jake einstecken, weil wir beim Joggen schwerwiegende Probleme wälzten. Als ich die Hochzeit aufschob, sagte Janice, der eigentliche Grund sei, dass ich Angst hätte, mich zu binden. Als sie die Hochzeit aufschob, lag es daran, dass sie nicht wusste, ob sie wirklich jemanden heiraten wollte, der Angst hatte, sich zu binden. Demnach war es beide Male irgendwie meine Schuld.

Einer der Bridgepartner meines Vaters empfahl Akupunktur. Die hatte bei seinem Ischias anscheinend Wunder gewirkt.

»Aber du glaubst doch gar nicht an so was, Dad.«

»Wenn es mich heilt, glaube ich daran«, erwiderte er.

»Aber du bist ein rationaler Mensch, genau wie ich.«

»Wir im Westen haben kein Wissensmonopol. Andere Länder wissen auch etwas.«

»Natürlich«, stimmte ich zu. Aber irgendwie erschreckte mich das, als würde mir der Boden unter den Füßen weggezogen. Unsere Eltern dürfen sich doch nicht ändern, oder? Und schon gar nicht, wenn wir selbst erwachsen sind.

»Erinnerst du dich – nein, du warst wohl noch zu klein – an diese Fotos, wo chinesische Patienten am offenen Herzen operiert wurden? Zur Betäubung gab es nur Akupunktur und eine Ausgabe der Mao-Bibel.«

»Kann es sein, dass diese Fotos ausgemachter Schwindel waren?«

»Warum sollten sie?«

»Mao-Kult. Beweis für die Überlegenheit der chinesischen Denkungsart. Und wenn es funktionierte, auch noch Kosteneinsparungen im Gesundheitsbereich.«

»Siehst du, jetzt hast du gesagt, *wenn es funktionierte*.«

»Ich hab's nicht so gemeint.«

»Du bist zu zynisch, mein Sohn.«

»Du bist nicht zynisch genug, Dad.«

Er ging in diese ... wie immer Akupunkteure ihre Praxis oder Ambulanz nennen, in einem Haus am anderen Ende der Stadt. Mrs Rose trug einen weißen Kittel, wie eine Krankenschwester oder Zahnärztin; sie war um die Vierzig und sah ganz vernünftig aus, wie Dad sagte. Sie hörte sich seine Geschichte an, nahm die Anamnese auf, fragte, ob er an Verstopfung leide, und erläuterte ihm die Grundlagen der chinesischen Akupunktur. Dann ging sie hinaus, während er sich bis auf die Unterhose auszog und sich unter ein Papiertuch mit einer Wolldecke darüber legte.

»Alles sehr professionell«, berichtete er. »Zuerst fühlt sie deine Pulse. In der chinesischen Medizin gibt es sechs Pulse, auf jeder Seite drei. Aber die am linken Handgelenk sind wichtiger, weil sie den wesentlichen Organen zugeordnet sind – Herz, Leber und Nieren.«

Ich sagte nichts – ich merkte nur, wie meine Besorgnis wuchs. Und mein Vater spürte wahrscheinlich, was in mir vorging.

»Ich habe zu Mrs Rose gesagt: ›Ich sollte Sie warnen, ich bin etwas skeptisch‹, und sie hat gesagt, das macht nichts, weil Akupunktur hilft, egal, ob man dran glaubt oder nicht.«

Nur dauert es bei Skeptikern vermutlich länger und kostet daher mehr Geld. Das behielt ich auch für mich. Stattdessen ließ ich Dad erzählen, wie Mrs Rose seinen Rücken ausmaß und mit einem Filzstift markierte, dann kleine Häufchen von irgendeinem Zeug auf die Haut setzte und die anzündete, und er sollte Bescheid sagen, wenn er die Hitze spürte, dann würde sie die Häufchen wegnehmen. Dann wurde weiter ausgemessen und mit Filzstift markiert, und sie steckte Nadeln in ihn rein. Alles ging sehr hygienisch zu, und sie legte die gebrauchten Nadeln in einen besonderen Behälter.

Am Ende der Stunde ging sie hinaus, er zog sich wieder an und bezahlte fünfundfünfzig Pfund. Dann ging er in den Supermarkt und kaufte fürs Abendessen ein. Er schilderte uns, wie er da leicht benommen stand und nicht wusste, was er wollte – oder vielmehr alles wollte, was er vor sich sah. Er wanderte herum, kaufte alles Mög-

liche, kam erschöpft nach Hause und musste sich hinlegen.

»Du siehst also, es wirkt offenbar.«

»Du meinst, du hast dein Abendessen gerochen?«

»Nein, dazu ist es noch zu früh – das war erst meine erste Behandlung. Ich meine, es hat eindeutig eine Wirkung.
Körperlich und geistig.«

Ich dachte bei mir: Sich müde fühlen und Essen kaufen,
das man gar nicht braucht, das soll ein Heilungserfolg sein?

»Was meinst du, Mum?«

»Ich bin ganz dafür, dass er mal etwas anderes ausprobiert, wenn er will.« Sie tätschelte über den Tisch hinweg
seinen Arm, ungefähr an der Stelle, wo seine geheimnis-
vollen neuen Pulse verborgen lagen. Ich hätte nicht zu fragen brauchen – sie hatten bestimmt alles vorher erörtert
und waren zu einem gemeinsamen Schluss gekommen.
Und wie ich inzwischen sehr gut wusste, hatte die Methode ›teile und herrsche‹ bei meinen Eltern nie Erfolg.

»Wenn es wirkt, probiere ich das vielleicht auch an meinem Knie aus«, fügte sie hinzu.

»Was ist denn mit deinem Knie, Mum?«

»Ach, das ist irgendwie verdreht. Ich bin gestolpert und
habe es mir an der Treppe angeschlagen. Ich werde auf
meine alten Tage etwas wackelig auf den Beinen.«

Meine Mutter war achtundfünfzig. Sie hatte breite Hüf-
ten und einen guten niedrigen Schwerpunkt, und sie trug
nie unvernünftige Schuhe.

»Du meinst, das ist schon öfter passiert?«

»Es ist nichts. Nur das Alter. Irgendwann trifft es uns
alle.«

Janice hat einmal gesagt, bei Eltern könne man nie wissen.
Ich hab sie gefragt, was sie damit meine. Sie hat geantwor-

tet, wenn man so weit sei, dass man sie verstehen könne, sei es sowieso zu spät. Man könne nie herausfinden, wie sie gewesen seien, bevor sie sich kennenlernten, als sie sich kennenlernten, bevor man gezeugt wurde, danach, als man ein kleines Kind war ...

»Kinder verstehen oft eine Menge«, sagte ich. »Instinktiv.«

»Sie verstehen das, was die Eltern sie verstehen lassen.«

»Da bin ich anderer Meinung.«

»Soll mir recht sein. Es ändert nichts an der Sache. Wenn du dich endlich imstande fühlst, deine Eltern zu verstehen, ist fast alles Wichtige in ihrem Leben schon passiert. Sie sind, wie sie sind. Besser gesagt, sie sind, wie sie sein wollen – für dich, wenn du dabei bist.«

»Da bin ich anderer Meinung.« Ich konnte mir nicht vorstellen, dass meine Eltern, wenn sie die Tür hinter sich zugemacht hatten, andere Menschen wurden.

»Wie oft siehst du deinen Vater als einen bekehrten Alkoholiker an?«

»Nie. So sehe ich ihn nicht. Ich bin sein Sohn, kein Sozialarbeiter.«

»Genau. Du willst ihn also einfach nur als einen Vater sehen. Niemand ist einfach nur ein Vater, nur eine Mutter. So funktioniert das nicht. Womöglich gibt es im Leben deiner Mutter ein Geheimnis, von dem du überhaupt nichts ahnst.«

»Mach dich nicht lächerlich«, sagte ich.

Sie sah mich an. »Ich glaube, die meisten Paare entwickeln mit der Zeit eine Art des Zusammenlebens, die im Grunde unehrlich ist. Die Beziehung basiert sozusagen auf einer beiderseitigen Übereinkunft zum Selbstbetrug. Das ist ihre Standardeinstellung.«

»Tja, ich bin immer noch anderer Meinung.« In Wirklichkeit dachte ich: So ein Quatsch. *Beiderseitige Überein-*

kunft zum Selbstbetrug – das ist überhaupt nicht dein Ton. Das ist eine Phrase, die du in der Zeitschrift aufgeschnappt hast, bei der du arbeitest. Oder von einem Kerl, den du ganz gern gefickt hättest. Aber ich sagte nur:

»Willst du meine Eltern als Heuchler hinstellen?«

»Ich rede ganz allgemein. Warum musst du immer alles persönlich nehmen?«

»Dann verstehe ich nicht, was du sagen willst. Und wenn doch, dann begreife ich nicht, warum du mit mir oder sonst wem verheiratet sein möchtest.«

»Soll mir recht sein.«

Das war auch so was. Ich entwickelte allmählich eine Abneigung gegen ihren Gebrauch dieser Redensart.

Dad gab zu, dass die Akupunktur schmerzhafter war als erwartet.

»Sagst du das Mrs Rose?«

»Aber sicher. Ich rufe ›aua‹.«

Wenn Mrs Rose eine Nadel einstach und die erhoffte Reaktion ausblieb, stach sie gleich daneben noch einmal zu, bis sie bekam, was sie wollte.

»Und was ist das?«

»So was wie eine magnetische Anziehung, ein Energieschub. Und das merkt man immer, weil es dann am meisten wehtut.«

»Und dann?«

»Und dann macht sie das an anderen Stellen. Auf dem Handrücken, am Fußknöchel. Das tut noch mehr weh – weil da nicht viel Fleisch ist.«

»Klar.«

»Aber zwischendurch muss sie wissen, wie es mit deinem Energiefluss aussieht, darum fühlt sie immer wieder die Pulse.«

Da bin ich dann ausgerastet. »Ach, Herrgott noch mal, Dad. Es gibt nur einen Puls, das weißt du ganz gut. Definitionsgemäß. Es ist der Puls des Herzens, der Puls des Blutes.«

Mein Vater sagte nichts, er räusperte sich nur leicht und sah meine Mutter an. In unserer Familie wird nicht gestritten. Wir wollen das nicht, und wir wissen auch gar nicht, wie es geht. Darum herrschte Schweigen, und dann sprach Mum über ein anderes Thema.

Zwanzig Minuten nach seiner vierten Behandlung ging mein Vater in einen Starbucks und roch zum ersten Mal seit Monaten Kaffee. Dann wollte er im Body Shop ein Shampoo für Mum besorgen und sagte, es sei ihm vorgekommen, als wäre ihm ein Rhododendronstrauch auf den Kopf gefallen. Ihm sei fast übel geworden. Die Gerüche seien so intensiv gewesen, sagte er, dass er das Gefühl gehabt habe, sie gingen mit leuchtenden Farben einher.

»Was sagst du dazu?«

»Ich weiß nicht, was ich sagen soll, Dad, ich kann dir nur gratulieren.« Ich dachte, vielleicht war das Zufall oder Autosuggestion.

»Du willst mir doch nicht einreden, das sei nur Zufall gewesen?«

»Nein, Dad, will ich nicht.«

Zu seinem Erstaunen nahm Mrs Rose seinen Bericht gleichmütig entgegen, nickte leicht und kritzelte etwas in ein Notizbuch. Dann erläuterte sie ihm, wie sie weiter vorzugehen gedenke. Sie werde ihm, wenn er einverstanden sei, alle vierzehn Tage einen Termin geben und die Behandlung zum Sommer hin intensivieren – wobei sie nicht den britischen Sommer meinte, sondern den chinesischen, denn aufgrund seines Geburtsdatums werde mein Vater in der Zeit am besten auf die Therapie ansprechen. Dann sagte sie noch, sie stelle jedes Mal, wenn sie ihm die Pulse messe, eine Zunahme des Energieflusses fest.

»Fühlst du dich energiegeladener, Dad?«

»Darum geht es nicht.«

»Und hast du seit deiner letzten Behandlung irgendwas gerochen?«

»Nein.«

Okay, der »Energiefluss« hatte also nichts mit dem »Maß an Energie« zu tun, und eine Zunahme hieß nicht, dass Dad besser riechen konnte. Wunderbar.

Manchmal fragte ich mich, warum ich meinem Vater so hart zusetzte. In den nächsten drei Monaten erstattete er sachlich Bericht über seine Feststellungen. Ab und zu roch er etwas, aber es musste schon ein starker Geruch sein: Seife, Kaffee, verbrannter Toast, Toilettenreiniger; zweimal ein Glas Rotwein; einmal zu seiner Freude der Geruch von Regen. Der chinesische Sommer ging vorbei; Mrs Rose sagte, die Akupunktur könne nun nichts mehr ausrichten. Mein Vater machte, typischerweise, seine Skepsis dafür verantwortlich, aber Mrs Rose wiederholte, auf seine Geisteshaltung komme es nicht an. Da der Vorschlag zur Beendigung der Behandlung von Mrs Rose kam, hielt ich sie nicht mehr für einen Scharlatan. Aber vielleicht wollte ich auch Dad nicht als einen Menschen ansehen, der auf einen Scharlatan hereinfiele.

»In Wirklichkeit mache ich mir eher Sorgen um deine Mutter.«

»Warum denn?«

»Sie scheint mir, ich weiß auch nicht, ein bisschen aus dem Tritt geraten zu sein. Vielleicht ist es nur Müdigkeit. Sie ist irgendwie langsamer geworden.«

»Was sagt sie dazu?«

»Ach, sie sagt, ihr fehle nichts. Und wenn doch, liege es nur an den Hormonen.«

»Wie meint sie das?«

»Ich hatte gehofft, das könntest du mir sagen.«

Das war noch ein netter Zug an meinen Eltern. Sie klammerten sich nie an Wissen und Macht, wie manche Eltern das gern tun. Wir waren alle miteinander erwachsene Menschen und auf gleicher Ebene.

»Wahrscheinlich kenne ich mich da nicht besser aus als du, Dad. Aber meiner Erfahrung nach greifen Frauen zu dem Allerweltswort ›Hormone‹, wenn sie dir etwas nicht sagen wollen. Ich denke dann immer: Moment mal, haben Männer nicht auch Hormone? Warum gebrauchen wir die nicht als Entschuldigung?«

Mein Vater lachte leise, aber ich merkte, dass seine Ängste nicht zerstreut waren. Darum schaute ich an seinem nächsten Bridgeabend bei Mum vorbei. Als wir in der Küche saßen, war mir sofort klar, dass sie mir meinen Vorwand, ich sei »gerade in der Gegend« gewesen, nicht abgekauft hatte.

»Tee oder Kaffee?«

»Koffeinfreien oder Kräutertee, ich schließ mich dir an.«

»Also, ich brauche einen ordentlichen Koffeinstoß.«

Irgendwie reichte das schon, um auf mein Anliegen zu kommen.

»Dad macht sich Sorgen um dich. Und ich auch.«

»Dad macht sich immer Sorgen.«

»Dad liebt dich. Darum achtet er auf alles, was mit dir ist. Wäre es anders, würde er das nicht.«

»Ja, da hast du vermutlich recht.« Ich sah sie an, aber ihr Blick war anderswohin gerichtet. Für mich war klar, dass sie darüber nachdachte, dass sie geliebt wurde. Das hätte mich neidisch machen können, tat es aber nicht.

»Dann sag mir, was los ist, und erzähl mir nichts von Hormonen.«

Sie lächelte. »Ein bisschen müde. Ein bisschen tollpatschig. Weiter nichts.«

Wir waren etwa achtzehn Monate verheiratet, als Janice mir mangelnde Offenheit vorwarf. Wie es ihre Art war, sprach sie das natürlich nicht offen aus. Sie fragte mich, warum ich immer über unwichtige Probleme reden müsse statt über die wichtigen. Ich sagte, meiner Meinung nach stimme das so nicht, aber davon abgesehen seien große Dinge manchmal so groß, dass man nicht viel darüber sagen könne, während man kleine Dinge leichter diskutieren könne. Und manchmal hielten wir *dies* für das Problem, während es in Wirklichkeit *das* sei, und dagegen erscheine *dies* banal. Sie sah mich an wie einer meiner aufmüpfigen Schüler und sagte, das sei wieder mal typisch – eine typische Rechtfertigung meiner üblichen Art, immer auszuweichen, meiner Weigerung, den Tatsachen ins Auge zu sehen und Probleme anzugehen. Sie sagte, sie habe einen feinen Riecher dafür, wenn ich sie anlüge. So hat sie sich tatsächlich ausgedrückt.

»Also schön«, antwortete ich. »Seien wir offen. Gehen wir die Probleme an. Du hast eine Affäre und ich habe eine Affäre. Sehen wir jetzt den Tatsachen ins Auge oder nicht?«

»Das denkst du vielleicht. Du stellst es so hin, als wären wir damit quitt.« Und dann erläuterte sie mir die Unaufrichtigkeit meiner angeblichen Offenheit und den Unterschied zwischen unseren Seitensprüngen – ihrer von Verzweiflung getrieben, meiner von Rachsucht – und wie bezeichnend es sei, dass ich diese Affären für das Entscheidende hielte und nicht die Umstände, die zu ihnen geführt hätten. Womit wir wieder bei den ursprünglichen Vorwürfen waren.

Was suchen wir in einer Partnerschaft? Suchen wir einen Menschen, der so ist wie wir, einen Menschen, der anders ist? Einen Menschen, der so ist wie wir, nur anders; anders, aber so wie wir? Einen Menschen, der uns ergänzt? Ja, ich weiß, man soll nicht verallgemeinern, aber trotzdem. Der springende Punkt ist: Wenn wir einen Menschen suchen, der zu uns passt, denken wir immer nur an die positiven Übereinstimmungen. Was ist mit den negativen Übereinstimmungen? Glaubst du, wir werden manchmal von Menschen angezogen, die dieselben Fehler haben wie wir?

Meine Mutter. Wenn ich heute an sie denke, kommt mir ein Satz in den Sinn – ein Satz, den ich gesagt hatte, als Dad mir etwas von seinen sechs chinesischen Pulsen vorschwafelte. Dad, hatte ich gesagt, es gibt nur einen Puls – den Puls des Herzens, den Puls des Blutes. Die Fotos von meinen Eltern, an denen ich am meisten hänge, wurden alle vor meiner Geburt aufgenommen. Und – vielen Dank auch, Janice – ich glaube wirklich, ich weiß, wie sie damals waren.

Meine Eltern sitzen irgendwo an einem kiesigen Strand, Dad hat Mum den Arm um die Schultern gelegt; er trägt ein Sportsakko mit Lederflecken am Ellbogen, sie hat ein gepunktetes Kleid an und schaut voll inbrünstiger Hoffnung in die Kamera. Meine Eltern in ihren Flitterwochen in Spanien, hinter ihnen sind Berge, beide haben eine Sonnenbrille auf, sodass man ihre Gefühle aus ihrer Körperhaltung erschließen muss, daraus, wie offenkundig entspannt sie miteinander sind, und aus der verstohlenen Tatsache, dass meine Mutter die Hand in die Hosentasche meines Vaters geschoben hat. Und dann ein Bild, das ihnen trotz seiner Mängel bestimmt viel bedeutet hat: beide zusammen auf einer Party, erkennbar mehr als ein bisschen betrunken, und vom Blitzlicht der Kamera haben sie rosa Augen wie weiße Mäuse. Mein Vater hat einen grotesken Backenbart, Mum hat krause Haare, große Ohrringe und trägt einen Kaftan. Beide sehen nicht so aus, als könnten sie je erwachsen genug werden, um Eltern zu sein. Ich nehme an, dies ist das allererste gemeinsame Bild von ihnen, der erste offizielle Beleg, dass sie sich im selben Raum bewegen, dieselbe Luft atmen.

Auf der Anrichte steht auch ein Foto von mir mit meinen Eltern. Ich bin vier oder fünf Jahre alt und stehe zwischen ihnen mit der Miene eines Kindes, dem man gesagt hat, es solle auf das Vögelchen achten, oder wie immer sie sich ausgedrückt haben: konzentriert, aber zugleich nicht ganz sicher, was da vor sich geht. Ich halte eine Kindergießkanne in der Hand, obwohl ich mich nicht erinnern kann, dass ich je Spielzeug-Gartengeräte bekommen oder überhaupt Interesse, echtes oder eingeredetes, an Gartenarbeit gezeigt hätte.

Wenn ich heute dieses Foto betrachte – meine Mutter, die fürsorglich auf mich herabschaut, meinen Vater, der in die Kamera lächelt, in der einen Hand einen Drink und in der anderen eine Zigarette –, muss ich unwillkürlich daran denken, was Janice zu mir gesagt hat. Dass Eltern entscheiden, wer sie sein wollen, ehe das Kind sich dessen bewusst ist, dass sie sich eine Fassade zulegen, die das Kind nie durchschauen kann. Ihre Bemerkungen hatten, ob beabsichtigt oder nicht, etwas Gehässiges an sich. »Du willst ihn einfach nur als einen Vater sehen. Niemand ist einfach nur ein Vater, nur eine Mutter.« Und dann: »Womöglich gibt es im Leben deiner Mutter ein Geheimnis, von dem

du überhaupt nichts ahnst.« Was soll ich mit diesem Gedanken anfangen? Selbst wenn ich ihn weiter verfolge und
feststelle, dass er nirgendwohin führt?

Meine Mum ist kein bisschen überdreht oder flippig und
macht niemals – bitte beachten, Janice –, niemals ein neu-
rotisches Drama um ihre Person. Sie ist eine gediegene
Gestalt in einem Raum, ob sie nun etwas sagt oder nicht.
Und sie ist der Mensch, an den man sich wenden würde, wenn irgendwas ist. Als ich noch klein war, hatte sie
sich einmal so verletzt, dass sie eine klaffende Wunde am
Oberschenkel hatte. Außer ihr war niemand zu Hause.
Die meisten Leute hätten einen Krankenwagen gerufen
oder zumindest Dad bei der Arbeit gestört. Mum aber
nahm einfach eine Nadel und chirurgischen Faden, zog die
Wunde zusammen und nähte sie zu. Und sie würde, ohne
mit der Wimper zu zucken, für jeden anderen dasselbe
tun. So ist sie eben. Falls es tatsächlich ein Geheimnis in
ihrem Leben gibt, dann hat sie vermutlich jemandem ge-
holfen und nie ein Wort darüber verloren. Also kann Janice mir den Buckel runterrutschen, mehr sag ich dazu
nicht.

Meine Eltern lernten sich kennen, als Dad gerade seine
Zulassung als Anwalt bekommen hatte. Er behauptete immer, er habe jede Menge Rivalen aus dem Feld schlagen
müssen. Mum meinte, da sei nichts aus dem Feld zu schlagen gewesen, denn für sie sei die Sache vom ersten Tag an
klar gewesen. Ja, erwiderte Dad, aber die anderen haben
das nicht so gesehen. Dann schaute meine Mutter ihn liebevoll an, und ich wusste nie, wem von beiden ich glauben
sollte. Vielleicht ist das die Definition einer glücklichen
Ehe: Beide Seiten sagen die Wahrheit, auch wenn diese
Darstellungen unvereinbar sind.

Natürlich ist meine Bewunderung für ihre Ehe auch

durch das Scheitern meiner eigenen bedingt. Vielleicht hat ihr Beispiel mich dazu verleitet, meine Ehe für unkomplizierter zu halten, als sie in Wirklichkeit war. Glaubst du, manche Leute haben ein Talent zur Ehe, oder ist das einfach nur Glück? Aber vermutlich könnte man sagen, es sei Glück, so ein Talent zu haben. Als ich Mum gegenüber erwähnte, dass Janice und ich momentan Probleme haben und an unserer Ehe arbeiten wollen, sagte sie:

»Ich habe nie recht verstanden, was das heißen soll. Wenn man seine Arbeit liebt, kommt sie einem nicht wie Arbeit vor. Wenn man seine Ehe liebt, kommt sie einem nicht wie Arbeit vor. *Vielleicht* arbeitet man ja daran, innerlich. Es kommt einem nur nicht so vor«, wiederholte sie. Und dann, nach kurzem Schweigen: »Nicht, dass ich irgendwas gegen Janice sagen will.«

»Reden wir nicht über Janice«, sagte ich. Ich hatte mit Janice selbst schon genug über Janice geredet. Egal, was wir in diese Ehe eingebracht hatten, wir nahmen todsicher nichts daraus mit außer unserem gesetzlichen Vermögensanteil.

Man würde doch meinen, das Kind einer glücklichen Ehe sollte selbst eine überdurchschnittlich gute Ehe führen – ob aufgrund des genetischen Erbes oder weil es am guten Beispiel lernen konnte. Doch offenbar funktioniert das nicht so. Also braucht man vielleicht das gegenteilige Beispiel – man muss Fehler sehen, damit man sie nicht selbst macht. Das würde allerdings heißen, dass Eltern dann am besten für eine glückliche Ehe ihrer Kinder sorgen, wenn sie selbst eine unglückliche führen. Wie lässt sich das lösen? Ich weiß es nicht. Ich weiß nur, dass ich nicht meinen Eltern die Schuld gebe; und eigentlich gebe ich auch Janice nicht die Schuld.

Meine Mutter versprach, zu ihrem gemeinsamen Hausarzt zu gehen, wenn Dad wegen seiner Anosmie einen Spezialisten aufsuchte. Typischerweise sträubte sich mein Vater. Anderen gehe es viel schlechter als ihm, meinte er. Er könne immer noch schmecken, was er esse, während ein Abendessen für andere Anosmiker so sei, als kauten sie auf Pappe und Plastik herum. Er sei ins Internet gegangen und habe von noch extremeren Fällen gelesen – zum Beispiel von olfaktorischen Halluzinationen. Man stelle sich vor, frische Milch rieche und schmecke auf einmal sauer, Schokolade erzeuge Brechreiz, Fleisch sei nichts weiter als ein Schwamm voller Blut.

»Wenn du dir den Finger ausrenkst«, erwiderte meine Mutter, »weigerst du dich doch nicht, den untersuchen zu lassen, bloß weil sich andere ein Bein gebrochen haben.«

Und so wurde es abgemacht. Die Warterei und der Papierkrieg begann, und am Ende gingen beide in derselben Woche zur MRT-Untersuchung. Seltsamer Zufall, finde ich.

Ich weiß nicht, ob wir je genau sagen können, wann unsere Ehe am Ende ist. Wir erinnern uns an bestimmte Phasen, Übergänge, Streitereien; Unvereinbarkeiten, die wachsen, bis man sie nicht mehr auflösen oder damit leben kann. Ich glaube, ich habe in der Zeit, als Janice über mich herfiel – oder, wie sie sagen würde, als ich sie nicht mehr beachtete und einfach nicht mehr da war – lange nicht gedacht, das sei das Ende unserer Ehe oder werde es herbeiführen. Erst als Janice, aus keinem mir ersichtlichen Grund, meine Eltern attackierte, dachte ich zum ersten Mal: Also wirklich, das geht jetzt zu weit. Ja, wir hatten getrunken. Und ja, ich hatte das mir selbst auferlegte Limit überschritten – weit überschritten.

»Eins deiner Probleme ist, dass du glaubst, deine Eltern führten die perfekte Ehe.«

»Wieso ist das eins meiner Probleme?«

»Weil du deine eigene Ehe deshalb für schlechter hältst, als sie wirklich ist.«

»Aha, dann ist das also ihre Schuld, ja?«

»Nein, die sind schon in Ordnung, deine Eltern.«

»Aber?«

»Ich sag doch, die sind schon in Ordnung. Ich sag bloß nicht, dass ich ihnen in den Arsch kriechen muss.«

»Du glaubst nicht, dass du irgendwem in den Arsch kriechen musst, oder?«

»Na, muss ich auch nicht. Aber deinen Vater mag ich, der war immer nett zu mir.«

»Soll heißen?«

»Soll heißen, Mütter und ihr einziger Sohn. Muss ich noch deutlicher werden?«

»Ich glaube, das war deutlich genug.«

Ein paar Wochen später rief Mum an einem Samstagnachmittag ziemlich aufgeregt hier an. Sie war zu einem Antiquitätenmarkt in einer nahe gelegenen Stadt gefahren, um ein Geburtstagsgeschenk für Dad zu besorgen, hatte auf dem Rückweg eine Reifenpanne gehabt, konnte den Wagen noch bis zur nächsten Tankstelle fahren und musste dort die – nicht allzu überraschende – Feststellung machen, dass die Kassierer nicht von ihrer Kasse weg wollten. Wahrscheinlich wussten sie sowieso nicht, wie man einen Reifen wechselt. Dad habe gesagt, er wolle sich ein bisschen hinlegen und ...

»Mach dir keine Sorgen, Mum, ich bin gleich da. Zehn, fünfzehn Minuten.« Ich hatte sowieso nichts anderes zu tun. Doch noch ehe ich auflegen konnte, schrie Janice, die meinen Teil des Gesprächs mit angehört hatte, zu mir rüber:

»Wieso kann sie nicht den AA oder RAC anrufen, verdammt noch mal?«

Das hatte Mum ganz sicher gehört, und Janice hatte das ganz sicher beabsichtigt.

Ich legte den Hörer auf. »Du kannst mitkommen«, sagte ich zu ihr. »Und dich unters Auto legen, während ich es hochkurbele.« Als ich die Autoschlüssel holte, dachte ich bei mir: Okay, das war's.

Die meisten Leute fallen ihrem Arzt nicht gern zur Last. Aber die meisten Leute sind auch nicht gern krank. Und die meisten Leute wollen sich nicht dem, wenn auch nur stillschweigenden, Vorwurf aussetzen, sie hätten dem Arzt die Zeit gestohlen. Theoretisch kann man bei einem Arztbesuch also nur gewinnen: Entweder hat man am Ende die Bestätigung, dass man gesund ist, oder man hat dem Arzt tatsächlich nicht die Zeit gestohlen. Mein Vater hatte, wie seine Tomografie ergab, eine chronische Sinusitis, gegen die ihm Antibiotika und dann weiteres Nasenspray verschrieben wurden; darüber hinaus bestand die Möglichkeit einer Operation. Bei meiner Mutter wurde nach Blutuntersuchungen, Elektromyografie, Kernspintomografie und anschließender Eliminierung verschiedener anderer Möglichkeiten eine amyotrophe Lateralsklerose festgestellt.

»Du wirst dich um deinen Vater kümmern, ja?«

»Aber natürlich, Mum«, antwortete ich, ohne zu wissen, ob sie das auf kurze oder auf lange Sicht meinte. Und vermutlich hatte sie zu Dad etwas Ähnliches über mich gesagt.

Mein Vater sagte: »Schau dir Stephen Hawking an. Der hat das seit vierzig Jahren.« Wahrscheinlich war er auf derselben Website gewesen wie ich; da hätte er dann auch erfahren, dass fünfzig Prozent der ALS-Kranken innerhalb von vierzehn Monaten sterben.

Dad regte sich darüber auf, wie man im Krankenhaus mit ihnen umgegangen war. Kaum hatte der Spezialist ihnen den Befund erläutert, wurden Mum und Dad nach unten in einen Lagerraum geführt, wo man ihnen die Rollstühle zeigte und was sonst noch bei der zwangsläufigen Verschlechterung von Mums Zustand nötig werden würde. Dad sagte, das sei wie eine Führung durch eine Folterkammer gewesen. Er war furchtbar aufgebracht, vor allem Mums wegen, glaube ich. Sie habe das alles ruhig hingenommen, sagte er. Allerdings arbeitete sie auch schon fünfzehn Jahre in diesem Krankenhaus und wusste, was da alles stand.

Es fiel mir schwer, mit Dad darüber zu reden, was hier vor sich ging – und ihm umgekehrt auch. Ich dachte ständig: Mum stirbt, aber Dad verliert sie. Ich hatte das Gefühl, wenn ich diesen Satz oft genug wiederhole, bekommt er einen Sinn. Oder er sorgt dafür, dass es nicht passiert. Oder sonst was. Außerdem dachte ich: Wir wenden uns immer an Mum, wenn etwas ist; an wen sollen wir uns dann wenden, wenn etwas mit ihr ist? In der Zwischenzeit – während wir auf die Antworten warteten – sprach ich mit Dad über ihre täglichen Bedürfnisse: Wer sich um sie kümmerte, wie sie aufgelegt war, was sie gesagt hatte, und die Frage der medikamentösen Behandlung (oder vielmehr das Fehlen derselben, und ob wir auf Riluzol bestehen sollten). Über dergleichen konnten wir endlos reden und taten das auch. Doch die Katastrophe selbst – ihre Plötzlichkeit, ob wir sie hätten kommen sehen können, wie viel Mum uns verheimlicht hatte, die Prognose, das unvermeidliche Ergebnis –, darüber konnten wir nur ab und zu in Andeutungen sprechen. Vielleicht waren wir einfach zu erschöpft.

Wir mussten über normale englische Angelegenheiten reden, zum Beispiel die mutmaßlichen Auswirkungen der geplanten Umgehungsstraße auf die Geschäfte in der Stadt. Oder ich fragte Dad nach seiner Anosmie, und wir taten beide, als wäre das noch ein interessantes Thema. Zuerst hatten die Antibiotika gewirkt, und die Gerüche brachen nur so über ihn herein; doch bald – nach etwa drei Tagen – hatte die Wirkung wieder nachgelassen. Wie es seine Art war, hatte Dad mir damals nichts davon erzählt; er behauptete, im Vergleich zu dem, was mit Mum passierte, sei es ihm wie ein unbedeutender Scherz erschienen.

Irgendwo habe ich gelesen, dass Freunde und Angehörige eines Schwerkranken oft anfangen, Kreuzworträtsel zu lösen oder Puzzles zu legen, wenn sie nicht gerade im Krankenhaus sind. Zum einen bringen sie keine Konzentration für etwas Ernsthafteres auf; aber es gibt noch einen anderen Grund. Sie müssen sich, ob bewusst oder unbewusst, mit etwas beschäftigen, bei dem es Regeln, Gesetze, Antworten und eine Gesamtlösung gibt, etwas, was sich in Ordnung bringen lässt. Natürlich hat eine Krankheit auch ihre Gesetze und Regeln und manchmal ihre Antworten, aber so erlebt man das am Krankenbett nicht. Und dann ist da noch die Unbarmherzigkeit der Hoffnung. Selbst wenn es keine Hoffnung auf Heilung mehr gibt, bleibt noch Hoffnung auf anderes – manches davon greifbar, anderes nicht. Hoffnung bedeutet Unsicherheit, und die bleibt bestehen, auch wenn man gesagt bekommt, dass es nur eine Antwort, eine Gewissheit gibt – die eine, unannehmbare.

Ich löste keine Kreuzworträtsel und legte auch keine Puzzles – ich habe nicht den Kopf oder nicht die Geduld dazu. Aber ich betrieb mein Trainingsprogramm mit größerer Besessenheit. Ich stemmte mehr Gewichte und blieb länger auf dem Stepper. Freitags beim Joggen war ich plötzlich vorneweg, bei der harten Truppe, wo nicht geplaudert wird. Das war mir nur recht. Ich trug meinen Pulsmesser, achtete auf die Werte, schaute auf die Uhr, und manchmal redete ich davon, wie viele Kalorien ich verbrannt hatte. Am Ende war ich besser in Form als je zuvor. Und manchmal kam es mir vor – auch wenn sich das verrückt anhört –, als würde ich damit etwas lösen.

Ich fand einen Untermieter für meine Wohnung und zog wieder bei meinen Eltern ein. Ich wusste, Mum würde Widerspruch einlegen – um meinetwillen, nicht um ihretwillen –, darum stellte ich sie vor vollendete Tatsachen. Dad nahm sich in der Kanzlei Urlaub; ich sagte alles ab, was nicht unmittelbar zum Unterricht gehörte; wir zogen Freunde und später Krankenschwestern hinzu. Im Haus wurden Handläufe und später Rollstuhlrampen angebracht. Mum zog ins Erdgeschoss; Dad ließ sie keine Nacht allein, bis sie dann ins Hospiz kam. Ich habe das als eine Zeit absoluter Panik in Erinnerung, aber auch als eine Zeit mit einer rigorosen alltäglichen Logik. Man folgte der Logik, und das sorgte anscheinend dafür, dass die Panik nicht überhandnahm.

Mum hielt sich erstaunlich gut. Ich weiß, dass ALS-Kranke statistisch weniger zu Depressionen über ihren Zustand neigen als Patienten mit anderen degenerativen Erkrankungen, aber trotzdem. Sie tat nicht tapferer, als sie war; sie scheute sich nicht, vor uns zu weinen; sie machte keine Scherze, um uns aufzuheitern. Sie nahm das, was mit ihr geschah, nüchtern hin, ohne die Augen davor zu verschließen oder sich davon überwältigen zu lassen – von diesem Geschehen, das nacheinander alle ihre Sinne zerstören würde. Sie sorgte dafür, dass sie – und wir – weiterleben konnten. Von Janice sprach sie nie und sagte auch nicht, sie hoffe, eines Tages würde ich ihr Enkel schenken. Sie bürdete uns nichts auf und nahm uns keine Versprechungen für die Zeit danach ab. Es gab eine Phase, in der sie zusehends schwächer wurde und jeder Atemzug wie ein Marsch auf den Mount Everest klang; da fragte ich mich, ob sie an diesen Ort in der Schweiz dachte, wo man dem Ganzen ein würdiges Ende setzen kann. Aber ich wies den Gedanken bald wieder von mir: Diese Scherereien würde sie uns nicht zumuten wollen. Das war wieder ein Zeichen, dass sie – soweit es ihr möglich war – ihr Sterben selbst in der Hand hatte. Sie hatte sich um ein Hospiz gekümmert und uns erklärt, je eher sie dort einziehe, desto besser, weil nie abzusehen sei, wann ein Platz frei werde.

Je größer etwas ist, desto weniger gibt es dazu zu sagen. Nicht zu *fühlen*, aber zu sagen. Weil es nur die Tatsache selbst gibt und die eigenen Gefühle zu dieser Tatsache. Sonst nichts. Als mein Vater sich mit seiner Anosmie auseinandersetzen musste, konnte er Gründe finden, warum dieser Nachteil, vom richtigen Standpunkt aus betrachtet, auch ein Vorteil sein konnte. Mums Krankheit aber fiel in eine ganz andere Kategorie, die weit über rationale Betrachtungsweisen hinausging; sie war etwas Ungeheuerliches, das keine Sprache hatte und vor dem jede Sprache versagte. Es gab kein Argument dagegen. Es ging auch nicht darum, dass man nicht die rechten Worte fand. Die Worte sind immer da – und es sind immer dieselben Worte, einfache Worte. Mum stirbt, aber Dad verliert sie. Ich habe das immer mit einem »aber« in der Mitte gesagt, nie mit einem »und«.

Zu meiner Überraschung bekam ich einen Anruf von Janice.

»Es tut mir sehr leid, was ich über deine Mutter gehört habe.«

»Ja.«

»Kann ich irgendwas tun?«

»Von wem hast du es gehört?«

»Jake.«

»Du bist doch nicht etwa mit Jake zusammen?«

»Ich bin nicht in dem Sinne mit Jake zusammen, falls du danach fragst.« Aber sie sagte das in einem so munteren Ton, als finde sie es selbst jetzt noch erregend, wenn sie eine Anwandlung von Eifersucht auslösen könne.

»Nein, ich frage dich nicht danach.«

»Hast du aber gerade.«

Immer noch die Alte, dachte ich. »Danke für dein Mitgefühl«, sagte ich so förmlich ich konnte. »Nein, du kannst gar nichts tun, und nein, sie würde sich nicht über einen Besuch freuen.«

»Soll mir recht sein.«

Es war ein heißer Sommer, als Mum starb, und Dad trug wieder seine kurzärmeligen Hemden. Er wusch sie immer mit der Hand und mühte sich dann mit dem Dampfbügeleisen ab. Als ich eines Abends sah, dass er erschöpft war und vergeblich versuchte, eine Hemdpasse über das spitze Ende des Bügelbretts zu ziehen, sagte ich:

»Du könntest sie doch in die Wäscherei geben.«

Er sah mich nicht an, zerrte nur weiter an dem feuchten Hemd herum.

»Ich bin mir durchaus bewusst«, antwortete er schließlich, »dass es solche Einrichtungen gibt.« Bei meinem Vater hatte sanfter Sarkasmus dieselbe Wirkung wie bei anderen ein Wutanfall.

»Entschuldige, Dad.«

Dann hielt er doch inne und schaute mich an. »Es ist sehr wichtig«, sagte er, »dass sie sieht, ich bin immer noch sauber und ordentlich. Wenn ich jetzt schmuddelig herumliefe, würde sie das merken, und dann würde sie denken, ich käme nicht zurecht. Sie darf aber nicht denken, ich käme nicht zurecht. Weil sie das aufregen würde.«

»Ja, Dad.« Ich fühlte mich zurechtgewiesen; ich fühlte mich, ausnahmsweise, wie ein Kind.

Später setzte er sich zu mir. Ich trank ein Bier, er einen vorsichtigen Whisky. Mum war seit drei Tagen im Hospiz. An dem Abend hatte sie einen ruhigen Eindruck gemacht und uns mit einer bloßen seitwärts gerichteten Augenbewegung fortgeschickt.

»Übrigens«, sagte er und stellte sein Glas auf einem Untersatz ab, »es tut mir leid, dass Mutter Janice nicht leiden konnte.« Wir hörten beide das Tempus des Verbs. »Leiden kann«, verbesserte er, viel zu spät, das Ende seines Satzes.

»Das wusste ich gar nicht.«

»Aha.« Mein Vater verstummte. »Tut mir leid. Heutzutage ...« Er brauchte nicht weiterzusprechen.

»Warum nicht?«

Sein Mund verspannte sich, wie er sich – so stelle ich mir vor – verspannte, wenn ein Mandant ihm etwas Dummes erzählte, etwas wie: In Wirklichkeit war ich doch am Tatort.

»Na komm, Dad. War es wegen dieser Geschichte mit der Autowerkstatt? Diese Reifenpanne.«

»Welche Reifenpanne?«

Also hatte sie ihm davon nichts erzählt.

»Ich konnte Janice immer ganz gut leiden. Sie hatte ... Esprit.«

»Ja, Dad. Komm zur Sache.«

»Deine Mutter hat gesagt, für sie sei Janice eins dieser

Mädchen, die wissen, wie man anderen Schuldgefühle macht.«

»Ja, das war ihre besondere Spezialität.«

»Sie hat sich immer bei deiner Mutter beklagt, wie schwierig mit dir auszukommen sei – und hat damit irgendwie zu verstehen gegeben, dass deine Mutter daran schuld sei.«

»Sie hätte ihr dankbar sein sollen. Mit mir wäre noch sehr viel schlechter auszukommen gewesen, wenn Mum mich nicht so geliebt hätte.« Wieder ein Fehler, vor lauter Müdigkeit. »Ihr beide, meine ich.«

Mein Vater nahm mir die Korrektur nicht übel. Er nippte an seinem Drink.

»Und was noch, Dad?«

»Ist das nicht genug?«

»Ich hab einfach das Gefühl, du verschweigst mir etwas.«

Mein Vater lächelte. »Ja, aus dir hätte ein Jurist werden können. Also, das war schon am Ende von – von eurer ... als Janice so ganz anders geworden war.«

»Raus damit, dann können wir gemeinsam darüber lachen.«

»Sie hat zu deiner Mutter gesagt, sie finde dich ziemlich psychopathisch.«

Womöglich habe ich gelächelt, aber gelacht habe ich nicht.

Im Krankenhaus und im Hospiz kamen wir mit so vielen verschiedenen Leuten zusammen, dass ich nicht mehr weiß, wer uns erzählt hat, beim Sterben, wenn das gesamte System dichtmacht, seien die letzten noch funktionierenden Sinne im Allgemeinen Gehör und Geruch. Meine Mutter war inzwischen praktisch bewegungsunfähig und musste alle vier Stunden umgedreht werden. Sie hatte seit einer Woche nicht gesprochen, und ihre Augen waren immer geschlossen. Sie hatte deutlich gemacht, dass sie, wenn ihr Schluckreflex schwächer wurde, nicht künstlich ernährt werden wollte. Der sterbende Körper kann lange genug ohne diesen Nährstoffbrei durchhalten, den sie so gern in ihn hineinpumpen.

Mein Vater hat mir erzählt, er sei in den Supermarkt gegangen und habe verschiedene Päckchen von frischen Kräutern gekauft. Im Hospiz habe er die Vorhänge um das Bett zugezogen. Er wollte nicht, dass andere diesen intimen Moment sahen. Er schämte sich nicht – mein Vater schämte sich nie für seine Liebe zu seiner Frau –, er wollte einfach allein sein. Allein mit ihr.

Ich stelle mir vor, wie sie dort zusammen sind, mein Vater sitzt auf dem Bett, gibt meiner Mutter einen Kuss, ohne zu wissen, ob sie den spürt, er spricht zu ihr, ohne zu wissen, ob sie ihn hört, und ob sie, selbst wenn sie ihn hört, seine Worte verstehen kann. Er hatte keine Möglichkeit, das zu erkennen, sie keine Möglichkeit, es ihm zu sagen.

Ich stelle mir vor, dass er sich Sorgen machte wegen des Geräuschs beim Aufreißen der Plastiksäckchen und was sie dabei denken könnte. Ich stelle mir vor, dass er das Problem so löste, dass er eine Schere mitgebracht hatte, um die Päckchen aufzuschneiden. Ich stelle mir vor, wie er ihr erklärt, er habe ihr ein paar Kräuter zum Riechen mitgebracht. Ich stelle mir vor, wie er Basilikum unter ihren Nasenlöchern zu Röllchen verreibt. Ich stelle mir vor, wie er Thymian zwischen Daumen und Zeigefinger zerbröselt, dann Rosmarin. Ich stelle mir vor, wie er die Namen aufsagt und glaubt, dass sie die Kräuter riechen kann, und hofft, dass sie ihr Freude bereiten, sie an die Welt und ihr Entzücken daran erinnern – vielleicht sogar an einen Tag an einem ausländischen Berghang oder buschbestandenen Hügel, wo ihre Schuhe den Duft von wildem Thymian aufsteigen ließen. Ich stelle mir vor, wie er hofft, dass ihr die Gerüche nicht wie ein furchtbarer Hohn erscheinen und sie nicht an die Sonne erinnern, die sie nicht mehr sehen, an Gärten, in denen sie nicht mehr umherlaufen, an würziges Essen, das sie nicht mehr genießen kann.

Ich hoffe, er hat sich diese letzten Möglichkeiten nicht vorgestellt; ich hoffe, er war überzeugt, dass ihr in ihren letzten Tagen nur die besten, glücklichsten Gedanken vergönnt waren.

Einen Monat nach dem Tod meiner Mutter hatte mein Vater seinen letzten Termin bei dem HNO-Spezialisten.

»Er hat gesagt, er könne mich operieren, aber er könne keine größeren Erfolgsaussichten versprechen als 60/40. Ich habe ihm erklärt, dass ich keine Operation will. Er hat gesagt, es widerstrebe ihm, in meinem Fall aufzugeben, zumal meine Anosmie nur partiell sei. Er denke, mein Geruchssinn warte nur darauf, wieder geweckt zu werden.«

»Wie?«

»Weiter wie bisher. Antibiotika, Nasenspray. Leicht veränderte Rezeptur. Ich hab gesagt danke, aber nein danke.«

»Klar.« Mehr sagte ich nicht. Es war seine eigene Entscheidung.

»Weißt du, wenn deine Mutter …«

»Ist schon in Ordnung, Dad.«

»Nein, es ist nicht in Ordnung. Wenn sie …«

Ich schaute ihn an, schaute die Tränen an, die sich hinter seinen Brillengläsern angestaut hatten und dann freigelassen wurden und ihm über die Wangen liefen bis zum Kinn. Er ließ sie laufen; er war daran gewöhnt; sie machten ihm nichts aus. Mir auch nicht.

Er fing noch einmal an. »Wenn sie ... Dann will ich nicht ...«

»Natürlich, Dad.«

»Ich glaube, es hilft, irgendwie.«

»Natürlich, Dad.«

Er hob die Brille aus den Hautfalten, in denen sie steckte, und die letzten Tränen rannen ihm an der Nase herunter. Er wischte sich mit dem Handrücken über die Wangen.

»Weißt du, was dieser beschissene Spezialist zu mir gesagt hat, als ich ihm erklärt habe, dass ich keine Operation will?«

»Nein, Dad.«

»Er hat eine Weile dagesessen und nachgedacht, und dann hat er gesagt: ›Haben Sie einen Rauchmelder?‹ Ich sagte Nein. Er sagte: ›Vielleicht können Sie sich einen vom Amt bezahlen lassen. Aus dem Behindertenetat.‹ Ich sagte, ich wisse nicht recht. Dann sagte er weiter: ›Aber ich würde wohl zu einem erstklassigen Modell raten, und dafür wollen sie womöglich nicht aufkommen.‹«

»Klingt alles ziemlich surreal.«

»War es auch. Dann sagte er, die Vorstellung gefalle ihm nicht, dass ich daliege und schlafe und erst merke, dass das Haus brennt, wenn ich von der Hitze aufwache.«

»Hast du ihm eine reingehauen, Dad?«

»Nein, mein Sohn. Ich bin aufgestanden, hab ihm die Hand gegeben und gesagt: ›Das wäre wohl auch eine Lösung.‹«

Ich stelle mir vor, wie mein Vater nicht wütend wird, wie er aufsteht, dem Arzt die Hand gibt, sich umdreht und geht. Ich stelle es mir vor.

Der Erzählzyklus »Bei Phil & Joanna 1–4« sowie »Unbefugtes Betreten« wurden von Thomas Bodmer übertragen, alle anderen Erzählungen übersetzte Gertraude Krueger.

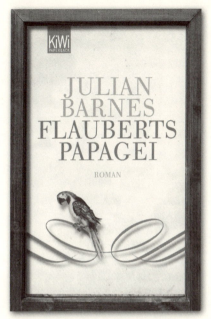

Julian Barnes. Flauberts Papagei. Roman. Deutsch von
Michael Walter. Taschenbuch. Verfügbar auch als eBook

Das Buch, das Julian Barnes' Weltruhm begründete:
Geoffrey Braithwaite, englischer Arzt im Ruhestand, hat
eine große Leidenschaft: Gustave Flaubert. Im Laufe seiner
Untersuchungen über Leben und Werk des großen französischen Schriftstellers und darüber, welcher ausgestopfte
Papagei denn nun tatsächlich auf Flauberts Schreibtisch
gestanden hat, enthüllt Dr. Braithwaite widerwillig auch
immer mehr von seiner eigenen Geschichte.

Leseproben und mehr unter www.kiwi-verlag.de

btb

Richard Yates

Zeiten des Aufruhrs
Roman. 368 Seiten
ISBN 978-3-442-74349-0

Hinter der pastellfarbenen Fassade der amerikanischen
Vorstadthäuser an der Revolutionary Road lebt das
junge Ehepaar Wheeler genau das Leben, das es niemals
gewollt hat: zwei Kinder, die einfältigen Nachbarn,
Franks sinnentleerte Tätigkeit in einem Großraumbüro.
Und ohne es zu merken, rutschen April und Frank
immer tiefer und tiefer in die Spießbürgerlichkeit ab.

»Einer der großen modernen amerikanischen Romane.«
Literaturen

www.btb-verlag.de

btb

Richard Yates

Easter Parade

Roman. 304 Seiten
ISBN 978-3-442-73874-8

Sarah und Emily Grimes wachsen in den USA der
30er Jahre auf. Beide haben unter den Launen ihrer
rastlosen, exzentrischen Mutter zu leiden, die sich
nach gesellschaftlichem Aufstieg sehnt. Über die Jahre
entwickeln sich die Schwestern unterschiedlich:
Sarah heiratet früh und bekommt drei Söhne, Emily
macht Karriere und stürzt sich von einer Affäre
in die nächste. Beide scheinen das Leben zu führen,
das sie immer wollten. Doch Sarahs Ehe ist nicht so
glücklich, wie alle glauben, und Emily wird bewusst,
was ihr im Leben fehlt …

»Ein fesselnder, psychologisch raffinierter Roman
um Frauen und Männer und das Zerbrechen
aneinander.« *Elke Heidenreich in »Lesen!«*

**Auch als attraktive Geschenkbuchausgabe
in Leinen erhältlich.**
ISBN 978-3-442-74170-0

www.btb-verlag.de

btb

Anne Enright

Das Familientreffen
Roman. 344 Seiten
ISBN 978-3-442-74004-8

Ausgezeichnet mit dem Booker-Preis.

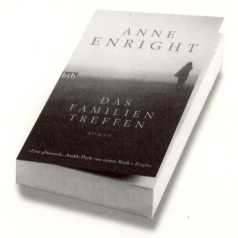

»Tatsächlich könnte Anne Enright für diesen Roman einen Waffenschein brauchen. Als Schriftstellerin ist sie schlicht ein großes Kaliber.«
Die Welt

Auch als Geschenkbuchausgabe in Leinen erhältlich.
ISBN 978-3-442-74259-2

www.btb-verlag.de

btb

Terézia Mora

Alle Tage
Roman. 432 Seiten
ISBN 978-3-442-73496-2

»Ein wahres Wunderbuch [...] Moras eigene Sprache ist einmalig.
[...] Die Leute wollen das lesen. Die Leute müssen das lesen.
Ein Buch, das spricht. Fremd und neu.«
Frankfurter Allgemeine Sonntagszeitung, Volker Weidermann

»Bei Terézia Mora ist alles Sprache, und die Sprache ist alles:
Sie ist Utopie und Beschränkung, sie beflügelt den Helden und
treibt ihn in den Wahnsinn. Vor allem aber trägt diese Sprache
ein ganzes Buch. Zwar kann auch Terézia Mora keine Grenzen
einreißen. Aber die ihren hat sie ziemlich weit gesteckt.«
Falter, Wien

www.btb-verlag.de